不知不觉，已从一位不谙世事的青春少女变成了饱经沧桑的中年女性，容颜会老，境遇会变，唯有那颗心啊，还是年轻时的那颗心，它一直满怀激情，怦怦怦地奋力跳着。

安欣

安欣/著

不过四十
BUGUO SISHI

北方文艺出版社
·哈尔滨·

图书在版编目（ＣＩＰ）数据

不过四十 / 安欣著. -- 哈尔滨：北方文艺出版社，2022.6
ISBN 978-7-5317-5567-8

Ⅰ. ①不… Ⅱ. ①安… Ⅲ. ①随笔 – 作品集 – 中国 – 当代 Ⅳ. ① I267.1

中国版本图书馆 CIP 数据核字 (2022) 第 080861 号

不 过 四 十
BUGUO SISHI

作　　者 / 安欣	
责任编辑 / 富翔强	装帧设计 / 树上微出版
出版发行 / 北方文艺出版社	邮　　编 / 150008
发行电话 / (0451) 86825533	经　　销 / 新华书店
地　　址 / 哈尔滨市南岗区宣庆小区 1 号楼	网　　址 / www.bfwy.com
印　　刷 / 武汉市籍缘印刷厂	开　　本 / 880×1230　1/32
字　　数 / 189 千	印　　张 / 10.75
版　　次 / 2022 年 6 月第 1 版	印　　次 / 2022 年 6 月第 1 次印刷
书　　号 / ISBN 978-7-5317-5567-8	定　　价 / 68.00 元

序：不过四十

偶然在电脑里发现这张照片，一看就很喜欢，不施脂粉，自然、阳光，眼神里带着对未来的期许。看样子像是十多年前在西安北郊灞桥附近拍的。十年前，刚从未央湖把家搬到了凤城九路，一切都是崭新的开始，房子是新买的，家具是新买的，就连对未来生活的期许都是新的。那一年，儿子9岁，上三年级，而我刚刚过了33岁生日，现在想来，那是多好的年华。

我这个人大概天生就不是一个能过轻松日子的人，也许我生来就是劳碌命。那段时期，我是一个全职家庭主妇，但我好像从没想过要像其他主妇一样把家庭生活

搞好，每日买菜、做饭、洗衣，照顾好家人，同时自己也好好享受一下生活。我总是喜欢给自己设定目标，然后拼命地、奋力地去追求在别人看来完全不可能实现的目标，为此有时忽略了对家人的关心和照料，还好，他们比较理解我。

我记得在我 35 岁的时候明显地感受到了时间的紧迫，那时常想，自己都三十多岁了，好像也没有在某个领域干出什么像样的成绩来，如果再不努力，就来不及了，自己真的就老了。

那段时期，虽然没出去工作，但比工作的人都忙。在网上写文章，更新文章，常常是两部小说同时写，早晨更一部小说的两个章节，下午更另一部小说的两个章节。那时候，浑身都是劲，对小说的情节创意也很多，实在写不出来的时候，就在房间里转着圈走，一圈，两圈，很多圈，有时像身着水袖的青衣在房间里舞动身姿，走着走着，跳着跳着，就想出了后边的情节。

为了中午不犯困，午饭只吃面包之类的东西，只要勉强维持不饿就行，吃太饱是会打瞌睡的，一中午就白白浪费了。记得那时孩子放暑假，午饭我一般都是手脚麻利地和面、做臊子，每天中午都吃臊子拌面，当时是图简单，图省时间，后来想想其实也挺对不起孩子的，没能像其他全职妈妈那样每天给孩子精心烹饪出不同花样的美食。幸好后来孩子上高中后很快长成了一米八几的大个子，我在心里暗自庆幸，这一定和那个假期每天中午的一大碗臊子拌面有很大关系吧。

其实没有人催着我写，我也并没有收到什么约稿函之类的东西，但那个时候我就是经常感到，时间紧迫、任务繁重，甚至觉得没办法平衡写作与照顾家人之间的关系。我总觉得30多岁已经不是一个很好的年龄了，对写作的人来说，是一个灵感逐渐丧失的年龄，我应该在写出一部大作之前抓紧时间练笔，多练、勤练，所以这个目标让我很紧张。

40岁以后，人不由自主地慢下来了。走路的速度慢下来，说话的速度慢下来，就连说话的内容，可说可不说的，我常常就不说了，甚至连发脾气都比原来少了很多，生气、抱怨这样的情绪都懒得去表达了，这是人老了的一种表现吗？也许是吧，但想想这也没有什么不好，除了脸色变得越来越暗黄，额头的皱纹越来越密集，皮肤越来越松弛，这些不可避免的人在走向衰老途中必然呈现的特征外，其实40岁的女人也有很多优点。

40岁的女人变得越来越从容，遇事越来越淡定，越来越不那么计较得失，穿衣品位、举手投足也变得越来越优雅、越来越有风度。这些特征都是在30岁时鲜有的，这些40岁女人特有的优势，让她们活得更加淡定从容、游刃有余。

今年我44岁，想想不过才44岁。很奇怪，10年前，34岁时，觉得自己老了，很多事都快来不及去做了，而44岁的当下，我却觉得自己还年轻，无论做什么都还来得及。不过只有44岁，不用急，慢慢来，一切都来得及，一切都有可能，只要坚持做你喜欢的事情，做你擅长的事情，即便成不了什么大家，你也会成为更好的自己。

不虚度光阴，给家人必要的照顾，让家人感受到舒适，享受当下，承担必要的社会责任，我觉得这是我在四十多岁的年龄段该做的事情，那就尽力把它们做好，然后大方地说出"我对得起自己的四十岁"！

安欣
2021年2月18日

目 录

春

宅女 3
我的静谧时光 8
买书的冲动 13
爱上写作 20
这些年追过的咖啡馆 26
香飘满屋 33
想要开间小小咖啡馆 36
网购成瘾 39
独自旅行 44
变化 51
浪漫情怀 54
学会和自己相处 58
归属感 63
刘叔叔 68
杨叔杨姨 73
我认识的刘兴勇老师 77
我有一儿 今年十九（上篇） 82
我有一儿 今年十九（下篇） 86

夏

爱与期待................................. 95
做一个强势又泼辣的女人..................... 100
女性自我意识的觉醒......................... 105
到底要不要门当户对......................... 110
女人可以选择比自己年纪小的男朋友吗......... 115
认可和欣赏是把双刃剑....................... 119
接受衰老................................. 122
论女人的选择............................. 127
应该支持孩子的兴趣爱好，还是为其未来的发展指出方向................................. 131
咖啡可以"治百病"吗....................... 137
心病还要心来治........................... 142
当一个女人美美地"捯饬"自己时............. 146
一个关于中年女性的私密话题................. 148
不如看剧吧............................... 152
我们的歌................................. 155
做个文艺青年不好吗....................... 159
写作者适合做伴侣吗....................... 162
作家是否应该走出家门..................... 165
人生需要顺其自然......................... 168

秋

张爱玲的爱 175

林徽因的家国情怀 181

奈保尔的真 185

木心的岁月 191

冬

感动——2008年同学聚会 197

也许这爱情太平常 205

过年 210

中庸之道 213

石油人的酒文化 216

杜拉拉的爱情 218

因为一个人，恋上一座城 221

这是一个恋爱的季节 227

行走福建 231

5.20真情表白 241

金美妞与小黑的爱情故事 244

育儿往事 249

关于孩子二三事 254

放学路上 264

孩子的圣诞期待..271
一次面试..277
拉面西施..285
不二情书..290
匠人精神..294
那年那月..300
去一趟武汉，来一趟广州 说走就走，不问东西...309
那些著名的乐曲和它背后的爱情故事............315
九公里忆事..320

春
spring

宅 女

宅女这个词原来我以为离我很远，这个"原来"是什么时候呢？想了一下，大概是35岁之前吧，原来我是一个坐不住的人，别想把我和"宅女"搭上边，我喜欢跑来跑去、精彩纷呈的生活。早年的时候，我应聘在民营公司做行政、文字类工作，其实只是一个普通职员，但是无论是在别人看来，还是我自己觉得，都感觉自己是一个高级白领，每天风风火火、神采奕奕，浑身有使不完的劲。

那时候，我家住在西安市北郊未央湖附近，但应聘的公司却远在北大街，2007年那会儿还没通地铁，每天早晨五点多就得起床，然后快速地洗漱、化淡妆、换上精致的职业装，临走时轻轻来到孩子的床前默默看一眼熟睡中的孩子，有时忍不住凑到孩子可爱的小脸旁轻啄一下，就算和孩子告别了。这时候天才蒙蒙亮，我背着时尚的小包，穿着细高跟鞋，两步并作一步地去赶公交。既然是赶路就免不了要小跑几步，我脚底一指禅一样的鞋跟像在经历一场极限运动，心里常常会担心，因为跑得急鞋跟会不会卡在砖缝里拔不出来。上了车才发现，小小的509路早已被挤得水泄不通，我精致的妆容、一身精心搭配的职业装，还有好容易挤进苗条鞋子里的一双脚，每时每刻都在经受着考验。瞄一眼四周，怎么都觉得自己和这车里的氛围这么不搭呢？有什么办法，谁让那时候咱年轻呢，经济实力有限，买不起车呀。中途在尤家庄站倒一次车，这下好多了，换成了大公共汽车，好容易摇到了北门，却开始了漫长的堵车。那会儿，北门的堵车程度，现在都不敢回忆，少说有一个多小时，上下班高峰期堵两个多小时也不在少数，下了车得连滚带爬地往公司跑，想想都对不起我那一身精致的打扮。

　　这样的生活我过够了，下决心找一家离家近的公司。但公司不是为我准备的，就业这事也是要讲究缘分的，万万没想到，等待我的下一家公司却在南大街。这下可好，每天早晨我要经过北门和南门两道门，每天我用在往返上班路上的时间就有四个多小时。那时候每天晚上回到家都感觉快要虚脱了，头晕、恶心、眼冒金星。这还不算什么，最让我受不了的是，公司规定早晨的上班时间是8点整，而我每天赶到钟楼地下通道的时间已经差不多8点了，每天都要重复在地下通道里拎着小包，穿着高跟鞋，狼狈不堪地跑步赶路的情境。我感觉自尊受到了极大的打击，这回我是下定决心了，一定要找一家离家近的公司。这一回我如愿以偿，新入职的公司离我家只有几百米的路程，再也不用饱受赶路之苦。

你看，直到现在我也和"宅女"这个词相去甚远呢。虽然工作的地方离家只有几百米，我每天依然顶着精致的妆容，穿着别致的职业装，搭配着决不妥协的小高跟以及时尚小包，没办法，咱就是一个对自己"高标准、严要求"的人。不是有那么一句话吗，"你把自己当什么人，你就是什么人"，不管工作的地方离家近还是远，不管自己从事什么工作，我心里永远把自己当作高级白领看待，可不是所谓的什么"西单假白领"，尽管最早我从事的文员工作月薪只有600块，实际上西安市各大公司的薪酬标准本来就不高，几年来我所在的公司工资水平都不高，但我对自己的"定位"却比较高，唉，这是不是"死要面子活受罪"呢？好像也不尽然，反正那时觉得自己就该那样。

那我的"宅女"生活到底是从什么时候开始的呢？应该是从2013年吧，那时候我的小花店不开后，我就真正坐下来开始写作了。既然是写作嘛，自然是从里到外，从灵魂到行动都要安静下来，不能受外界的干扰太多，不然就无法与自己内心深处交流，无法彻底听到来自心底的真实声音。刚开始怎么都坐不下来，是啊，怎么可能说坐就坐下来了呢？怎么可能从每天风风火火的状态突然变得安静呢？每当走出家门看到忙忙碌碌上下班的人群，我的心都要经受一次巨大的震动，往往会忆起从前自己上班时的状态，就有一种强烈的想出去上班的冲动。我想了一个办法，就是在网上写文章，这样受网站每天至少更新1000字的约束，每天必须坐下来思考、写作，最起码你得写出1000字来吧，不然就断更了，断更的后果是很严重的，你会失去一些固定的阅读者。这样写着写着，就坚持下来了。

2013年，我36岁，我觉得是一个坎，我开始能静下来了，我不再追求表面上的精彩纷呈，慢慢地开始与灵魂深处的自己对话了，也不再追求服装、妆容的精致，而是渐渐喜欢上了简约，不再追求能不能背下一首诗，看没看过一部作品，而更看重一首诗、一部作品背后作者想表达的深意了。

2020年，我43岁，我觉得又是一个坎，这一年我开始"宅"了，不喜欢没事到商场里去瞎逛了，连过去常泡的咖啡馆也不去了，我将家里十多年来一直在用的深红色地板换成了浅黄色，添置了半商业化的咖啡机和磨豆机，还打造了一个美丽的花园式的阳台，现在我的家就俨然一个咖啡馆，比过去我去过的所有咖啡馆都要美，都要舒适，我更加有理由从早到晚"宅"在家里了，有时甚至几天不出门，我都不会感到孤独，因为有猫陪着我、有书陪着我、有咖啡陪着我、有音乐陪着我……

唉，我是彻底掉进"宅"的温柔陷阱里，完完全全变成了一个"宅女"，也许骨子里的我本就是"宅"的，我有"宅"的天性，不然我的名字怎么会叫"安静"呢？

我的静谧时光

孩子上大学后,每到周末,不上班的这一天就成了我的私人时间,它是专属于我的静谧时光。

说是私人时间当然是连老公都不包括在内的,只有我、猫和我的"肉肉"(多肉植物)。在一起做夫妻久了,在这一点上还是很有默契,每个周末总要抽出一天时间,他一早就说要出去加班,而我独自留在家里,我们便可以单独享受只属于自己的那份静谧时光。每到这一天我总会格外珍惜,心里欢快雀跃,像做了公主。

周六早晨,吃过早饭,他如往常一样去加班了,我将手机连上音箱,播放平时收藏在 QQ 音乐或网易音乐里的音乐,有时是通俗歌曲,有时是爵士乐,有时是肖邦、巴赫等音乐大师的钢琴曲、大提琴曲,有时一天里各种曲调都听过了,到了傍晚,就闭上眼睛听上几段史依弘或者李胜素的京剧唱段。

音乐播放,我便踱步到阳台,看着阳台上被我精心布置的小花园,兀自陶醉在其中。一白一绿、一铁一木两个花架分置在阳台的两边,两个不锈钢小花架并列一排放在阳台外侧,这些花架上边摆满了我的宝贝"肉肉"。我家的花里90%以上都是多肉植物,这些各式各样、颗颗饱满、鲜艳欲滴的"小可爱",是两个多月前我一颗颗亲手栽种的。我在网上分别选购了各式各样的"肉肉"、花盆和营养土,拿回家后把它们一一摆在地上,什么颜色、什么状态的花配什么颜色、什么样式的花盆,逐一对照,然后逐一填上土,再按照样式、颜色、状态等的不同,将它们一盆盆放置于不同的花架上。抬眼望去,真是各有各的韵味、各有各的姿态、各有各的美。

  自从有了这些"小肉肉"后,每天早晨第一件事,就是来到阳台,看看我的"肉肉"们有没有什么变化,有没有长高一点。我拿起长嘴的"肉肉"专用喷壶,给每盆"肉肉"细心浇水,然后在心里期盼着它们长大。为了增添花园的色彩,我还在网上定制了一个天蓝色的木质花园椅,那蓝颜色比天空还蓝,我给花园椅配了两个玉米皮编织的坐垫和两个颜色鲜艳的靠枕,让整个"花园"看起来明亮而色彩斑斓。除此之外,我在几个木架间拉上了彩灯,天黑之后,打开彩灯,整个花园星星点点,像个梦幻的城堡。

  浇完水,已近中午,我简单为自己弄了点午餐,有时是两片烤面包,有时是凉拌青菜,有时泡上一碗酸辣粉,一个人的饭很难做,但却可以凑合了事。吃完午餐,在沙发上小憩一会儿,就到了下午。起来踱步到咖啡区,打开咖啡机开关,让它预热一小会儿,然后找个湿抹布擦一遍已经一周没使用的咖啡机操作台,就准备正式烹煮咖啡了。

从研磨咖啡豆,到为咖啡机添水、放出咖啡机里多余的蒸汽、预热咖啡杯,到从冰箱里取出牛奶,用蒸汽打发奶泡,萃取咖啡,为咖啡拉花,整个过程像一场庄重而盛大的仪式。有时手感好,咖啡、奶泡都打得恰到好处,就能用奶泡在咖啡上成功拉出一朵像样的花来,有时咖啡机的温度、咖啡粉的比例、奶泡的制作没掌握好,拉花便宣告失败了,咖啡上呈现的像一摊不知是什么的漂浮物,这时候心里往往会有几分失望,但不管拉花效果好不好,烹制好咖啡的第一件事仍旧是先品上一小口,看看今天的味道怎么样,苦了、奶味重了,还是奶泡太稀了,要做到心中有数,知道改进的方向。最后将烹调咖啡的器具统统拿到水池里洗干净,这时候便可以悠然自得地端着刚做好的咖啡来到休息区,坐在草垫上慢慢啜饮。

咖啡区也是整个家里我最喜欢、付出最多心思的区域。我在网上订制了一个较长的不锈钢操作台,尺寸、样式都是按我的需要制作的,为了制作出品质更好的咖啡,我斥"巨资"买了半商用的咖啡机和磨豆机,这两个大件算是我家最贵的家具了,可以见得我对喝咖啡这件事的态度了,"喝咖啡,我是认真的"。紧挨咖啡操作台的墙面上被我布置得琳琅满目,右边墙上吊着一个白色双层木架,上边摆着装咖啡豆的瓶瓶罐罐,中间凹进墙面的镜子是当初装修房子时设计的,如今刚好派上用场,上边陈列着各种烹调、研磨咖啡的器具,而左边墙面是不久前刚刚装上去的一个棕色木架,上面"端坐"的是我的几位"宠妃"。它们是我最喜欢的几套咖啡杯,有日式的、欧式的、中式的,有釉下彩的、冰裂的、手绘的,各种颜色、各种材质争奇斗艳,而我最喜欢的是其中一个广口的、白底蓝花的中式咖啡杯,这个杯子的质地虽然稍显普通,但杯体容积比较大,每次做咖啡拉花,能够满足一个新手对空间的需求,而且喝起来可以大口豪饮,符合我们西北人的个性。

每天下午的咖啡时间也是一天里我最喜欢的,认真地做好咖啡后,一边品着咖啡,一边在电脑上写下自己想表达的文字,感觉没有比这更幸福的事了。很快到了傍晚时分,有时孩子他爸发来信息说要继续加班,我就连晚饭也不用准备了,自己再随便凑合一顿,不发信息就是要回来,我就得去准备晚饭了。

餐厅被我专门辟出一小块当成面食制作区,我受了电视里"南方黑芝麻糊"广告的启发,突发灵感,在靠墙的位置放置了一个不锈钢操作柜,柜门上挂着一块白底的猫主题布帘。我在网上买了一米二长的一整块木制案板，还有一个漂亮的陶瓷面缸和一个白色的陶瓷面盆，又添置了一台电动压面机。让老公帮忙在操作台的墙面上安装了一个黑色的带罩大灯泡，灯泡与操作台之间的墙面装了两个木质隔板，上面摆着装豆子、芝麻、白糖的各种玻璃罐。这片区域是传统与现代完美的结合，看起来浪漫又温馨，透出了"南方黑芝麻糊"广告里那种温暖有爱的氛围：年迈的母亲躬身为孩子做上一碗热气腾腾的黑芝麻糊，孩子双手捧着芝麻糊，一边轻轻用嘴吹，一边小口品尝着"妈妈的味道"。我想我也会在这里为儿子做上一碗热气腾腾的面条，让他尝到久违了的"妈妈的味道"。

　　自从家里被我打造成这样的几个区域后，我特别喜欢待在家里，什么逛街、买衣服在我心里统统没了位置，我只想一个人静静地宅在家里，这和过去的我大相径庭。过去的我似乎觉得只有奔波、忙碌才感到充实，人到中年，终于体会到"坐看云起云落，静听花开花落"的魅力，体会到娴静、淡然、安详的美好，而我也真正开始喜欢"静"了。

买书的冲动

迄今为止，大作没有写出一部，但藏书已不少，至少也有几百本之多，这些书陈列在我家的客厅、卧室以及孩子的房间里，我家不大的空间最大的装点就是我的藏书了。

最初也没想过藏不藏书的事，只是买自己喜欢的书，记得我买的第一本大作家的书就是严歌苓的书。我看她写的第一本书是《一个女人的史诗》，清楚地记得当时看过这本书之后的惊喜。虽然这本书的内容是军旅题材，似乎离我的生活比较远，但作家那种直来直去、简单明了，没有过多地铺陈，有事说事的写作方式一看就让我喜欢，这在我之前看书的经历里不常有，原先看大部头作品时，有时关于环境、景物的描写都要几页纸，所以乍一看严歌苓的作品让我眼前一亮，而且阅读感受也比较轻松、舒服，因此在这本之后，我马上又买了《小姨多鹤》《扶桑》《寄居者》，前后共买了15本严歌苓的小说，可谓是看得上了瘾。

然后是安妮宝贝的书，当我看了她的第一本书《素年锦时》后，就被她文字里透出的一种淡淡的伤感以及唯美的文字风格吸引了，她的文字总像是隔着一层白色的纱幔，欣赏坐在里边的一位忧郁的冰美人，你一再想要揭开纱幔，想要进一步了解那位美人的身世、喜好，一切的一切。因此看完这本我紧接着又买了《莲花》《清醒记》《蔷薇岛屿》，等等，当接触安妮宝贝的书后，我心里有一个声音质问自己：以前都干吗去了，为什么才开始读她的书？可能我属于一个探秘型的读者，在我的阅读记忆中我很少有只读一个作家的一部作品的，一般对一位作家的某部作品感兴趣后，我会先在百度里搜索这位作家的生平经历，探寻他（她）的过去与现在，然后一口气买来他（她）的大部分作品，一本一本慢慢看、慢慢品味，与其说是在读作者写的书，倒更像是在品读作者本人，这有点像追星，可能我是一个"打破砂锅问到底"的人，我就是想通过作者的作品将这位作者的前世今生了解个清清楚楚，说来这有点"八卦"的意思。

后来是六六的，再后来又是民国大才女张爱玲的，不整理不知道，那天一整理，我收藏的张爱玲的书竟有十六本之多了，连我自己都惊到了。再后来是一些外国名家的大作，那时我的生活因为有了"亚马逊"而精彩。最初我买书都是在"亚马逊"上买的，那时我所知道的亚马逊的唯一功能，就是买书。亚马逊的买书体验很好，有的书可以在上边试读，文字的感觉、内容还有字体的大小你都可以通过试读的几页感受出来，有的书后边还有已经买过书的读者的评论，方便你选择。

那时候，我刚刚开始阅读一些外国作家的大部头作品，当我在购书网上搜索一部作品时，网页一般会弹出这位作者的很多其他作品，我那个时候偏偏不选择那位作者久负盛名的作品，偏偏要去买他的某部或某几部不知名的作品，回来看后，似乎总觉得还缺点什么。后来看的书渐渐多了，只要在某本书里看到某位大作家的某些作品，我就忍不住好奇，赶紧在网上搜出来，然后一口气买来这位作家的好几本作品，慢慢读。

就这样我的书就渐渐多起来，并且越集越多。有一段时间我也为自己不加控制的买书行为感到自责，家里本来空间不大，现在书都快摆不下了，但是有一次在一部作品中看到，忘了是哪位作家讲的，书是一个家庭最好的装饰，我觉得这句话似乎为我不加节制的买书行为找到了依据，从此我更有了大肆买书的理由。记得2019年诺贝尔文学奖颁奖前，中国作家残雪的呼声很高，在那之前，残雪应该不算是这个时代的主流作家，我几乎没有看过她写的书。都是诺贝尔文学奖的候选人了，我能不补上这一课吗？我开始在网上疯狂地搜索她的作品，不幸的是，那时她的书在中国并不多，很多网站都需要预付款订购，预付款就预付款，我也不能计较这些了，我同时在三个网站预付了，我也不知道多少钱的预付款，然后慢慢等着书寄来。有的书店很快就寄来了，有的过了很久很久，大概我都快完全忘了这事才寄过来，寄够没寄够我也不知道，也没那个精力去弄清楚了。唉，我就是这样一个买书人。

　　周末，我捧着残雪的书，带着无限崇敬的心情开始拜读，读着读着，我发现还真如有些网友评论的：残雪的书看不懂。我倒不觉得看不懂，毕竟先前那些阅读的经历为我积攒了些经验，但我仍觉得似懂非懂。我觉得残雪的书需要慢慢品读，而且不止一遍地读，读她的书，你一定要有耐心，而且要边读边思考，你会发现其实读书不是一件轻松的事，它像学习一样，得费一些劲的。在读书这件事上，我觉得我比从前好了很多，我会对某些作家，或者某些外国作家的作品中的某些句子来回读、反复读，直到弄清楚这句话深层次想表达的意思，但是几句或几段难以理解的话我还可以耐心读、反复读，如果是整部作品，我就缺乏这样的耐心了，这说明我修炼得还很不够，必须得进一步培养自己的阅读能力和阅读品味。因此，残雪的个别著作我虽然买来了，但至今尚未拆封，我想假以时日，我会拆开来细细去读，读出其中的深意。

这些年，唯有在买书这件事上我没有想过"省钱"二字，多买多看，看书是一个让人增长知识、大开眼界的过程，不需要走出家门，通过书你就会了解到天南海北、古今中外，很多地方的风土人情、生活习惯和社会的发展进程。而且当你在生活、工作中遇到困惑时，你只要捧起一本书来看，你一定会有收获，你会觉得瞬间豁然开朗，一切事情似乎都迎刃而解了。当你在心情不好的时候，你捧起一本书来看，它会让你暂时忘记忧愁，它会带你走进一个更大、更广阔的世界，而不是永远在你自己的世界里独自神伤。

我目前收藏的一套秘密法宝是一套李欧梵的书，这套书主要是作者对建筑、音乐等方面的见解和认识。因为作者本人是某大学教授，所以他的书知识性比较强，你从他的书里可以获得很多知识，比如古典音乐，我也是通过他的书提高了认识，对于建筑，原先我是完全不懂的，看了他的书，我对建筑也略知了一二，并且有了些许鉴赏能力。

这套书是我去杭州探访麦家理想谷时在其中一个书架上偶然看到的。麦家理想谷是麦家老师创办的一个公益性书店综合体，只看书不卖书，据说藏书有一万余册。在那么多书里，当时我一眼就看到了"李欧梵"这个名字，因为这个名字对我来说比较陌生，他不是一个文学大家的名字，在近年来我看的书里几乎没有提到过这个人，我就想看看他到底是何方神圣，我自然知道，摆在这里的每一本书一定是经过麦家老师精挑细选的。我从书架上取下一本，翻开来看，这一看就合不上了，书中都是作者对文学、艺术等方面的高深见解，回来后我就在购书网站搜他的书，一下就买了七八本。我说了，对于买书这件事，我是没有抵抗力的。

还有一本是《安娜·陀思妥耶夫斯卡娅回忆录》，这本书也是我在麦家理想谷第一次认识的，麦家老师虽然不为人荐书，但他的麦家理想谷里的确有很多好书。我当时看到后拍了照，回来在网上买了一模一样的版本。这本书是大文豪陀思妥耶夫斯基的妻子安娜写的回忆录，回忆了她与陀思妥耶夫斯基的相识、结婚及婚后的生活，通过这本书我认识了一个全新的、不为人知的陀思妥耶夫斯基。通过文字的连接，我忽然觉得我和一位大文豪离得如此之近，近到我可以看到他生活中的点点滴滴，他的笑，他的慈蔼，我甚至可以感受到他每次发病时的痛苦，这本书让我感到了他的亲切。这本书是由广西师范大学 2013 年 9 月第一次出版，这个版本质量很好，但美中不足的是字体太小了，读起来有些费劲，记得有一段时间，晚上临睡前，我让老公读给我听，有时我读给老公听，每天读几页，现在仍有一百来页还没读完，就把它纳入今年的阅读计划吧。

这就是我多年来买书的一些心得，算不上是什么经验，还是那句话，买书，我是冲动的，但这种冲动行为几乎没有为我带来什么负面的影响，它最终达到的效果是积极的、正面的、有价值的。

爱上写作

想想我是在怎样的机缘巧合下爱上写作的呢？这大概要追溯到初中时代，那时候刚开始流行汪国真的诗歌，同学借给我一本，自此我认识了汪国真，也知道了他的诗歌。

《假如你不够快乐》
假如你不够快乐
也不要把眉头深锁
人生本来短暂
为什么还要栽培苦涩
打开尘封的门窗
让阳光雨露洒遍每个角落
走向生命的原野
让风儿熨平前额
博大可以稀释忧愁
深色能够覆盖浅色

《热爱生命》
我不去想是否能够成功
既然选择了远方
便只顾风雨兼程
我不去想能否赢得爱情
既然钟情于玫瑰
就勇敢的吐露真诚
我不去想身后会不会袭来寒风冷雨
既然目标是地平线
留给世界的只能是背影
我不去想未来是平坦还是泥泞
只要热爱生命
一切,都在意料之中

《感谢》
让我怎样感谢你
当我走向你的时候
我原想收获一缕春风
你却给了我整个春天
让我怎样感谢你
当我走向你的时候
我原想捧起一簇浪花
你却给了我整个海洋

让我怎样感谢你
当我走向你的时候
我原想撷取一枚红叶
你却给了我整个枫林
让我怎样感谢你
当我走向你的时候
我原想亲吻一朵雪花
你却给了我银色的世界

直到现在,当我一个字一个字地敲击键盘,写下它们的时候,我仍然能够感觉到诗人在创作它们的时候那种饱满的激情,每一个字都带着浓烈的感情,我现在仍然受到这些诗句的感染,何况那时候,那时候我可是一个刚刚进入青春期的中学生啊,被诗人充满激情的文字深深地折服了。

记得那时,每天晚上吃过饭就说进屋写作业,于是把自己关进屋里,先抄上两三首汪国真的诗,再开始进入写作业的状态。那时候我还给自己起了一个特别诗情画意的笔名——碧雪诗晴,慢慢地自己也开始写一些小诗,大概自己写的那些诗连自己也没太打动,加之后来又面临升高中的学习压力,写诗的爱好便就此搁浅了。

参加工作后一直忙于工作,忙于奔波,写诗这件事就被放下了。其实想来自己刚参加工作时，岗位是采油工，每天的工作内容是打扫井场、清理井口、换盘根、配合修井，后来到了站上上罐量油、做记录、操作输油泵、打扫站内卫生，这些都与文字关系很有限，但我却喜欢闲来写写通讯报道，写一写身边的采油工，写一写发生在身边的故事，而且那时是非常有激情地在写，因为那时候年轻，又在石油事业的最前线，写起发生在一线的人和事来就显得生动和容易许多。我记得那时候用了一个晚上的时间就写成了一篇赞美采油女工的文章《红魂》，第二天交给了我所在的转油站的站长，当天晚上在我值班的时候，站长不吝溢美之词夸赞了我的文采，心里窃喜，也对自己的写作才能更多了几分信心。有一次我们作业区区长也夸奖了我，别提我心里多高兴了，自此以后，我更是喜欢有事没事写几句了。

回到西安后，我虽然一直从事与文字相关工作，但都是写总结、报告之类的公文，很少再写直抒胸臆的文字了。2013年，我开始坐下来写小说。写小说并不是我的特长，起初我喜欢写一些散文、随笔之类的文字，可是我一个籍籍无名的人，写这些东西大概就只有我自己看了，那时我想，我只有写出一部让大众认可的作品来，他们才能关注到我，而只有长篇小说这种大部头作品才显得有分量，所以我开始坐下来写小说。从最初坐不下来到后来一坐可以坐三四个小时，从不会想象，到每天沉浸在自己想象的世界里久久不愿出来，这其中经历了很多年。虽然到现在我还是一个籍籍无名的人，但我常常感觉到充实、满足，起码，我超越了刚开始写小说时候的我，我觉得写小说的过程对我来说是一个很享受的过程。

当我在写一个章节时，有时很顺利，有时从早晨坐到下午三四点才能进到文章的情境中去，等到晚上6点，老公下班回来，看到呆坐在桌前，一言不发、面如死灰的我，大概觉得怪异，他可能常常觉得我是一个人待在家里太久了，抑郁了，其实没有。虽然几年间我大部分时间都是一个人待在家里度过的，但我从来不感觉到抑郁，我很享受一个人独处的时光。我只是常常在他晚上下班回来时刚刚写完当天的章节，还没有从小说的情节里走出来，这需要一个过程。你进到你自己搭建的一个全新的世界后，你喜着作品里每一个人物的喜，你悲着作品里每一个人物的悲，你就是他们，他们也就是你，哪有那么快从那么深的悲喜里走出来的？走出来又哪会那么容易回去的？这大概和演员扮演角色的感受相似。

除了这些还有吗？我到底为什么会爱上写作？为什么一天到晚把自己闷在家里爬格子？没有人逼我，没有人催稿，我还没有红到这种程度，我完全可以有别的选择，而且我天天闷在家里爬格子是没有任何报酬的，对家人来说我也是脱离社会实际的，但我却义无反顾地想做这件事情。这样看来，我这个人骨子里还真是倔强，而且这只能说明我是真的喜欢这件事情，由心而发地喜欢。

这些年追过的咖啡馆

我有很深的咖啡馆情节，这些年来，我的旅行变得不那么纯粹或者说越来越纯粹，似乎就是为了探访当地著名的咖啡馆。如果去一个地方旅行，而没有去当地的咖啡馆，我会觉得这趟旅行变得索然无味，甚至没有什么意义。

这听起来有些夸张，但其实有很多和我一样钟情于咖啡馆的人，甚至是大师级人物。大文豪巴尔扎克就曾经说过："我不在家就在咖啡馆，不在咖啡馆就在去咖啡馆的路上。"他在创作《人间喜剧》时，常常写作到深夜，经过五六个小时的写作，他需要休息一下，然后自己烹调一杯"浓黑有力"的咖啡，坐在小桌旁一口一口慢慢啜饮下去，"一壶咖啡一支笔"已经成为巴尔扎克的标配，可见巴尔扎克对咖啡馆和咖啡的喜爱程度。

写出闻名世界的《哈利·波特》系列的作家J.K.罗琳，当时在英国爱丁堡租住的房子又小又冷，只能每天推着三个月大的女儿到楼下的大象咖啡馆写作，点上一杯咖啡，一坐就是一整天，正是在这样的环境下罗琳完成了《哈利·波特》的创作，并为自己带来了超高的声誉和不菲的收入。

我自然没有打算在一家咖啡馆里完成一部鸿篇巨制，因为我的家早已被我打造成了一个非常温馨的"咖啡馆"，之所以还是愿意去泡咖啡馆，是因为依然有剪不断的咖啡馆情节。

在我生活的这座城市——西安，市民对喝咖啡这件事的接受程度，不算前卫，但也不算封闭。作为市民之一的我，喝咖啡的经历要从2013年算起。起先是隔三岔五出没于我家附近的两家星巴克咖啡馆，那一年，我开始在网上写一些东西，有时在家写得实在闷了就背着包去咖啡馆写。最早是去凤城八路路口民生国际一楼的星巴克，那时我的居住地附近最有品质、最为高大上的咖啡馆就属星巴克。星巴克里有一种特有的自由空气，大家横着坐，竖着坐，立着坐，倒着坐，想怎样坐就怎样坐，想聊天就聊天，想听音乐就听音乐，想工作就工作，没人限制你。音响里传出富有情调的爵士乐，整个空间里充斥着烹煮咖啡时散发出的焦香味，有时我来这里只是要杯咖啡，听听音乐，感受一下咖啡馆的气氛就走，有时想坐在这里写东西，却因为周围环境的嘈杂，写不下去。

2015年，汉神广场一楼的星巴克开业后，我就第一时间转战去了那里。同样是星巴克，但这家店的优点是空间很大，店开在商场里，店与商场是用一扇一扇活动的大玻璃隔开的。在门口点完单后，往里走，有一张很长、很质朴的木桌，靠近活动窗的位置还有一长排木桌，这样的装修风格在2015年的西安算是比较"高级"的。活动窗在营业时间都打开着，咖啡馆外的一切风景尽收眼底，达到了扩展视野的目的。这家咖啡馆对我最大的吸引是学习、工作氛围的浓郁，每次来都有不少拿着书本、手提电脑在这里学习、工作的人，这种氛围会吸引到有相同目的的人来到这里，缺点同样是营业高峰期时会比较吵，很难全心投入写作。

2018年，我刚回单位上班不久，由于太久没有在单位上班，对单位的情况、工作的内容以及人事的生疏，一度让我觉得疲于应付，每到周末或节假日，我会叫上家人前往永宁门城墙下榴园内的"漫咖啡"，在那里消磨上一个早晨或一个下午，身心得到了极大的放松。"漫咖啡"一度是我的挚爱，这个连锁的咖啡品牌，是我在南京旅行时认识的。当时在南京一个繁华的步行街上看到这家咖啡馆，因为不了解就盲目地走进去了，没想到进去后的景况让我一看到就爱上了这家咖啡馆。各种样式、各种大小的灯具将整个咖啡厅装点得别具一格、富丽堂皇，各种稀奇的小茶几、各式各样的椅子、巨大的桌子，还有上下两层偌大的空间以及自由呼吸的氛围让我瞬间就喜欢上了这个咖啡品牌。回到西安后，我便在百度里搜到了位于永宁门的这家"漫咖啡",更是在第一时间独自探访,后又多次带家人去享受悠闲时光。永宁门的这家"漫咖啡"有一处独特的景致就是一楼和二楼的室外都安放了很多桌椅,如果你坐在一楼室外,那天阳光正好,天蓝树绿,美女们凭栏远眺,美女看景,而你看美女,想想看,这是多美好的一幅画面。如果你坐在二楼室外,放眼望去,千年古城墙与你咫尺之遥,现代化气息浓厚的王府井百货大楼等一众高大建筑分别铺陈在你的眼前,古与今、传统与现代在同一个空间和时间内的交相呼应,这可是难得一见的景观。

2020年,我们才上班不久,一个周末我如往常在"美团"上瞎逛过瘾,无意中在顾客评论里发现一家不错的咖啡馆,名字叫"艾神家咖啡",位置就在凤城十路与文景路交会处。我在脑子里搜索了一下,这家咖啡馆离我家只有一个路口的距离,我家在凤城九路,而这家咖啡馆在凤城十路。为了探寻这家咖啡馆,我拉着老公义无反顾地去了,咖啡馆坐落在一个比较僻静的路边角落,走进咖啡馆,看到它的装修风格以及感受到的氛围,我就知道这是我喜欢的风格。咖啡馆内的空间很大,类似于"星巴克"的装修,但咖啡的品质不像星巴克那样"速食",而是单杯烹调好后,由服务员端给顾客。我记得当时我点了双人套餐,一份华夫饼、一杯白冬瓜拿铁和一杯约瑟芬玫瑰拿铁。那时这家店开业不久,正在美团上做活动，这份套餐只花了 38.8 元。品了一口后觉得味道相当不错，华夫饼满口焦香，咖啡味道香浓，可见咖啡豆是极新鲜的，这超出了我的预期。除此之外，这家店的环境非常安静、优雅，大概是因为开业不久，客人不多的缘故。总之，自从知道了这家店后，每到周末，我就叫老公一起坐地铁过来，要上两杯咖啡，刷刷手机，再走回家，要是哪一个周末没去，似乎都觉得没过周末。

有时我自己背着电脑，骑共享单车过来，点上一杯咖啡，要上一份华夫饼，静静地坐下来开始写作。有时一早晨也没有几人出入，刚好满足了我对环境的要求，一直写到临近下午时，我才背起电脑走出咖啡馆，这时顾客也渐渐多起来。有将近半年的时间，我的周末在这家店找到了快乐，可好景不长，快到年底时，我又骑车去了这家店，那天店里所有的店员都在忙着拆卸桌子以及墙上的挂件等，我预感到不妙，就上前问了店员，她说准备重新装修，让我等到再次开业时再去。我心里忽然感觉空落落的，因为在那段时间，那家咖啡馆接纳了偶尔身心疲惫的我，也暂时安放了我常常游走于文艺与现实之间的灵魂，它是我在单位和家之外最好的一个去处，只有我知道它有多好。

2020 年底，我和老公在网上购票去看一场舞台剧，演出地点只简单写了曲江创意谷。我们用百度地图搜索了位置，是在一个叫作"黄渠头"的地方。我记得 N 多年前这个地方还是一个很偏远的郊区，什么时候变成"创意谷"了？带着疑惑，我和老公决定还是去实地探访一下。我们先坐地铁去了曲江池，在那里逛了一个下午，临近傍晚时才坐地铁转乘公交匆匆地往那里赶，没想到赶到那里后，一出地铁口，眼前的景象让我们惊喜。我印象中的郊区早已经变成一片繁华的、现代气息十足的区域了。

虽然取名"创意谷"，其实是一处吃饭加购物的开放式街区。此时这里灯火通明，在周围大片的黑暗中显得闪耀夺目。再往里走，路过一家咖啡馆，从大片的落地玻璃外往里看，装修风格像是日式的，文艺气息很浓。虽然我很想一步踏进去，但那天看剧的时间实在太紧张，只能忍痛割爱。又过了一个月，地铁5号线终于开通，这对我来说是最大的福音，因为再去创意谷就可以直接从家门口坐4号线倒5号线，很方便就到了。第二次去创意谷时，自然坚决不能错过这家咖啡馆了。这家咖啡馆名叫"知一咖啡"，一进去就感受到扑面而来的文艺气息，选好位置坐下后，服务员便拿来菜单让我点餐。每次去我只点他家的卡布奇诺，这家店的卡布奇诺味道非常醇正，是我在西安所有去过的咖啡馆中品尝到最醇正、最浓郁的卡布奇诺，每次都让我忍不住大口啜饮。这家店不仅咖啡味道纯正，更神奇的是，不管去的那一天环境是安静还是嘈杂，每当置身其中，似乎都能给我超能量，让我文思泉涌，每次都能满载而归。因为这家店，我常常远道来到这里，它让我那颗有那么一点文艺，又带着些许残余的少女心，有一丝孤独，又有些飘忽不定的灵魂，暂时得到了安放和休息。

香飘满屋

我曾经写过一部中篇小说,名叫《香飘满屋》,里面的女主人公明月每天烘焙点心给儿子吃,她的家里每天下午都充盈着烘烤面包时散发出的浓郁的香气,每到这时候,明月都感到无比幸福。

明月的人物原型并不是作者本人,但明月烘焙美食的经历我也是有的。有很长一段时间我的角色就是专职家庭主妇,虽然自己的岗位是专职家庭主妇,每天的主要任务应该是打扫打扫家里的卫生、买菜、做一日三餐,但我却不甘心只做这些。在孩子上学期间我不需要准备午饭,卫生嘛也可以糊弄糊弄,因为老公不止一次表示过,家里卫生无所谓,反正又没人到家来检查、评比,我知道,他是不想让我感觉到压力太大。我只当他的这些表态都是发自肺腑的,我心领了,也照做了。因此,我这个家庭主妇更像是名誉上的,在其位不谋其政。每天大把的时间我用来干吗了?主要是那时候爱好写作,曾一度每天在网上开两个"坑",同时写着两部小说,偶尔出去走走转转、泡泡咖啡馆,总之我比朝九晚五的上班族感觉忙多了。

那个时候，为了下午保持充沛的精力写作，中午一般不吃午饭，一方面是懒得做，另一方面是怕吃得太饱犯困，把时间都浪费在睡觉上了，我可是一天开俩坑的"网络作家"啊。可我也不能太饿，太饿容易低血糖，头发昏，我就吃点饼干、面包这些现成的东西充饥，因为每天都要吃这些，慢慢地，我就开始自己用面包机来烤面包，或者用烤箱做些点心吃。

每当下午，在我烤面包、点心时，面粉、鸡蛋、牛奶、植物油混合在一起，经过高温烘焙后散发出的一种异常浓郁的香气充满了整个房间，这时家也有了家的感觉，像温暖、和煦的一道光瞬间注入了我的心里，每当这时我都感到非常幸福和甜蜜。

水75毫升，鸡蛋50克，黄油或植物油24克，白糖34克，盐2克，奶粉10克，高精面粉200克，酵母2克，提子干50克，这是我做甜味提子面包的配方，所有配方必须按以上顺序依次放入，试试看吧，用面包机烤面包，既简单又美味。介绍一个我的小经验就是酵母可以比要求的量多放那么两三克，我感觉烤出来成功率会更高一些，如果酵母的量放得少，由于温度等原因，出来的成品有时会有面没有发起来的感觉。

低筋面粉125克，盐1克，黄油30克，牛奶30克，奶粉10克，蔓越莓干25克，糖粉30克，泡打粉3克，鸡蛋 30 克，先将黄油、糖粉、奶粉、鸡蛋、牛奶混合搅拌均匀，再将面粉、泡打粉混合过筛后加入，揉搓成面团，将蔓越莓干切碎放入面团里，揉搓均匀，将面团擀成 0.8 厘米厚的饼皮，用模具压出圆形的饼干，然后在饼干表面刷一层蛋黄液，烤箱预热后，放入烤箱，上下管 180 摄氏度中层，20 分钟即可。以上是我做蔓越莓松饼的配方与制作方法，按此方法来做几乎没有失败过。蔓越莓松饼是儿子和我都非常喜爱的一款下午茶点心，家里用的单层小烤箱，每次只能烤 6 个，我和儿子会一顿把 6 个全部分享完。

我公布了多年来我最爱做也是久经考验的两款烘焙食品，制作起来也非常简单，但烘焙它们时散发出的味道却是最香浓的，是家的味道，温暖的味道。每当烘烤它们时，我都会不由自主想起一个词：香飘满屋，这个词是一个充满温度的词，也是一个带着香味的词，为了它我写过一部长达 10 余万字的中篇小说，如今又拿它来做随笔的题目，可见，这带着温暖香气的味道是多让人流连忘返。

想要开间小小咖啡馆

开咖啡馆的梦想很早就有，大概十年前吧，那时很想过一种浪漫、自由、无忧无虑的生活，于是就想到了开间小但富有特色的咖啡馆，那时在网上查过很多资料，普遍都说开咖啡馆的投资至少在50万元以上，我哪里有那么多钱投资，想来想去，就开了间小花店。

随着我花店所在的大厦因经营不善倒闭，我颇具特色的小花店也跟着"寿终正寝"了，但想开咖啡馆的梦想似乎一直没有磨灭。想来想去，可能主要还是因为我平时就喜欢喝咖啡、泡咖啡馆，也喜欢没事时自己做上一杯咖啡。有段时间，我经常在美团里搜索"咖啡馆"，只要是哪里新开了咖啡馆，我都想去参观、品尝一下。前几年自己闷声在家写东西，偶尔产生了倦怠心理，写作时间变得不规律起来，我想了个办法，去咖啡馆写作。于是，我家附近的星巴克成了离我最近的目标，几乎让我去遍了。上班的时间去，下班的时间去，在那里一坐就是几个小时，有时颇有些成绩，洋洋洒洒写出一篇文章，有时一无所获地回家了。

想开咖啡馆当然不能只停留在口头阶段,我自然是做了很多功课。我上网查了开咖啡馆的相关事宜,搜索各类咖啡馆的短视频,还通过视频或文字学习各种咖啡的制作方法,有时跑到书店,将凡是与咖啡馆和咖啡有关的书统统拿到阅读区,坐在那里慢慢研读、一一拍照,在脑子里盘算着自己喜欢的咖啡豆品种和咖啡馆的装修风格。这些还不算什么,我在网上买了一台半商用的咖啡机和磨豆机,每天自己试着做几杯,以便增强技能。那段时间,我觉得一股热血直冲我的脑门,我有一种想开一间属于自己的咖啡馆的想法,而且这种想法非常强烈、非常紧迫。

热度慢慢降低是因为偶然在网上看到一个短视频,一个韩国女店员在很短的时间段内,大概也就是 10 分钟内,手脚麻利地制作出各种咖啡、果茶、果盘以及各种小吃,那麻利劲虽然体现了她对业务的熟练程度,但也真实反映了梦想与现实之间的差别。梦想是一回事,你要静下心真正去做又是一回事,你去咖啡馆里喝咖啡是一回事,但你做给别人喝又是另外一回事。那位女店员的麻利劲让我真切体会到如果真做了咖啡师,很可能也要像她那样,像一台制作咖啡的机器一样,一刻不停地运转,日复一日重复做这件事情,你还会不会有当初的热情?你能不能坚持做下去?或者说,即便你坚持做下去了,每天把自己固定在咖啡机前制作咖啡,那种机械式的重复劳作还是不是当年开咖啡馆的初衷？它真的是一种浪漫、自由的生活方式吗？

当一件事情在落地之前就得预见它的各种发展方向和后果，不然即便它落地了，非你所愿，你很快会后悔。所以这件事情暂时搁浅了，但我的咖啡梦仍在做，因为我本身就是一个非常喜欢喝咖啡，喜欢给各类咖啡馆捧场的人啊！

除了喝咖啡、开咖啡馆，我还很想到世界各地的著名咖啡馆走一走、看一看，比如维也纳的中央咖啡馆，想在那里坐下来，感受一下古老建筑散发出的历史韵味，品一品只属于那里独有的咖啡香气。当然，想去维也纳，除了著名咖啡馆，还因众多世界一流的音乐大师，比如海顿、莫扎特、贝多芬、舒伯特、约翰·施特劳斯，他们或者出生、成长于维也纳，或者长期在那里工作，他们的音乐影响了几个世纪的人们，直到现在，我们在新年音乐会上普遍听到的依然是贝多芬、舒伯特、肖邦等音乐大师创作的伟大作品。

有机会，我一定会去音乐之城维也纳品尝美味的咖啡，参观音乐大师的故居，好好感受一下那里的人文气息。

网购成瘾

最近这一年来爱上了网购，小到锅碗瓢盆，大到各类家具、家电，我几乎什么都在网上买了，其实我家对面就坐落着一个大型仓储式超市，但开业至今我都没走进去过，鸡蛋、面包、卫生纸这些生活必需品有时我也是在网上超市下单，由快递员从对面超市送到我家。

有那么一段时间，每天晚上睡觉前，我都要打开购物软件，在上面流连忘返、不可自拔，每天多则在上面购买七八件，少则也要买一两件东西，要是哪天没上某宝，没花钱网购，就像咖啡瘾犯了似的，没着没落的，睡觉都睡不踏实，看我的网购瘾是不是已经到了非常严重的地步了？

自从接触了网购，彻底让我变懒了，变得更宅了。不得不承认网络购物也有很大的优点，先不说在网上买衣服，就说买家居之类的东西吧，原先你去家具城，一般是在一个商家买来一整套家具，因为一整套意味着风格相同，摆在家里看起来整齐，但一整套也有一整套的缺点，那就是看起来会有呆板的嫌疑，再加上一整套里并非每一样家具的功能都是你满意的,只是为了凑一整套而买。可如果不买一整套,每一件都挑你满意的,那么你就要来来回回把家具城走上很多遍,买回来的每一件虽然是你喜欢的,但凑到一起摆在家里,很有可能还不怎么搭。

在网上买就不一样了,买沙发就在搜索栏里输入"沙发"两字,各式各样沙发的图片都弹了出来,样式、颜色、功能,还有购买者的评价、购买者将沙发与其他家具搭配的图片,买一个沙发你可以在上百个沙发里前前后后、翻来翻去地选。如果想再为沙发搭配个茶几,然后在沙发不远处放张餐桌,你可以一个个比对家具的颜色、风格等,看看它们搭配在一起适合不适合,虽然是在不同商家买,但在手机或电脑屏幕上就完成了搭配,等快递送到家、安装好,摆起来的效果很有可能和你想象中一模一样。

这些大件的家具、电器且先不说,你要是买个针头线脑、床单被套、瓶瓶罐罐的,目前在市面上还真不好找售卖的实体店,这些东西还就是在网上买最为方便,且大部分商家都是良心商家,你买陶瓷、玻璃制品,但凡寄过来时你发现破碎或裂缝,一张图片发过去,你还没说话呢,那边客服赶忙回复:马上寄一个新的给你,亲。也有难说话的商家,东西倒是不贵,有的二三十块钱的东西,你跟他伸张你的权益,他能跟你来回对上五十句话，到头来还是不答应给你寄新的，寄新的也可以，要你把有问题的寄回去，邮费还要你自己承担，而且至此他也没答应给你换新的，只是说寄回去让厂家鉴定一下，是谁的责任。你说是寄还是不寄，寄吧，邮费都赶上购物款了，还不一定给你寄新的回来，不寄吧，心里生气，相当于花钱买了个坏的回来，谁愿意呀！

这几年，网购的售后有了很大进步，很多商家都不会与买家来回纠缠，能换就换了，能补发就补发，能退款就退款，前几年似乎还做不到这个程度。我记得几年前我在网上买沙发，图片看着很漂亮，实木框架，坐垫和靠背都是布艺的，于是我在他家买了三人位的沙发和一个木制茶几，一共三千多吧。几天后，好容易到货了，我发现沙发的木框架上有几处漆皮都掉了，心里很不舒服，而且说是实木的，那质量也是实在不敢恭维，还有茶几，死重死重的，简直像用石头做的。我就跟客服主张权益了，客服说让我寄回去，他们看看，要么让我用他们送的喷漆把掉漆的地方喷一喷。自己喷喷，心里不情愿，毕竟也花了小几千，买回来就是带瑕疵的，心里怎能舒服？寄回去吧，那么重、那么大的东西怎么寄？快递员也拉不了啊，得自己找车拉到物流中心，拉一次得两三百，再加物流费，不得五六百，还不够麻烦的呢。

我跟卖家客服来回沟通达不成一致，又向某宝客服投诉，某宝客服虽然也给我打来了电话，但也没说出个有效的解决办法来，意思是让我能接受就接受吧，能将就，就将就吧，毕竟发回去的运费也挺高的，划不来。我心想这说的是什么话，买家本来就是弱势群体，完全把平台客服当娘家人呢，当救命稻草呢，谁想，这娘家人也不帮着闺女呀。当时还是年轻，不想忍，一心想着维权，再与商家和某宝客服继续理论，他们诱骗我先点"收货"，从后来的效果看的确是"诱骗"，本来我是想先点"收货"，再去评论区谈一下我购买的真实感受，让想买的朋友长个心眼，注意"掉漆"这件事。没想到，我刚一点"收货"，这条购买链接就怎么都找不到了，我翻遍全网都没找到，我的购物车、我的购买订单，我浏览过的商品，哪儿哪儿都找不到了，我那时就怀疑商家与平台客服串通一气，故意把这个链接屏蔽了，担心我的评论会对商家不利，当然，也许是我多心了。

我当时那个气啊，本想着网站客服是能为消费者做主的，没想到却与那位商家"沆瀣一气"，我状告无门，只能忍下这口气。看着放在家里，带着瑕疵的笨重沙发和茶几，我只有一个念想就是赶紧把它们"扫地出门"。但是沙发、茶几也属大件商品，没那么容易"扫地出门"，因此，几年间，一看到这一组沙发和茶几我就想到了当时不好的购物体验，直到去年彻底把它们换掉，彻底告别那一段糟心的回忆。

现在网上的购物体验好了很多，商家的服务意识也强了，特别是售后服务，小到纸笔大到电器我基本都在某宝买，很少遇到售后扯皮的现象了，应该说网络购物的流程越来越完善、越来越成熟了，而且商家也越来越给力了，从售前到售后做得比几年前好很多。

独自旅行

我喜欢旅行,在旅行的过程中,可以让人暂时忘记烦恼,忘记压力,可以博览到祖国的大好河山和你不曾见识过的当地的人文景观,可以与你心生向往的某地或已经离开这个世界几个世纪某位大师来一场近距离"接触",可以品尝各地不同的美食……你看,旅行的好处这么多,为什么不背起行囊,立刻出发,去旅行呢。

说走就走,但不是所有时候,我们都能与别人搭伴一起去旅行,时间、行程的安排也可能没办法那么同步,这时候就只有独自旅行。当我独自旅行一两次后,我便很快爱上了这种旅行方式,然后,第三次、第四次……乐此不疲。

第一次独自旅行我去了什么地方,我已经不太能记得清了,但我一个人背着行囊已经去了很多城市,去丽江古城采风、写作,去福州看妈祖、逛三坊七巷,去厦门喝咖啡、看电影,去杭州游西湖、探访麦家书屋,去武汉赏东湖、寻访参差咖啡馆,去南京听麦家讲座、寻找民国最美的马路,去北京重温西单情怀,去重庆爬歌乐山、寻访虹影笔下那些人物生活的场景，去成都喝茶、吃火锅，去广州探寻春的绿意盎然……

从南到北，我独自探访、寻找、欣赏、品味的城市不下十几个，有的城市，不知为什么让人感觉异常舒服，你去了还想去，比如，武汉，我已独自前往三次，还带着家人一起去过一次，这个城市的"温度"让人流连忘返、欲罢不能。比如成都，是我们陕西人民出省旅游的首选之地。

从刚开始独自出行时的紧张、劳累、孤独到享受独自旅行过程中的自由自在、我行我素、畅快淋漓，我用了大概七年时间。积累了一些经验，但最重要的是增加了对孤独感更深层次地认识，从最初的孤独难熬到后来渐渐接受，到后来觉得独自旅行是一种快乐、一种享受，这都是用一步一步真实的脚印积累获得的。

我独自旅行一般会选择交通便利、安全系数高的地方，因为毕竟是女孩子嘛，对安全的要求比男孩子高，安全系数高的地方当然首推大城市，大城市自不用说，公安局、110岗亭、巡逻车、巡逻点随处可见，这就为普通人的出行增加了很大的安全系数，减少了犯罪分子作案的机会。从这一点来说，我可不是贸然出行，还是非常谨慎的。

我清楚地记得第一次去武汉，从武大出来看到东湖的情景，我被眼前的壮观景象深深地吸引了。那是一个细雨霏霏的午后，宽阔无垠的东湖笼罩在一层薄雾之中，远处隐约能看到对岸的高楼，层叠的小山和亭子，近处有一条长长的栈桥通往湖的中央。顺着栈桥走下去，你仿佛与东湖融为一体，放眼望去，烟波浩渺、一望无际。东湖的美与海不同，它虽没有海的博大，但它有湖特有的娟秀、深远；它虽没有海的神秘莫测，但它有湖特有的曼妙、玲珑与影影绰绰。

感受了东湖的浩瀚，又在东湖边乘坐公交车去了楚河汉街。那时的楚河汉街还没有现在人气这么旺，在全长近两公里的步行街上坐落着充满现代气息与民国风格完美结合的建筑，汇聚了各大时尚品牌和网红餐饮店，走在这样的街道上，让人忽然有一种穿越了的感觉，像回到了那个时代，某一刻让人觉得不真实，但目光所及又是真实的繁华与躁动。

因为大师李白的那首《黄鹤楼送孟浩然之广陵》，第二天我特意登上了黄鹤楼，站在蛇山之巅，遥望山下武汉长江大桥上的车来车往，"孤帆远影碧空尽，唯见长江天际流"的意境近在眼前。我记得当时第一次在网上听到那首《武汉伢》的歌曲时，不由得眼泪涌出了眼眶，我在朋友圈转发了这首歌，并默默为这座城市祈祷。

在丽江采风时，被初春丽江清冽的冷风吓到了。当时我住的客栈房间里没有取暖设施，头顶却有一个大大的天窗，虽然太阳刚刚升上来，暖黄色的阳光就奢侈地洒向整个房间，房间里被太阳的光芒所笼罩，但空气却丝毫不给面子，冷得我直想哭。我躺在床上，裹着被子，用前一天晚上刚刚买来的头巾把头和耳朵紧紧裹在里边，还是冻得想立刻逃走。好在我说服了自己，坚持了下来，在丽江古城一住就是十来天。记忆最深的是坐在客栈二楼回廊的木椅上一边品着云南小粒咖啡，一边晒着和煦的太阳，看着头顶那片蓝天，真想一直这样待下去。

客栈所在的巷子口有家桂林米线店，很小的店面，但米线的味道却一级棒。店里摆了五六张桌子，每张桌子上都放着几个小罐，里面分别盛着剁椒、蒜末、葱花、香菜，食客可根据自己的口味自由添加。我几乎每天早晨来这儿吃一碗米线，有时下午饭也在这里解决了，每次吃我都贪婪地往碗里放很多剁椒和蒜末，浓重的辣味和蒜的刺激直逼味蕾，让人的口、鼻、胃瞬间感觉特别舒服，瞬间就觉得特别幸福。可吃了没两天胃就报警了，本来胃就不是太好，加之几天来大量的辣椒刺激，胃疼得厉害，但两天不吃就实在想得不行，管不住自己的嘴，又接着吃。

去南京是因为要去听大作家麦家老师的讲座。记得当时是通过"书香江苏在线"这样一个微博号，争取到了江苏教育电视台举办的讲座"麦家荐书"的门票。记得当时争取到这样一个名额后，心情激动得像是自己的作品获了奖。给承办方工作人员打电话落实好座位后，我就买了当天晚上从西安到南京的火车票。当时西安至南京的高铁还没有开通，我是晚上上的火车，第二天早晨才到达江苏教育电视台的所在地南京。到南京后直奔南京的著名景点夫子庙和秦淮河参观了一下，然后马不停蹄地赶到来之前在网上预订好的电视台附近的酒店办了入住。因为讲座是在晚上，整整一下午我也不能闲着，于是去了圈粉文艺青年无数的著名街道颐和路走了走，感受了一番当年名震四方的那些民国大人物曾经生活或工作过的地方。看到这些风格各异的民国建筑，仿佛又回到了当时你方唱罢我登场的南京城。

　　麦家老师的讲座晚上如期举行。我去时，之前电话里联系过的工作人员就站在电视台门口等我，刚把票交到我手里，走过来几位领导模样的人，那位工作人员指着我对这几个人说："这是专程从西安过来听麦家老师讲座的！"语气里有承办者的自豪，我笑着和那几位领导模样的人对望了一下，当几个人的眼睛齐刷刷地看向我时，我心里不知怎么有些心虚，我想他们大概在想，陕西也有很多名震四方的大作家，像写下《创业史》的柳青，写下《平凡的世界》的路遥，写下《白鹿原》的陈忠实，写下《废都》的贾平凹，哪一位不是声名赫赫，哪一部作品不是鸿篇巨制，为什么还要不远千里来我们这里听讲座呢？其实，文艺青年对作家的喜爱，就犹如粉丝对电影明星的喜爱是一样的，不管是哪里的作家，不管他是哪里人，长什么样，在文艺青年的眼里，他们是像神一样的存在。

进到电视台的演播厅时已经座无虚席，我找了好半天才在非常偏僻的一个地方找到了座位。坐下不久，麦家老师就在几位市领导和作协领导的陪同下上台了。他操着淡淡的江南口音侃侃而谈，他全程都站着，言谈举止非常洒脱。看到台上的麦家，我觉得既熟悉又陌生，他似乎与我在网络照片中，在他的小说、电影里认识的麦家不尽相同，好像更接地气、更亲切，但又与我印象中的麦家相差无几，一样的潇洒，一样的深沉，一样的独特。

我记得那天的主题是邀请麦家老师为大家荐书，但是麦家老师却说，其实他没有特别的推荐，他不建议给大家推荐什么书，只要是你感兴趣的书都可以去看，当你想看时就去看，当你累了或者不想看时就可以立即放下，等到想看的时候再看。之前总是听到这个大师荐书、那个大师荐书，当听到麦家老师这样说时我好像突然被一种新的讯息激到了，觉得新鲜，细细想来，又觉得他说得很对。看书嘛，总要根据自己的喜好、自己的需求来选择，别人为你推荐的书不一定适合你，而且不一定每次要把一本书全部读完再读下一本，可以根据自己的情况，何必强求自己，本来看书应该是一件愉快的事情，不能为了完成任务而变得"压力山大"。

那天麦家老师还讲了他年轻时与父亲的矛盾，讲了他后来与儿子的相处，对父亲、对儿子，他感慨颇多，有过恨、有过爱，最终都化作了与父亲、儿子、自己的和解。讲座过程中几次响起热烈的掌声，讲座结束后，我跟着观众一路走到了一楼的大厅门口，麦家老师被几位记者围在那儿采访，我快速从包里拿出事先准备好的笔记本，本来想让麦家老师签名，但我眼看着麦家老师接受完采访，却没有勇气走过去。当时我离他非常近，我还是第一次如此近距离地靠近某位大师，心跳得厉害。

变 化

有时会没来由地觉得憋闷,觉得压抑,有一种被重重压在五指山下,永不见天日的感觉,也有不管怎么做都不能被理解的感觉,大概这多半都怪我自己,但我却不知道自己做错了什么,对有些事很敏感,对有些事却迟钝得像个傻子。

想过简单的生活,但有时生活逼迫着你不能简单。说起来我到底算一个头脑比较简单的人,一遇到复杂的事情、复杂的处境就茫然不知如何应对。其实,以40岁的年龄再回头看,不管顺境、逆境,最终不都走过来了吗?再大的困难、再多的烦闷不是都一一迎刃而解了吗?虽然当时走那一段时痛苦过,彷徨过,灰心过,但最终都过去了。可见一个"度"字,需要的是时间,是毅力,是苦苦地"熬",是"守得云开见月明"。

当你度过去后,你会感谢当时你遇到的那个困境,令你陷入困境的人,那些让你狼狈不堪、痛苦不堪的人,因为有那些事、那些人才让你变成了更好的你自己。

也许是年龄的缘故,年轻时那种闯和冲的劲头忽然在44岁这一年就戛然而止了，现在不想冲在最前面了，当然也不想落在最后，不由自主地选择了居中，这样会没有那么累，不会那么身心疲惫，这样显得比较从容、坦然，不知怎么，在44岁这一年忽然就特别特别喜欢"从容"和"坦然"。

三十多年前，当初我是怎样从老家来到了城里的父母身边，总是一次次回忆、一遍遍书写，从最初的痛苦、不甘、不服、怨恨到现在的云淡风轻，现在我已经不太愿意去回忆那段往事了，毕竟我们终是要靠自己通向那个彼岸，总不能依靠父母活一世，还是要靠自己，无论什么样的压力，什么样的逆境，都得靠自己度过去。

曾经最爱看都市言情剧，后来爱看音乐类节目，然后又变成了让人爆笑不止的娱乐类节目，直到今年似乎原先那些节目都不甚喜欢了，比较喜欢看一些知识类节目、一些文艺片，很奇怪，这样的变化说不上是一蹴而就还是在岁月的磨砺中慢慢形成的。

这些变化中其中重要的一个变化是对孩子的态度。我生小孩时年纪还比较轻，所以那时常常在心里矛盾到底是要工作还是亲自抚育孩子成长，但是最终耗不过现实生活的缠磨，最终没有一个人从头至尾抚育孩子，在孩子最重要的年龄段并没有时时陪伴在孩子身边。特别是曾经有一段时间，有一种很深的危机感，觉得自己的青春就要逝去，而自己却一无所成，急于想干成些什么，但那个时候正是孩子需要父母特别关爱和陪伴的年龄段。每日游走在两种选择之间，无法做出抉择，最终狠心将孩子抛给老人，去了一个自己并不熟悉的领域闯荡。这个"闯"曾是 N 多年来自己的一个梦，终于能付诸实践时，其实并不像想象中那般美好，有过苦，有过乐，有过拼搏，有过惊喜，就是一种尝试，终是浅尝辄止，想来我做很多事情似乎都有点浅尝辄止的意思，于我就够了。我这个人，怎么说，也不好说，其实并不追求大富大贵，也不追求大红大紫，经历过、尝试过、拼过、苦过、乐过似乎就够了。也正因为浅尝辄止才能及时回到孩子身边，不然孩子在一个身心发展很重要的时段和我这个妈妈就真的生分了。

也是因为年龄渐长，对孩子也更有耐心了，愿意去为孩子付出了，在为孩子的付出和自己的工作之间不再是锱铢必较、分秒必争，愿意耐下性子、踏踏实实为孩子做上几个菜，让孩子感受到来自家庭和妈妈的爱和温暖，也愿意帮助孩子对他的未来进行规划，慢慢引导他走向一个笃定的、踏实的未来。

想来，这都是我的变化啊！还有什么可憋闷的呢？

浪漫情怀

不可否认的是我这个人的确是一个具有浪漫情怀的人，喜欢一切浪漫的、文艺气息浓厚的事情，换句话说就是有些不够实际。我的这一特质多少和我身边的人有些格格不入，我猜，在个别人眼里也许会觉得我有点"怪"。

比如，我常常不切实际地做着作家梦，每当看到电视里哪部作品受到广泛好评，我就想为什么我就写不出这样一部卖座的作品呢？我也可以，我在心底暗下决心。就像前段时间电视里播的一部大热的电视剧，亦舒的经典作品《流金岁月》，这部被口口相传的好作品，我除了每天晚上准时守在电视机前大饱眼福之外，还非常深刻地对自己进行了灵魂拷问：你为什么就不能写出这样一部被大众叫好的作品？接着就暗下决心：可以的，只要坚持写下去，你一定可以写出这样一部作品！

比如我喜欢一个人独处。每天工间休息的15分钟时间里，很多同事都是三五结伴来到大厦下边，一边走路锻炼，一边敞开心扉地聊一聊，而我常常是一个人，静静地、慢悠悠地顺着大厦周围走一小圈,边走边想心事,边走边在脑子里处理各种问题。有些人可能会觉得我很怪,为什么喜欢一个人走路,为什么不找一个人相伴一起走呢?但我却觉得一个人走路更惬意,想走哪儿走哪儿,想走多慢走多慢,没人会影响你走路的速度,你也不用附和谁,这种自由自在的感觉一天当中大概只有在这个时候可以淋漓尽致地拥有。不仅如此,一个人走路你不会听到关于什么人的什么事,自然也就不会就某人某事发表自己的"高见",这样少了许多参与到是非之中的风险,一个人走路的好处是不是超级多?对我来说还有很重要的一点,它可以让我绷紧的神经在这一段短暂的时间里稍稍得以放松,也可以在走路的过程中找到正在创作的内容的灵感,虽然只有很短的时间,却有可能比在办公室里埋头苦坐一早晨效率还高。

周末两天时间,孩子小时常常需要陪伴孩子,去年孩子终于考上了大学,不用我们日日陪在他身边了,老爸的病情却加重了。我和老公所有的节假日几乎都在医院度过了,逢周末,刚好老爸没有住院,一般我和老公一起出去溜达溜达、散散心用去一天,另外一天他得去加班,而我一整天就宅在家里。

我宅在家里的时间是非常丰富多彩的。一般早晨八点多起来,第一件事先打开音响,一边洗漱一边听音乐,洗漱完毕,吃完早饭,坐在沙发上听一听手机应用程序里蒋勋先生谈美学或者康震老师谈李白、杜甫这些文坛鼻祖。这边音响里传出的是大师们的授课声,那边洗衣机不停地"嗡嗡"转着,我蹲在阳台上浇灌着我亲手栽种的多肉植物,那感觉别提有多充实、多快乐了。中午随便吃点东西便开始午睡,三点多钟起来,趴在书桌上写点东西或看部网络电影,就到了准备晚饭的时间了,一般这个时候老公也回来了,我的独处时间就暂时告一段落。

这段时间正跟单位请长假,首先是老爸病重,需要长期有人照顾,二来呢,我觉得工作要干就得全心全意、专心致志地好好干,如果不能全心全意地为单位付出就趁早向单位提出来,毕竟单位离了谁都能运转,照顾生病的老爸离了我似乎还真不好运转。可说是这样说,这半个月来我也是非常非常纠结,如果请长假长期待在家里,也不好下这个决心,要知道我所在的大型国企工作的机会目前已属非常难得,收入也比较稳定,如果不干了对我来说就意味着,从"中产阶级"秒变"贫民",但是干吧,不能很好地照顾生病的老爸,现实问题是不可避免要去考虑的。

喜欢独来独往、对工作太过认真,对人际交往懒于打理,这样的一个人真的适合职场吗?答案一定是否定的,有这种特质的人一定是适合独自做一些事情,当他专注做事的时候不用刻意抽出时间和精力去维护人际关系，他会将手头的事情做得很好，反之，让这样的人到人群当中去做事，他会感觉到浑身不自在、事倍功半，根本发挥不出他的价值，我深有感触，因此我想过"离开"。

这种"离开"的想法或许在许多人看来是很"怪"的，大多数人接受不了这种做法，包括我的亲人，亲人们会劝我说："不管安排你去哪个岗位都能干，反正是国企，干到退休，退休金还能高些。"但这恰恰是我的痛点，干到退休还有六年，也就是说还有六年我不可避免地和大多数人一样成了一名光荣的退休女职工。我记得青春年少时，曾经在笔记本的扉页上抄写过作家陈染的一句话："想要成为一个与众不同的人。"现在看来，我离这句话想表达的意境越来越远了，我正在不可避免地成为一个正常人，大概，这算是一大幸事吧。

学会和自己相处

我都不知道从什么时候起自己喜欢上孤独的,我记得在上小学和初中时我也很爱和好朋友在一起的。记得在二十来岁时我也经常和好朋友一起出去吃饭、逛街,可有时候和朋友一起逛完街依然感觉不能尽兴,原因是可能朋友想去的地方,你并非愿意去,但为了团结友爱就陪着朋友一起去了,而你自己想去的地方,却又怕对方不感兴趣或耽误了别人的时间,就默默放在心里不提出来,这样就导致你感兴趣的地方并没有去到,所以渐渐地,我慢慢试着除了陪朋友出去逛街外,自己单独出去走走、逛逛。单独出去一两次后感觉非常好,没有任何需要顾虑的地方,想去哪儿去哪儿,对什么感兴趣就去哪儿,如此就爱上了独自出行。

2013年,我正式坐下来开始写作,谈不上是什么大事业,只是坐下来随心所欲地写点什么,为了把这个爱好坚持下去,我把写出的东西发到网上,也因发到了网上,所以需要每天更新,这样迫使自己只能坚持。就这样,从2013年至2018年,整整六年间,我几乎都是在家里写作，而且几乎都是一个人独处。其间很多时候感觉孤独得快要崩溃了，很想找点事情来做，但一想到不管做什么对写作都会有很大影响，需要分出很多时间和精力从而怠慢了写作，在每每想走出家门，做些别的事情，又每每狠下决心，坚持了下来。

总体来说我算是一个比较享受孤独的人，通过这么多年来的独自相处我悟出来，只有当你独处时，你想问题才会想得特别通透，你才不会受外界因素所左右，所谓"静能生明"，也正像阿桑那首著名的歌曲《叶子》里唱的："孤单是一个人的狂欢，狂欢是一群人的孤单"，你要是独处过，就知道，这首歌诠释得再准确不过了。

今天是大年初一，孩子出去看电影了。孩子长大了，不再愿意和我们一起出去，做父母的必须适应。老公躺在床边看手机，我也就自己出去走走。过了马路，在常去的汉神广场一楼的"瑞幸"要了杯咖啡，拿在手里独自漫步在附近时尚、宽阔的城市广场中，忽然就有了一种洒脱和惬意的感觉。因为是大年初一，可能有些人去看贺岁片了，有些人赖在家里补大年三十晚上通宵熬夜欠下的觉，路上的车辆和行人特别少，这恰恰是我喜欢的那种感觉，平日里的车水马龙、熙熙攘攘、人头攒动，有时让人心烦意乱，像今天这样的城市，才应该是真实的存在，而那些热闹非凡的景象像镜花水月般难以捉摸。

走着走着不知不觉走到了小区的南门，小区还是往日的小区，并没有因为过年变得热闹或冷清，现在过年与平时越来越相近了，不会让人感受到是在节日里。过年能吃到的东西平时也能吃到。昨晚就因为让老公出去采购年货闹得不太愉快。他出去时我没有告诉他买什么，只说让他自己看着买，结果他买回了几大块猪肉，而其他物品中也再没有比猪肉更"高级"的东西了，我当时看了他采购的年货心里是深深的失望，生气地嘟囔："买那么多猪肉，好像平时吃不到猪肉似的。"他反驳我说："现在什么东西平时吃不到？"而我自然不甘心，便与他理论起来了。其实仔细想想，也是，平时只要有时间，有钱，有什么吃不到的？也不一定非要年三十买来吃。听老公讲过，他小的时候，家里生活很苦，他们全家只有到年三十才会割上几斤肉改善一下生活，平时只能吃到面条，弄一点菜心，用汤勺熟点油，泼了后，给每人碗里倒一点，就拌着面条一起吃了，除此之外，他们从来不吃菜。这就难怪，大过年的，老公在超市里只买大肉而不买别的。回想起来，他平时的吃穿用度都是异常节俭，年轻时，还时不时因为他的过度节俭拌嘴，现在释怀很多，那也不能怪他，只怪那个艰苦的年代造就了那样的他。

现在很多家庭除了全自动洗衣机、冰箱等必备的电器，还买了洗碗机、扫地机、除螨机、全自动马桶等电器，极大地改善了生活质量。可是随着生活质量的不断提高，被孤独困扰的人也越来越多。洗碗、扫地都有机器可以帮忙了，腾出来的时间也变多了，但是交流似乎并没有变多，家庭成员还是各捧着各的手机，关注自己感兴趣的信息，大家也似乎更热衷于宅在家里了。我记得我们小的时候，大年初一是要穿得漂漂亮亮的和父母一起出去的，见着认识的长辈要问好，特别是父母见到平日里的同事、好友要停下来寒暄一阵，这时双方的孩子也要停下来，互相注视对方，片刻就熟悉起来了，站在原地蹦蹦跳跳，显得很开心，像参加团拜会。再大些时，就约上一群同学，去这家串一串，吃吃同学父母端上来的馓子油饼、瓜子糖，又去了那一家，要么就一大群人一起出去放鞭炮，很有过年的气氛。现在的高楼大厦早已把人和人阻隔在了家和家之外，很少有人去串门拜年了，那种孤独和无聊的感觉只能通过看电影、电视、手机来打发了。

  回到家，儿子已经看完电影回来了，问电影好不好看？他一句好看，随即又进入手机视频里了。我觉得孩子可能感觉到孤独，和他谈论了一番如何面对孤独、战胜孤独的言论，我说："一个人最大的能力其实是应对孤独的能力。"我讲得头头是道，连我自己都佩服自己的知识储备和口才，但说完才发现，我说我的，儿子仍然对着手机，听着手机视频里的嬉笑怒骂，时不时来一阵狂笑，"双方"互动得非常好，根本没有听到我在说什么。

现在的孩子完全被手机左右了，真不知是孩子的错，还是手机的错，你也不知道他们过得到底充实还是空虚，成天面对着手机，还是一副异常感兴趣的样子，这份好奇心和新鲜感大概是任何人、任何事都无法带给他们的。也许这只是家长的杞人忧天，也许他们并未感觉到孤独，也许他们的孤独才是最深的，也是最不容易缓解的。

归属感

我是一个没有归属感的人。我出生在宁夏银川，10个多月大时因为父母工作忙碌，被奶奶带到甘肃老家抚养。5岁多时又被父母接回他们工作和生活的一个叫"九公里"的油田矿区大院上学，直到初中毕业，我去了离家几十公里外的"马家滩"上了石油技校。18岁技校毕业后又去银川上大专，21岁大专毕业去陕北上班，26岁暂时离开工作岗位，回到老公当时的工作、生活地——西安，自此，也算是稍微稳定下来，虽然从此没有再离开这个城市，但即便在这座城市里，我也一直处于漂泊不定的状态。

年轻时，我喜欢这种状态，我不喜欢一直固定在一个城市生活，一直固定在一个单位工作，我喜欢丰富多彩、漂泊不定的生活。那时候，漂泊对我来说不仅意味着多彩，也意味着有意思、不沉闷，更意味着机会，在动荡不定的生活里你往往能遇到各种各样的机会，接触到各种各样的人，过着不一样的生活，换句话说就是未来有无限种可能，你无法预知，所以充满期待。我喜欢对未来充满憧憬的生活。

但是到了一定年龄，会渐渐发现，自己似乎依然是当初那个漂着的人，一切都不确定，一切都在动荡之中，而我身边的人，我的同学、曾经的同事，他们不管是工作、打工、做生意还是专职在家相夫教子，他们的生活早已固定下来，会让人觉得踏实、稳定、幸福，此时的我便会偶尔生出羡慕之情，我离稳定似乎还太远太远。曾经向往的漂泊生活，到了某一个年龄段有时会让人生出疲惫感，曾经无论如何都无法想象的稳定生活，在此时也竟然有些想"要"的感觉，直到2013年，我36岁这一年，开始坐下来想要写点东西，生活才基本稳定了下来。

所以说，半生都处在漂泊之中的我，不知道哪里是自己的归属，有时候坐下来想想，的确，似乎连自己到底是哪里人都不知道，哪里的方言都不会说，只会一种语言，就是普通话，有时看到别人操着一口浓重的方言和同乡亲热地聊天时，竟有些羡慕。而我呢，虽出生在宁夏银川，但童年是在甘肃度过的，我记得刚从老家回到父母身边时，我还说着一口老家话，但这浓重的方言却被家人诟病，他们是怕我在外边遭人笑话和欺负，家人迫使我改掉了老家的方言，自此，我便觉得自己既不是宁夏人也不是甘肃人了。从九公里到银川去上学，毕业后在法院和律师事务所实习期间，每天往返于学校和法院、律所之间，接触到的大部分是银川本地人，虽说我的户口仍在银川，但没有人会把我当作银川人来看。众所周知，银川是宁夏回族自治区的首府，曾被称作是"小香港"。银川人很讲究穿着搭配和仪容仪表，个个打扮得洋气、入时，而我们这些从宁夏其他地方去银川学习、生活的人和银川本地人比起来自然没有他们那样时尚，也可以说显得比较土气，所以我这个出生在银川的人在银川人眼里依旧是外地人，即便我的姥姥、几位舅舅都生活在银川，但我对那座城市仍然缺乏归属感。

结婚后，有一年，和家人一起回甘肃老家给奶奶奔丧，我是奶奶一手带大的，自然与奶奶、与在老家生活的大爸一家人很亲，但自从回城里上学后，和奶奶、大爸、姑姑、几位表哥，这些过去最亲最亲的亲人联系也少了，很少能见上一面，自然感情也比过去在老家生活时淡了很多。我们回去的时候，奶奶已经陷入了昏迷，一直到去世，奶奶再没有睁开过眼睛，曾经我眼中无所不能，住在我家里时每天用蛋壳为我做出各种造型的"蛋壳娃娃"，我拿到学校不知得到过同学们多少赞誉，用吃剩的米饭做出非常美味醪糟的奶奶，随着我的长大，也越来越少能见到奶奶了，直到她老人家永远离开了我。依照当地厚重的礼节（据大爸说，当地依旧遵从古代的周礼办丧事，由当地有威望的老人组成治丧团，一步跟着一步严格按照程序、按照礼数完成整个治丧流程）为奶奶料理了后事。我和家人在老家待了一个多礼拜，老家的乡音我已经完全不会说了，走进村子一户户人家似乎也觉得很陌生，偶有过去与奶奶家交好的邻人见了我，还隐约认得，问走在旁边的嫂嫂，"是不是静静？"嫂嫂笑着答应"是的"，我对着问话的乡人望过去，也只觉得陌生。嫂嫂带着我去相熟的人家借东西，本家亲戚看着我，说起我小时候的往事，我竟一点都想不起来，难免觉得尴尬。一切都变了，忘了是谁说过"故乡是一个人回不去的地方"，确实是这样，回不去了，乡音、生活习惯、待人处事的方式，方方面面都发生了变化，许多年不回去了，已经不能很好地适应了，就如此吧。

所以，我是哪里人？我已经找不到答案了。再说说工作，似乎也是如此，在采油队上班时，我天天盼着能早一天从重重叠叠的大山里走出去，到城里坐在格子间里成为一名白领。真的有一日在公司里做了白领，却依然疑惑自己的身份，我到底是一名城市打工人还是一名石油工人？说是公司白领，好像仍然心系石油，这根线并没有完全切断，在每年体检、过节时，我的油田单位仍然会给我一份待遇，但真想回去却又不容易。石油单位太大了，职工太多了，我们每一个人在其中都是很小很小的一部分，我自然是一个明事理的人。可想在公司里安心做白领却也不能安心，都知道你是有自己单位的人，便不会与你签订劳动合同，你就不能算作公司员工队伍里的一员，因此你没有办法真正融入任何一种身份，不管是职工还是聘用工。这也造成了我长期以来的一种困惑，就像那个著名的哲学命题：我是谁？我从哪儿来？我要到哪里去？

这种困惑到目前为止依然存在，但随着工作、生活逐渐稳定，也在慢慢改善。归属感这东西，有了最好，没有便没有吧，到底不像饮食和空气是非要不可的，也像安全感，是自己为自己创造的，或者可以更加自信一些，你认为没有便没有，你认为有，就有吧。

刘叔叔

这两天,我家一位老乡,从前和爸爸关系很好的一位叔叔的儿子专程从北京来看望爸爸,爸爸显得格外精神,好像病都好了一大截。

爸爸的老朋友刘叔叔,在我看来是一位非常谦和、有礼、人缘极好、喜欢张罗事情的热心人,但在昨晚,我家设家宴招待刘叔叔的儿子刘同学时,几杯酒下肚,刘同学微醺之际,回忆起了他的爸爸,他笑着说,上学那会儿,几乎每天挨他爸爸的打,他爸爸专门为他准备了一支皮鞭,用来教训他,直到上初二后,才渐渐不打他。听他讲他的爸爸,我心想,这点倒和我的爸爸有异曲同工之处,难道体罚孩子这事也传染不成?我和刘同学一样,上小学时没少挨爸爸的打,打人的花样、打人的方式花样繁多,就这样把我们打进了初中。

刘同学是爸爸老乡的孩子中出了名的乖孩子、好学生,就是这样一个优秀的孩子还要每天挨爸爸的打,听他这样说,我竟有些弄不清刘叔叔到底是个怎样的人。据刘同学回忆,那时候,他爸爸对他要求很高、很严,只要他的成绩不太理想都会挨爸爸的狠揍，有时爸爸在单位受了领导的批评回家后也会打他，打他后，心里当然不忍，常常语重心长地告诉他："你以后一定要争气，争取当官，当了官就不用像我这样受气了！"刘同学终是"不负父望"，四十多岁的年纪就已经成为某局领导班子成员。一生为老乡们操碎了心的刘叔叔，积攒的好运气最终都回报在了儿子身上，他老人家在天之灵也可以安息了。

说起刘叔叔，我不能忘记，我人生的好几个重要的关头都有刘叔叔的参与、坐镇。记得当年我订婚的时候，刘叔叔受我爸爸委托作为我的证婚人站在台上发言，并张罗着，让老乡们吃好喝好，那时候我觉得刘叔叔站在台上那种举重若轻的感觉完全像是自己的亲人。记得我还在情窦初开的年纪时，喜欢上了单位里一个非常帅气的男人，二十岁出头的人感情是完全不受大脑控制的，全凭荷尔蒙做主，喜欢得是那样猛烈，有一首歌叫《爱如潮水》，张信哲唱的，有一句歌词是"我的爱如潮水，爱如潮水将我向你推"，那时我心里的爱已经波澜壮阔，但他却一无所知，我将这份爱深深地埋在了心里。起初我不知道他其实已经结婚了，后来知道了，可爱怎么能说收回就收回呢，我只是每天从早到晚在心里折磨着自己，独自品尝着痛苦，品尝着快乐。

但是父母并不了解我内心真实的情感状况，妈妈成天托人给我介绍对象，而且要求我去见每一个人，我拗不过她，基本都去见了，基本都不满意。妈妈就问我，是不是心里已经有人了？我太相信父母了，竟然把当时心底的期待和疑虑一股脑儿都告诉了妈妈，我说我喜欢上了单位里一个男孩，但我们肯定走不到一起，因为他已经结婚了，但是我想等他，也许我的等待没有任何结果，但我愿意为他等待。我说出这番话后，本以为会得到我妈妈的理解，没想到她很快把这事告诉了我爸爸，我爸爸非常信任刘叔叔，很快又告诉了刘叔叔。几天后刘叔叔打电话到我家来，让我去他家一趟，说要跟我谈谈心。我在心里埋怨爸爸妈妈多事，我很清楚，这份感情是不会有结果的，但我就是愿意把它埋在心底，像一份精神寄托。

放下电话，我就去了刘叔叔家，坐了一小会儿，刘叔叔果然言归正传。我心里很清楚这完全是八字没一撇的事，但刘叔叔却非常认真地开导我，他说："他是一个结了婚的男人，他现在可以欺骗他的老婆，将来即便你们走到了一起，他还会用同样的方法来欺骗你！"我接受了刘叔叔一番好言相劝后就回家了。一路上既有心底的秘密被人窥到的羞愧和愤懑，又有被人把秘密提到桌面上的尴尬，还有就是觉得这些大人太小题大做，唯一没有的是感谢。时隔多年，到了今天，回忆起刘叔叔时，我觉得我应该感谢他，以我现在的年龄来看，刘叔叔说的那番话完全是对的。虽然当时心里没把长辈们说的话太当回事，但刘叔叔的话像一面镜子，让我很早就看到了事情发展的结果，避免触碰雷区。后来不久，我就放弃了我心底的那份执拗，又过了不久，我认识了现在的老公，我也彻底从那段感情里走了出来。

我初中毕业那会儿比较叛逆，但其实直到现在我都不承认我是叛逆的，只是那时可能是青春期，每个人都曾经历过，那时候我们的父母可不像现在的父母这样细心，这样尽可能地去理解孩子，那时很多父母是不了解"青春期"与平常有什么不同的。记得那时常常受到父母的唠叨、指责，在他们的眼里，似乎觉得我哪儿哪儿都不好、哪儿哪儿都不优秀，感觉我的父母觉得我是这世界上最差的一个孩子。忘了具体是因为什么，有一天，我跑去最要好的一个女同学家里，是晚上去的，当天晚上我就赖在她家，没回家，因为我一直觉得我这位女同学的妈妈是世界上最好的妈妈，虽然她妈妈没有上班，全职照顾她和她哥哥的生活起居，但在我的眼里，她的妈妈是最善良、最温柔的妈妈，她妈妈和我父母是完全不同性格的人，她妈妈看起来永远是那么随和、那么慈爱，她的眼神里永远都是满满的爱，而我父母都是暴脾气的人，所以那时候我非常喜欢她的妈妈。我到她家后就偷偷在心里盘算着，多赖一些时日再走。结果才住了一天，第二天吃过午饭，刘叔叔就找上门来了。也不知道他怎么找到我同学家的，他和我同学妈妈说明了来意，又对我说我父母很担心我，让我回家。话虽不多，但他走后，我同学的妈妈也不敢收留我了，而我自己也觉得不能再待下去了，刘叔叔都找上门了，他代表的一定是我父母，我还怎么能安心在这里待下去呢？就硬着头皮回家了。

　　刘叔叔就是这样一个人，我人生中好几个重要的时刻都不缺刘叔叔的身影，关键时刻他总是挺身而出，不管是对我家还是对我来说，他都是一个说话很有分量的长辈。我结婚后时间不太长，有一次从采油队回家轮休，听爸爸说刘叔叔做了心脏搭桥手术，身体状况很不好。我和老公赶忙买了些营养品去刘叔叔家，看到刘叔叔虚弱的身体状况心里有说不出的滋味，我眼中的刘叔叔一直是一个钢铁硬汉，一直是每个老乡的娘家人、一位热心的长辈，有他在的场合，大家都觉得踏实，看到被病痛折磨的刘叔叔，忽然悲从中来，还好刘姨对刘叔一直照顾得无微不至，我们的心里也能增加些许安慰。又过了段时间再回家，就听到了刘叔叔已经去世的消息，一切都那么猝不及防，痛心、不舍、怀念各种感情忽然一股脑儿地涌向我。

杨叔杨姨

在我小的时候,有一位像妈妈一样让我依恋的女性,她就是我的杨姨,她爱人自然就是我的杨叔。很多感情,在当时很难表达,尤其是小孩子,常常不会表达内心的感情,表面上他们表现得对任何人任何事都平淡异常,其实他们心里都有数。

我的杨姨呢,是一位有文化的女性,虽然她外表看起来比较朴素,从不刻意雕琢和修饰自己,但这一点并不影响她优雅、随和、含蓄的气质,更不影响我对她的喜爱。杨叔呢,他看起来高大、阳刚,虽然那时我只是一个小学生,但我已经看出了他脸上隐藏不住的一种被岁月深深洗礼的痕迹。后来听爸爸妈妈说杨姨身体不太好,很早就在单位办理了内部退养手续,我想杨叔脸上的忧郁一定有为杨姨的身体担心的成分。

杨姨退休前是一位小学语文老师,很有修养,说话总是不疾不徐,说着说着就微微地笑了。她脾气极好,我从没见她发过脾气,或者表情阴郁,她对人极有耐心,甚至对我们这些小孩,她也从没显出过烦躁的情绪。记得在我六七岁的时候,我妈妈需要在临潼培训大概两个月,我爸爸会时不时带着我妹妹去临潼看望妈妈,就把我暂时寄放在杨姨家。杨姨对我就像对自己的孩子一样,每天和杨叔一起做好吃的饭菜给我吃,对我有说有笑,晚上我就和杨姨一起睡,时间长了,我真感觉杨姨就像我的妈妈一样,而我对她,就像一个幼小的女儿对妈妈一样的依恋,毕竟那时我的年龄小,和一个对自己好的人待久了,很容易产生一种依赖感。

上初中时,有一次我父母出去旅游,让我和妹妹暂时去杨姨家吃饭。杨叔、杨姨完全拿我和妹妹当他们的亲女儿对待。每天中午放学、下午放学我和妹妹就径直去了杨叔、杨姨家,这时候饭菜已经上了桌,每顿都有三四个菜,吃完饭杨姨也不让我们收拾,让我们早早回去休息。为了给我和妹妹补身体,有一次杨叔杀了他最心爱的信鸽煲了汤给我们喝。那时杨叔是我们那个矿区里信鸽协会的会长,他自制了一个上下两层的鸽子笼,养了很多信鸽,每天什么时候放信鸽出去,什么时候再把它们叫回来,什么时候喂它们吃东西,他很有自己的一套。那些鸽子非常听杨叔的话,杨叔也非常爱每一只鸽子,每天都站在鸽笼边一只只仔细地观察,看它们有没有生病,有没有什么变化。即便这样,为了让我和妹妹吃好,他还是杀了他心爱的信鸽给我们煲汤喝,这件事令我终生难忘,那时我十多岁,如今三十年多过去了,它一直在我心里，忘不了杨叔、杨姨对我们的好。

记得有一次，杨姨到我家做客，向我妈妈提起想收我做她的干女儿。杨姨和杨叔有两个儿子，那时又都在外地上学，可能是因为杨姨思念孩子，或许因为自己没有女儿所以喜欢女孩，便向我妈妈提起这件事。我在一边听见了杨姨的这番话，说实话，当时我很想说"我愿意"，我心里真的想做杨姨的干女儿，因为杨姨的性格、脾气都太好了，我非常喜欢她，但我知道我妈妈一定不希望我成为别人的干女儿，所以没说愿意或不愿意，最终这件事不了了之了。

参加工作后，有一天，我妈妈让我去给杨姨送东西，在杨姨家意外见到了很久都没见过面的大哥哥。虽然上学的时候见过几次，但这次却很不同，大哥哥已经大学毕业了，戴一副黑边眼镜，看起来知识渊博的样子。他坐在院子里侃侃而谈，像一位博学的教授，再往旁边看，他身旁坐着一位女孩，戴着一副金丝边眼镜，白皙的皮肤，齐耳短发，脸上始终带着淡淡的笑容。不管大哥哥说什么，她一直坐在一旁表情温和地倾听，没有急于发言的意思，更没有争辩的言语，一看便知是很有涵养、知书达理的女孩。回家的路上，我总觉得刚才见到的女孩让人感觉好熟悉、好亲切，后来想想，她和杨姨多像啊，一样温文尔雅、一样含蓄随和。回家后便跟我妈妈说了这事，我妈说那女孩肯定是大哥哥的女朋友，当即佩服大哥哥的好眼光和好福气，找到这样一位优秀的女朋友。

我在采油队上班时，有一次回家轮休，听到爸爸妈妈说起杨姨去世的消息，被惊到了。我记忆中的杨姨始终是我小时候接触到的杨姨，似乎离"去世"这个词还太远太远，最关键的是，杨姨人那么好，虽然后来我工作后见到杨叔杨姨的机会少之又少了，但小时候的记忆对一个人来说可能是永恒的。所以听到杨姨去世的消息，心里一时不能接受，在我心里，杨姨是充满爱心、性格随和、富有涵养人，对这样好的人的离开，心里非常不舍。在写这篇文章的过程中，杨叔杨姨的形象始终清晰地浮现在我眼前，就像小时候我见到的一样。

我认识的刘兴勇老师

大概在两三周前,刘老师跟我说让我帮他写一篇序,他的新诗集《时光如水》马上要出版了。我并未当真,以为这是刘老师的抬举和客气之词,也自知自己还未达到可以帮别人写序的程度,何况这个别人也并不是别人,而是一直以来我眼中才华横溢、激扬文字的刘老师,那我就更不敢不知天高地厚地答应刘老师了。

再提,我想刘老师也许是认真思考后做出的决定,于是有些诚惶诚恐,刘老师在长庆六中做老师时虽然并未直接给我授过课,但他做过我妹妹的班主任老师,给她带了三年的语文课,也给我们年级的其他班级带过语文,自然也是我的老师。我深知自己并没有什么成就,也不文采斐然,怕不能给老师的著作添彩,反而弄巧成拙,所以当刘老师再提起这事时我婉言谢绝了。但是刘老师就是刘老师,他是一个很执着的人,出差了一段时间,刚回来他又向我三提此事,我只是芸芸众生中一个极普通之人,能让自己的老师这样看中,当然除了怕能力不够,写不好之外,心中还是有窃喜的。

周五早晨的工间操时间,我们如往常一样相约在单位附近快步走,刘老师说:"周天,记得,周天。"我爽快地答应一声:"好。"

这一个"好"字既承载着责任,也蕴含着压力,周六陪伴孩子外出游玩,脑子里一直想着这个序究竟该怎么写,周天一早吃了早饭,我就带着刘老师2015年出版的诗歌散文集《乡音乡情石油梦》去了咖啡馆。点了杯咖啡,开始重温这部诗歌散文集。记得几年前一个机缘巧合拿到这本书时,我一口气看完了整本。现在再读觉得滋味更浓,就像喝红酒,初品沁人心脾,再品醇香四溢。几乎又是一口气读完整本。

我喜欢西尔维娅·普拉斯的诗,喜欢余秀华的诗,诡异、跳跃、不知所以,但其充满深沉的爱意。刘老师的诗和她们的不同,他的诗温馨、舒缓、含情脉脉,相同的是,同样充满深沉的爱意,有对母亲的、对家乡的、对妻子的、对大江大河的,从他的诗中你便可以看出他是一个有着宽广胸怀的人,是一个有大爱的人。从他的诗中我也发现了一个特别之处,就是善于运用动词让两件不相干的事建立联系,也可以说是比喻,用这件事去比喻那件事,让你产生更加生动的印象,更加透彻地认识。比如,在《我是农民的儿子》这首诗中,"在城市繁华的海洋/我用清澈的泪水/慰藉着背井的忧伤/用母亲深邃的目光/洗涤思念的迷惘"这样的比喻在他的诗歌中还有很多，我想，这大概很不容易做到。在诗歌创作过程中，除了酝酿浓厚的感情，达到喷涌而出的效果外，一定需要下功夫去细细打磨、一遍遍斟酌，就像工匠打造一件首饰，除了创意设计，精雕细刻一定是必不可少的，可见刘老师的功夫所在。

比起刘老师的诗歌，我更喜欢他的散文。他的散文非常接地气，他对人对事的描写都非常生动，大概是因为他能很快抓住事物最本质的一面，所以他的散文阅读性很强，让你有一种看了这篇还想看那篇，一直看下去的强烈愿望。他写《故乡的记忆》，在对故乡的记忆中，让他觉得最有意思的是家乡的方言，家乡人喜欢用重叠的词语，比如"缸缸子、盘盘子、辣辣子、盐盐子……"形容一个人好，家乡人不说"很"或"非常"，而说"兀个人好好好的，"形容一个人坏就说"兀个人好坏坏的"，这样写来让人感觉很形象，仿佛一位宁夏中卫人此刻就站在你面前，正在和你对话呢。他写家乡人办丧事时，妇女来奔丧，一进村口一边走路一边哭诉逝者生前的好处，而办丧事这边的家里人听到哭声要派一个年龄相仿的女人披麻戴孝哭着迎出去，然后互相搀扶着，一路哭回来。这样的丧事礼仪和我的老家甘肃几乎一模一样，但刘老师能够在《故乡的记忆》不长的篇幅中很快抓住故乡给他留下的最生动、最有意思的几个特点，这自然也是刘老师的功夫所在。

比起刘老师的作品，我最最欣赏的还是他为人处世的态度。他的外形算不上高大伟岸，但与他相处让你感觉很厚实、很踏实。他既是一个循循善诱的老师，也是一位慈眉善目的长者。每天早晨10点钟是单位的工间操时间，有15分钟的时间员工们可以在办公楼附近做做操、伸伸腰、走一走，我和刘老师因同在一层楼办公，所以在这个时间段经常一起出去锻炼。每次一下楼，刘老师便兴奋地拿出手机说："来，我给你们放一段西班牙斗牛曲，咱们边听音乐边走！"于是我们一边听着热情洋溢的曲子，一边快步走起来。这时刘老师便打开了话匣子。有时说他最近在办理的案子，有时说他最近又去了哪里哪里，有时说他的诗歌，有时自豪地向我们夸赞他的妻子女儿，从他的谈话中你能深切地感受到他对生活的乐观，他对正在做着的事情的热爱，他对待他人的宽厚，这种做人做事的态度深深地感染着我们这些走在他身边的人。记得有一次锻炼时，他说："不要惧怕死亡，对待死亡应该有一种顺其自然的态度……"还有一次，他语重心长地对我说："安欣，你要坚持下去，把你的爱好坚持下去，即便没有人看好，只要你坚持做下去，总会取得一些成绩的！"有一次他背起了《岳阳楼记》，我拿出手机在百度里搜出原文来看，惊奇地发现，刘老师背得一字不落，我当即佩服得五体投地，问他是怎么做到的？他只轻描淡写地说，原来做语文老师时背的。

可是二十多年过去了，他竟还记得如此清楚，怎能不让人佩服？

　　他喜欢在大山大河间走走看看，他也喜欢品尝各地的美食，他说，要经常出去走一走、看一看，读万卷书、行万里路，不要闭门造车，人在大自然中会变得心胸豁达，会不由自主地想通很多事情。有人说，作品是作家的一面镜子。从刘老师的作品中你能很清晰地看到他对家庭、对幸福、对爱情、对子女教育等方方面面的观点，从而清晰地描摹出他这个人，善良、平实、随和、宽容，既有西北汉子的粗犷与宽厚，又有诗人独具的浪漫与温情，这就是我所认识的刘老师。

我有一儿 今年十九（上篇）

乍一看这题目，像是给儿子做招亲广告呢，哈哈……其实还早，不过十九，太小，太小。儿子是我们家最为珍贵的宝贝，也是我前半生最大的作品，虽然，我从没有把他当珍宝来养，但整整十九年的相处，两千字怎能挡得住？要是细细写来，两天两夜也写不完。

当他还是一个小胚胎，还在我肚子里时，那时我的孕期反应非常厉害，吃啥吐啥，一点有营养的东西、一点油腥味都见不得，每天跟着孩子爸爸去职工食堂，吃麻辣烫、凉皮这些。可以说作为一个孕妇，我几乎没有吃到什么有助于孩子成长发育的东西，从这点来说我真的很对不起孩子。还好，我怀孕的时候年纪比较轻，想得虽然不够长远，但身体皮实，虽然没吃到什么好东西，但该出去溜达溜达，该逛街逛街，我记得在我怀着宝宝七个多月的时候我还从厨房把一口大缸挪出来做辣白菜呢。

因为孩子还在肚子里，你看不到他的容貌，加之年纪轻、不懂事，所以也没特别在意这个肚子里的孩子，而且我那时对这个孩子并不是特别看好，主要是因为，孩子爸爸长得不英俊，而我也和他差不多，孩子爸爸不够聪明，而我也很笨，我觉得我们俩真是一对要颜值没颜值、要智商没智商的夫妻了，即将出生的这个孩子身上是我们两人的基因，他又能好到哪里去呢？所以当时并没有特别去珍视肚子里的孩子。

生儿子的时候，儿子倒并没有让我受太多痛苦，生之前听说我一个同学近一米七的个头，最后也是剖宫产生的，孩子生下来八斤多。我生儿子时还是比较顺利的，虽然生之前医生诊断说脐带绕颈三周，但那时公立医院鼓励自然生产，医生并没有要求我剖宫产，于是我顺产生下了只有五斤三两的儿子。

记得当时婆婆看到生下来的儿子，像小老头一样，心疼得第一时间就抱怨我怀孕期间为什么不好好吃饭？那句没出口的话是"看把我孙子饿成什么样儿了？"儿子虽然很瘦，当时眼睛还睁不开，但是看得出，他脸的轮廓很美，眼睛的轮廓很大很长，睫毛也很长，很小的一张脸上几乎让一双眼睛占满了。

后来当儿子长到五六个月大时印证了我的看法，我和孩子爸爸抱着他在我们矿区的街道上散步时，就有人跟着走，跟着看，跟着夸："你看，你看，这孩子长得多漂亮，眼睛圆溜溜的，睫毛好长啊！"听到这些别提我心里多高兴，多自豪了。

儿子小的时候的确是个漂亮的孩子，眼睛又大又圆，睫毛长得像两扇帘子，脸也圆嘟嘟的。可是三年间孩子竟换了三个地方生活。出生到百天是我婆婆辅助我带孩子，后来婆婆回老家去了，我妈和保姆帮我带了几个月，十个月大时送到孩子爸爸的农村老家，又由公公婆婆接手带，两岁八个月时，我们接到身边自己带。

儿子大概两岁十个月就被送幼儿园了，当时我一个人带孩子真是感觉力不从心，孩子爸爸几乎每天加班，不得已就送儿子去了幼儿园。每天早晨送儿子去幼儿园真是一场生离死别般的告别，孩子痛苦，我更痛苦，这样的状况大概一直持续到孩子上中班。

后来我分析过为什么儿子特别不适应幼儿园的生活，可能主要原因是儿子天性热爱自由，进了幼儿园后时时刻刻都要受到老师的管束，还要受到纪律的约束，让他很不习惯，加之他刚从农村的环境过渡到城市，从与爷爷奶奶相处过渡到和爸爸妈妈相处，一切都才开始适应，突然又要从家庭的环境中过渡到每天大部分时间待在幼儿园这个全新的环境中，每天从早到晚都要与陌生的孩子一起生活，儿子不能适应，我也能理解。

有好几次，我都想把儿子接回来自己带、自己教，但是一想到自己一个人从早到晚，体力上也承受不了，再说自己教就能教好吗？另外，从小不让他与小朋友们接触，将来长大了会不会有什么不好的影响？想到这些，最终我还是放弃了自己带的想法，狠下心来看着儿子每天哭哭啼啼地走进幼儿园。

儿子虽然一直很难适应幼儿园的生活，但学习方面一直表现不俗，对老师讲的诗歌、英语、数学等知识，回家后儿子总能在不经意间很好地复述出来，这个特点一直保持到上小学、初中。

我和孩子爸爸最引以为傲的地方，就是在孩子的学习方面我们很少操心，有时听到有的孩子妈妈吐槽说辅导孩子功课有多难，在孩子身上花费了多少时间，我们倒是鲜有这一经历。孩子从小学一年级到高三，我和孩子爸爸很少有趴在那里给孩子辅导功课的时候。记得孩子上一年级时，老师建议家长要陪着孩子学习，老师说不需要每一道题去给孩子指点，只要静静坐在孩子身边就行。我们就严格按老师的要求每天静静地坐在离孩子一两米的地方，陪他学习。从二年级开始我们就不再坐在他身边陪他学习了。在学习方面，儿子很乖很懂事，他从很小就知道学习是他自己的事情，应该由自己把这件事做好。

我有一儿 今年十九（下篇）

除了学习之外，做别的事情儿子就没有那么懂事和好学了。我也和大部分妈妈一样对孩子的未来抱着美好的憧憬，因此也想给孩子培养一两样业余爱好。儿子二年级时，我煞有介事地带着全家人到当时西安市最高档的开元商场给儿子买了一把小提琴，想培养儿子学习小提琴。当时学校办了小提琴学习班，儿子也报了名。学校每周安排一节小提琴课，一节课两小时。小提琴课全程要站着拉琴。上了两节课后孩子回来就能拉儿童歌曲《小星星》了，当时曲子的旋律一出来，我的眼泪"哗"地一下不由自主地充满了眼眶，我仿佛看到了不久的将来，帅帅的儿子穿一身笔挺的白西服，站在舞台中央拉琴的样子。

谁知，又上了两节课后，孩子回来说不想学了，本来我还想挣扎一下，鼓励孩子再坚持坚持，谁知孩子爸爸听到孩子抱怨后直接说："不想学就算了，把学习搞好就行了，拉琴一站就是两个小时，这么小的孩子受不了。"孩子听到了爸爸对他不想学琴的肯定，就更觉得自己放弃学琴是对的,唉,我也不是虎妈的类型,也就同意了。

第二学期,学校又让报兴趣班,此时孩子自己提出要报跆拳道班,我听了由衷地高兴。于是把培训费、服装费交给了孩子,服装也买了,学了一个学期回来又说不想学了。我和孩子爸爸还是一如既往地宽容,不想学就不学吧,反正跆拳道也挺累的。所以,到现在,孩子在学习之外,几乎没有特别像样的才艺,这主要怪我们做家长的没有好好培养孩子,看来在培养孩子才艺这方面,的确得有虎妈虎爸的气质才行,得狠下一条心,不能看着孩子辛苦、听见孩子抱怨就心软,不吃苦哪能有收获,在现在竞争如此激烈的社会里,孩子如果掌握了一样才艺,竞争力会更强一些,而且,当孩子不开心、受挫折时也可以用他的一技之长来宣泄一下自己的情绪。

初中毕业时,儿子没能考上我们心目中特别理想的高中。按他平时的成绩和排名,他应该能够考进陕西省"五大名校"里哪怕名次靠后的学校,但考试那天我感觉到儿子特别紧张,果然,最终与"五大名校"失之交臂。平时考试排在他后边的同学,很多都"蹭蹭蹭"地上去了,进了"五大名校",但他却失利了。好在儿子心态好,并没有因此影响到他的心情,最后的结果也不差,他的分数达到了陕西省西安中学的录取分数线。这所学校是一所公办学校,也是陕西省重点中学,而且是我们居住的北郊所有学校中的绝对重点。能考进这所学校,用儿子的话说就是"给你们省钱了"。这所学校对我们来说还有一个极大的优势就是离家近,孩子每天晚上都能回家,不用像其他同学那样去住校,我们也不用像考进"五大名校"的孩子家长那样在学校附近租房,说来说去,这还是儿子让我们省心的地方。

高中三年总的说来还是比较顺利的,省级重点中学,条件自不用说,老师也很负责任,但高二第一学期期末放假,孩子迷上了那款风靡全国的游戏——王者荣耀,以前儿子也爱打游戏,但都是些小游戏,自从这个假期知道了王者荣耀后就一发不可收拾了,怎么劝都不行,他的意志完全不受他自己控制了,每天都把自己迷失在游戏里。

果然高二第二学期开学后,他在学习方面一直很被动,我和他爸都感觉得到他的努力,但每次考试成绩总不理想,每次出成绩的那天孩子回来都灰头土脸的,有时愤怒地用拳头砸枕头、被子,有时自己也忍不住说:"我感觉我已经很努力了,为什么成绩总是提不高呢?"

看到孩子的状态,我和孩子爸爸内心都很痛苦,但也不知道该怎样帮助他,只能安慰他,化解他的不良情绪。经过孩子一次次努力,一次次失败后,高二第二学期的期末考试,孩子终于"一雪前耻",回到了班里前几名的成绩。谁知好景不长，到了高三，孩子又不知不觉跌入了低谷，很长一段时间都比较低迷。说到底，他不是一个愿下苦功的孩子，不愿像有些孩子那样，排队打饭时背书，一有时间就刷题，我和孩子爸爸又属于非常"仁慈"的家长，从不会强迫孩子去做什么事。孩子晚上回家说累了，我们就让他早点去睡，孩子回家说想先看会儿手机再写作业，我们就让他先看，有时一看就到了十二点，才开始学习。

到了高三第二学期，孩子的状态又慢慢好起来，他也渐渐对自己有了信心，几次统考和模拟考成绩都不错。高考的时间很快到了，为了不让中考的紧张情绪重演，高考前两三天我们就不让他怎么看书学习了，想让他尽量放松。我觉得对儿子来说，情绪上的放松比他对知识的掌握更为重要，还好，高考两天他的状态算是比较放松的。不过成绩出来并不是非常理想，没有考过他平时的模拟考。在选择学校时我们一家三口闷在家里三天三夜，从刚开始非常重视地域的选择到最后注重对学校的选择，那三天真的太累了。

最终选择了地处西部边陲的兰州大学，这和我起初对孩子选报学校的期望完全不同。谁都知道，多年来国家的经济发展趋势是由东向西，除了北上广这样的超级大都市外，东南沿海城市无论从城市发展，学校的条件，还是人的思想观念来说都应该是首选。但人终究是要落到实处的，从实际来说，你的成绩如果够一线城市的重点学校，当然不必说，如果不够，就要抉择一下，是选城市重要还是选择学校重要？我和孩子爸爸一致认为，孩子上大学说到底还是去学知识的，那么学校的环境、学校的校风对于孩子来说才是至关重要的。

最终定格在了兰州大学还是因为我和孩子爸爸都是西北人，我们都有"兰大"情节，在我们那一代人眼里，西北工业大学、兰州大学就是一流的学校。而且在西北的地界上，如果你说你是西工大、兰大毕业的，那大家不用问你学习怎么样，你的学习程度一目了然。

还有很重要的一个原因就是孩子的姥爷，到了最后抉择的关键时刻，孩子的姥爷建议我们选兰大，我们听从了孩子姥爷的意见。孩子姥爷虽然没有多少文化，但他是甘肃人，他深知"兰大"在甘肃人心中的位置，可见"兰大"情节不只是我们这代人才有，从我们父母那一辈就有了。值得庆幸的是，儿子对我们帮他选择兰州大学的决定也表示满意，他虽然不太了解这所大学，但一听兰州大学是兼具985和211规模和水平的一所百年老校，他就心满意足地和他爸一起在网上填报志愿了。

儿子最终被录取到地质工程专业，怎么说都有点"子承父业"的意思，孩子爸爸大学里学的是"物探"专业，据他爸爸说儿子学的地质工程专业和他们算是一个行当，这算是命运的安排吗？刚被这个专业录取时，我和他爸都担心儿子会不会因为这个专业今后的就业环境艰苦，心里会不情愿，但问过儿子几次，他都说没什么，他觉得这个专业挺好，大概是从小常听爸爸回家来说什么剖面、测线这些专业术语，都习惯了。大一第一学期结束，问儿子考试科目有没有挂科的？他还是那样一副不在意的表情，"都过了，没有挂科。"谢天谢地，都过了。期末考试前通过两次电话，他说要去复习，怕挂科，感觉他还有点小紧张，这在他以前的学习生活中可非常少见。

  通过这些年大大小小那么多次考试，我才发现儿子原来是个神经大条的人，面对再大的考试，哪怕是决定他命运的，看起来都"轻飘飘"的，考得好自然最好，考不好，也没见他多伤感，大概是因为，他从小就经历着考试中的浮浮沉沉，面对挫折，他已经磨炼出了克服困难的勇气和信心，所以现在，无论面对什么样的结果，似乎都看不出他情绪太大的波动。真不知儿子今后能成个啥"仙"，反正"儿孙自有儿孙福"，对我们做父母的来说，孩子的健康和快乐才是最重要的，不是吗？

夏
summer

爱与期待

"爱"到底是名词还是动词？我更倾向于把"爱"看成名词。有一次有个人对他的朋友说，人到中年自己好像已经不爱另一半了，他的朋友给他出主意："那就去爱吧！"显然这里所说的爱是一个动词，他是想说："那你还等什么呢，立刻去爱她呀。"怎么看都觉得这样的爱显得那么被动，被爱的人会有被同情、被施舍的感受。

把"爱"看成名词，听起来会有一种非常浪漫的感觉。我认为，"爱"是一种感觉，是一种不见面，时时期待见面，一想起他（她）就心跳加速，见了面羞涩脸红，生怕哪句话说错了，再也见不到对方的感觉，是一种内心无限美好的感觉。对这种美好的感觉，古今中外都有过很好的诠释，在马尔克斯所著的《霍乱时期的爱情》中，男主弗洛伦蒂诺·阿里萨用一生的等待完美诠释了他对女主费尔米娜·达萨的爱恋，八十多岁时，女主老公因意外身亡，他才成功向女主求婚，有情人终成眷属。中国人比较含蓄，古有纳兰性德"人生若只如初见，何事秋风悲画扇"的美丽诗句，现代有张爱玲赠送给胡兰成照片背后的题字："见了他，她变得很低很低，低到尘埃里。但她心里是欢喜的，从尘埃里开出花来。"当代又有木心先生的"从前的日色变得慢，车、马、邮件都慢，一生只够爱一个人……"的优美诗句，还有歌手李健在《传奇》里唱的："只是因为在人群中多看了你一眼，再也没能忘掉你容颜，梦想着偶然能有一天再相见，从此我开始孤单思念……"

当我看到这一首首动人的诗句和歌词时，好像看到了作者那时那刻因为爱情孤单思念，因为爱情惶恐不安，因为爱情期待过后的失望，因为爱情……在听蒋勋先生的讲座时，我听到他关于爱情的一个说法：爱情最美好的状态就是没有得到它时的那种不确定感，这种不确定的感觉包含焦虑、期待、想念、患得患失，那种感觉是难以言说的，更是非常微妙的，所以让人觉得无限美好。我特别认同蒋勋先生的说法。

加西亚·马尔克斯说，《霍乱时期的爱情》是他最好的作品，甚至超越了他获得诺贝尔文学奖的《百年孤独》，可见这部作品在他心目中的地位。这本书最后一个章节读完后，我热泪盈眶，后来又看了同名电影，非常感动。起初我也弄不清为什么会有这样的感受？现在似乎很多书都不能让人产生这样的感觉了，后来我想，是因为期待，因为男主人公对得到女主人公的爱的长久期待，是因为我们这些读者渴望男主人公和女主人公在一起的期待。

认识女主人公费尔米娜·达萨时，两人都很年轻，当时男主弗洛伦蒂诺·阿里萨只是一个邮局的发报员，而女主却是商人的后代，衣食无忧、美艳高冷，这两个看起来怎么都不搭边的人，却因为男主深深的爱恋、花样的表白使女主动了心，但他们的相爱并没有获得女主爸爸的认可，最终女主嫁给了自身条件优越，爸爸认可的一位医生，而男主并没有因此放弃，他一直默默守候和等待着女主，这样的生活一直持续到他八十多岁的高龄。彼时的他早已通过不懈的努力成长为一家船运公司老板，恰在此时，女主丈夫去世，他最终以诚心打动女主，两人幸福地生活在了一起。

看来爱情果真是因为期待的不确定性而变得扑朔迷离，变得如梦如幻，变得妙不可言，也因此，得到它的那一刻也是让人感觉最幸福的时刻。"人生若只如初见"其实说的也是等待爱情时的期待，一旦见到了，得到了，也许你会觉得不如初见，不如不见，因为初见时的美好，再见时再也找不回来了。

"见了他，她变得很低很低，低到尘埃里。"24岁的张爱玲遇到了专程来拜访她的胡兰成。彼时胡兰成38岁，他被她旷世的才华深深地吸引，天性敏感、才华横溢,高冷且已声名鹊起的张爱玲就此沦陷了。她变得很低很低,每日与他耳鬓厮磨,说不完的喃喃情话,从尘埃里开出花来。虽然那时两人日日见面,张爱玲还是日日对胡兰成充满着期待,但爱情在胡兰成那里是易逝的,这恰恰印证了张爱玲写给胡兰成的那句绵绵情话:所谓爱情,只是一次花期,有的花只开一次,轰轰烈烈,有的花,可以应季。在张爱玲之后,胡兰成又有了周训德、范秀美、一枝、佘爱珍等多个爱人,而张爱玲却在七十多岁时在美国独居的公寓里溘然长逝,去世一周后才被邻居发现。一代才女,一生写过《倾城之恋》《红玫瑰与白玫瑰》等众多著名爱情小说的大作家,终是逃不出爱情的扑朔迷离。

从前日色的确慢,一封情书得用车、马缓缓送到爱人手中,寄信人盼回音时焦急地等待,等信人在等待中品尝相思之苦,终于等到了,而回信的过程又得将这一漫长的过程重复。一年里,一对相爱的人书信往来不过几封,一年里,满满的全是期待,想想那份期待的苦和等来回音时的喜,是我们现代人很难体会的,想象一下只觉得美好。这漫长的等待,自然一生只够爱一个人,而我们现代人一句"早安""想你""爱你""晚安",不到一秒钟就到了对方的手机,认识几十天就可以结婚,结婚一两年又可以离婚,想一想,以这样的速度,一生你可以爱多少人?还哪里品味得到"一生只够爱一个人"

的美好?

　　只是因为在人群中多看了你一眼,再也忘不掉你容颜,梦想着偶然能有一天再相见,从此开始孤单思念,从此心里满是对再见时的期待……

做一个强势又泼辣的女人

"女人如水",女人天性应该是柔弱的、羞怯的、容易伤感的,需要他人格外关心和疼爱的,还有句话"女人如花",如花般娇艳、如花般需要细心呵护、如花般易"凋零"。这些都只是你印象中的女人,但你有没有发现,在你身边或遇到的女性中,多半却是走路带着疾风、说话大嗓门,甚至你多问几句,她立马眉头紧锁,吼你的话即刻冲口而出。

现代女性到底怎么了?似乎和我们在《红楼梦》里看到的女性形象越来越远了,且不说像林黛玉那样周身的大家闺秀气质、吟诗作赋,即便矫情劲上来,顶多噘个嘴、回房间、不理你了,她是万万不会冲什么人大吼大叫的,再不济,像晴雯那样,生起气来撕撕扇子、发几句牢骚,即便是生气,那画面看起来都是极美的,最不济像王熙凤那样,不高兴了撒泼耍赖,但眉目里全是风情万种,薛宝钗就更不用说了,处事周全、识大体,从不跟人来硬的,拼的全是背地里的高情商。

现代女性中几乎很难再找到像《红楼梦》里这样含

蓄、懂事、风情万种的女人了，即便有，你深挖下去，她要么是从事某种必须含蓄或风情万种的职业，要么她是为了某种利益，暂时委曲求全，真正含蓄、温婉的女性少之又少。为什么会这样呢？我想可能因为现代女性背负的压力太大了，家庭方面，很多女性在家需要承担繁重的家务，还要承担辅导孩子功课的重任，同时在职场上要与男性同场厮杀。如果遇到一个顾家的好丈夫，还好，他会分去你至少一半的劳动量，但不知道遇到这样丈夫的概率有多少？反正我没少听身边女性抱怨："我们就是男人请来的免费保姆""要男人有什么用？女人什么都能自己干！"之类的话，似乎男人如果愿意在家做家务，那更好，如果不行，那也是天经地义。家里那方圆百十平方米的地方似乎本应是女人的地盘，女人理应把在那里发生的所有事情都打理好，还要处理得周全、圆满，而男人有空了则可以回家来休养生息，锦上添花一下。这样看来是不是有些不公平？还有很多女性家里家外已经疲于应付了，还要接受来自公婆、小姑子、大姑姐们挑剔的眼光、挑衅式的言语，真不知道他们的儿子、他们的兄弟有多优秀，什么样的女人能配得上他们家的男人。

职场上，女性也一丝一毫都不能怠慢，不能因为你在家里做了家务、带了孩子，在职场中就必须得有人体谅你、让你少干一些，在这方面职场上还是很公平的，那些忙碌、委屈都是你为你的家庭付出的，到了职场另当别论。你得和男性一样奋力拼搏，不一样的是，你是女性，在职场中依然会有男性根深蒂固地把你当成弱势的那一个，如果想让他们尊重你，甚至高看你，你要付出几倍于常人的努力，上班、加班、熬夜就会成为你的家常便饭。这样做，却势必又会影响到你的家人，做家务的时间少了、管孩子的时间少了、与老公交流的时间少了，又会带来新的问题。所以，怎样平衡这几者之间的关系已经成了职场女性的新课题。

看看，现代女性怎么能不强势、不泼辣呢？我们的坏脾气全是被现实给逼出来的！试问，哪个女人还是小女孩时，不想做《欢乐颂》里傻白甜的关关啊，有一个和谐美满的家庭，有爱她的爸爸妈妈，从小到大，什么事爸爸妈妈都替她打理好了，她只需要好好学习、好好工作，然后遇到一个家世背景相当的男人结婚，这一生顺着既定的轨道走下去就万事大吉了。何况，社会中背景深厚、家财万贯的男人一般都会选择与这一类女孩结为夫妇，家庭关系单纯、和睦，妻子肤白貌美、学历高、脾气好，这样的女孩子多适合娶为人妻。

但不是谁都有这样的父母，能一直帮你遮风挡雨，帮你安排好一切，这个世界中的大部分人都是普通人，他们都在辛苦地活着，我们的父母也一样。大部分的女孩子还是得靠自己，这其中，有一部分智商高、肯下苦功的女性获得了高学历，叩开了高薪企业的大门，她们仅仅通过自己就为自己谋得了在竞争激烈的社会中立足的资本。还有一部分，她们刚好买到了"潜力股"，她们嫁的夫君一路成长为涨势强劲的"绩优股"，而她们自然是夫贵妻荣，她们不需要过度参与职场竞争，从事着舒适体面的工作，业余时间买买衣服、美美容、研究研究食谱，每天按时回家，做好养胃的美食等待老公回家。你仔细观察，这一类女性的皮肤是泛着光的，穿着讲究，说话是慢悠悠、和颜悦色的，她们不需要和别人争什么，因为别人都敬着她们，用不着争，她们没有多少坏情绪，需要必须找人发泄。

上述两种女人毕竟还是少之又少，如果你没有殷实的家世，又没有"绩优股"的老公，那怎么办呢？可能，你这辈子就得准备做好两件事了，要么认命，安分地"嫁鸡随鸡"，要么靠自己，奋力去打拼。"嫁鸡随鸡"当然也是一种活法，而且活得可能也不差，只要夫妻两人同心协力，一步一个脚印踏实走下去，相信今后的日子也会越来越好。

当然，如果你不想把所有的希望都寄托在老公身上，那你可能就要辛苦一阵子了，在这个竞争激烈的社会中，你要事事都靠自己，辛苦是必然的、受人轻视是必然的、受委屈是必然的，你要想，这都是过程，只要坚持走下去，终会有熬出头的那一天。面对歧视你、欺辱你的人，你可以这样想："现在的我，你爱答不理，今后的我，你高攀不起！"我相信每一份付出都会有回报，你说你一直在努力，但你并没有看到回报，我坚信，那是时间还没到，那是你付出的努力还不够，只要坚持走下去，从量变到质变是需要一个过程的，就像从一颗种子长成参天大树，需要很长的时间，其间需要浇多少水、施多少肥？谁都明白这个道理。

所以，加油吧女性同胞们，在我们自立自强的路上，强势一些、泼辣一些、脾气坏一些是可以理解的，谁让我们无依无靠呢，我们遇到形形色色的事情偶尔也会情绪崩溃，我们面对方方面面的压力有时也会感到焦虑，在我们变强的路上我们也需要释放压力，我们像男人一样大吼大叫有什么不可以？我们是有血有肉的人，又不是没有感情的机器，为何要深埋自己的情绪？只是"小吵怡情，大吵伤身"，适可而止就好。

姐妹们，以后对我们自己好一些，可以适当释放自己的情绪，管他们男人怎么看呢！

女性自我意识的觉醒

近年来，女性的自我意识正在被唤醒，这从女性更加懂得保护自己的利益不被侵犯，学会对自己不喜欢的事说"不"，走出家门与男性同场竞技，脱掉高跟鞋，换上平底鞋，让自己先舒服了再说，这些方面都可见一斑，这种觉醒似乎也没有谁在专门倡导，就是在不知不觉中慢慢演化形成的，我觉得这种状态特别好。

我们女同胞可一点也不比男同胞差，除了力气没男同胞大之外，其他好像没有比男同胞差的地方。体育赛场上，为祖国摘金夺银的女运动员不在少数，足球、排球、乒乓球、棒球、跳水、滑冰等体育项目，女运动员都占据着明显的优势；在经商办企业方面，据统计，在2020年胡润全球白手起家女企业家排名中，全球排名前10位的女企业家中，来自中国的女企业家就占了7位，像我们熟知的龙湖地产的吴亚军、韩森制药的钟慧娟都是白手起家、独自坐镇庞大的商业帝国，这些都展现了女性强大的赚钱能力。在科研方面，女科学家也不在少数，我们熟知的科学家屠呦呦，因发现青蒿素，2015年获得诺贝尔生理学或医学奖,成为首位获得该奖项的中国人……如此之多的女冠军、女科学家、女企业家,你还敢小看女性吗?

昨晚看湖南台播的都市剧《爱的理想生活》中,有一个片段是杨烁扮演的白主厨在拍摄一档综艺节目,听不惯现场女嘉宾女权主义的一番言论,当场进行了辩驳,意思是说,女人虽然不差,但是在医学、美食、美妆等很多领域做得特别优秀的其实还是男性,原因是女性很多时候受到家庭等方面的牵绊,不能专注地去做事情,对自身的成功会有很大影响。他这番言论瞬间引来了一些女同胞的反感。

我倒觉得他这番话其实没毛病。具体女性在哪些行业成功的多,哪些行业成功的少,没有做过统计,不能下定论,但是有一点,女性是比较容易分心的,孩子、家庭、父母、购物、人际交往,让女性分心的事情很多,女性不能像男性那样去全身心地完成工作,男性因为工作需要可以加班、出差,可以晚回家,甚至不回家,男性在工作过程中可以不必考虑工作以外的事情,大家普遍认为男人嘛,本来就应该以事业为重,而女性如果有相同的行为,一般会被说成不顾家,不是一个好妻子或好妈妈。女性只有在先把家庭、孩子、老人料理好的基础上才能安心出去上班、加班、出差,所以你看,女性如果想在工作上取得与男人相同的成就,不可避免地要比男人付出多很多。

还是言归正传吧,女性意识觉醒,近年来确实比较明显,而我认为似乎还欠那么一点点,比如爱不应该掺杂其他杂念,比如适时地脱下我们的高跟鞋,穿上我们的保暖裤,比如女追男,等等。

谁说不可以女追男呢?谁说一个女孩子喜欢上一个男孩子一定要等着他首先来追求呢?如果他一直没有这个举动呢?如果他压根就没发现你呢?那你岂不是要遗憾终生了?而且你要背负着这个希冀辛苦地走下去,你不累吗?关键是你喜欢的那个人也许并非你想象中的极品,只是由于雾里看花,让你始终对他保有好感,如果你们可以走得近一些,你就可以对他了解得多一些,说不定,要不了两个回合,你会立即发现他根本不是你喜欢的那盘菜。

再说说这高跟鞋和保暖裤,我们女性为什么必须把自己打扮得娇娇的、俏俏的?我们为什么必须在男人面前表现出风情万种?没有谁说这是必需的,我们不需要活得这么累!即便你把自己打扮得很娇了、很俏了,当男人欣赏你时,你就是娇的、俏的,当他们厌倦你时,你的娇和俏在他眼里就是一片烂白菜叶上飞来的一只苍蝇,所以,我们用不着去取悦谁,自己穿在身上觉得舒服才是第一位的,男人们爱看不看,爱喜欢不喜欢。放一百二十个心吧,这世界总有一个男人是喜欢你这一款的，是懂得欣赏你的好的。除此之外，还有一部分女性在恋爱关系、夫妻关系中，总是极力讨男人欢心，要知道，当一个男人喜欢你时，你在家里什么家务都不干也是优秀的，你无论做什么都是对的，可当他开始嫌弃你了，你穿再高跟的鞋，你表现得再贤良淑德也是没有用的，他对你还是一副厌恶至极的表情，这时候，我们女同胞要做的就是立即放手，让他走，而不是穿起高跟鞋，在你们的关系中，你已经很累、很卑微了，何苦还要为难自己？

穿上保暖裤就更不用说了，我们首先得让自己觉得舒服不是嘛，大冬天的，我们光着腿不冷吗？冻出关节炎、风湿病还得自己遭罪。再说，大冬天光着两条腿也不好看呀，冬天就得有个冬天的样子，穿上厚厚的羽绒服、呢子大衣才好看嘛。衣服穿在我们自己身上，怎么舒服，自己怎么喜欢怎么来呗，何苦为了养别人的眼委屈了自己呢？所以啊，如果不是非要穿10厘米的"恨天高"，大冬天必须光腿的场合或职业需要，我觉得我们还是首先舒服了自己再说吧，毕竟当健康远离你时，所有人都会远离你。

再来说说爱这个话题吧，在我看来，爱是神圣的，因为那种怦然心动的感觉不是和谁在一起都会有的，其实女性对爱人的要求还是很高的，特别是到了一定年龄，有了一定阅历的女性，是不那么容易与人共度爱河的，也许一个男性身上有很多点与她契合才能够入她的法眼，试想，这样的男性岂不是像中了彩票一样，幸运至极。所以，爱就是爱，无关其他，爱是可以全心全意、不求回报地为对方付出的，不允许掺入一丝一毫的杂念。

不可否认，女同胞在当今的社会中，依旧是弱势群体，因此要学会好好地保护自己、爱自己。我觉得，女性自我意识觉醒首先应该从爱自己、尊重自己、欣赏自己开始，然后才是爱别人、尊重别人、欣赏别人。

到底要不要门当户对

"门当户对"这四个字在很长时间里都被我们现代人当成是封建糟粕，可是又经过了这么多年，经历了一代人甚至是几代人婚姻的亲身经历和考验，"门当户对"这样的做法到底合不合理呢？

我认为"门当户对"的做法是基本符合当今社会现实及婚姻稳固性需要的。当然这里所说的"门当户对"不仅仅是指将要结婚的两个人甚至他们背后的两个家庭在财力、身份地位方面的门当户对，还包括两个即将走入婚姻的人在学识、看待问题的"三观"，甚至是生活习惯方面的"门当户对"。

我这样说肯定会有很多人不同意，但经历过婚姻或者正在婚姻里的人一定深有体会。正像曾仕强先生讲的，一个家庭条件不好的男人娶了一个富有家庭的女儿，那他到别人家去就是去当长工了，吃苦的时候有你，享受的时候没有人能想到你，因为大家其实都看不起你，而一个贫穷家庭出身的女孩嫁到了一个很富有的家庭，其实就是去当保姆了。你仔细观察一下社会，你会发现这多半是事实，当然也没有那么绝对的，也有贫穷家庭出身的女孩嫁到富人家里过得很幸福的，那大多是因为她们自身具有富豪家庭缺少的东西，比如高学历、美貌、名气，等等。

那就是说，经济基础还不是决定你们在一起唯一的条件，最重要的是你身上必须具有他（她）所欠缺的，他（她）欣赏的或者他（她）很需要的一种特质，说白了，你要能配得上他（她），棋逢对手，这样他（她）才会尊重你，你才不至于把自己陷于那种只有死皮赖脸缠着对方的境地，死缠烂打早已不适应现代竞争激烈的社会。现代社会，不管男孩还是女孩，都很聪明，换句话说就是都很现实，都知道生活不易，谁愿意成天托着个没用的"拖油瓶"，所以说，谁都喜欢优秀的人，你要想嫁他，你想要娶她，那你首先要把自己变成一个优秀的人。

一位心理学老师讲关于"爱"的一个讲座，其中讲道，有一个研究证明，不管男人还是女人一生当中有6个伴侣才是比较合适的。莫非我们一生中要去结6次婚，找6个伴侣吗？我们通常的道德体系是不允许我们拿结婚、离婚去做实验的，那就需要我们一生都要不断地充实自己、调整自己、跟上伴侣的节奏。他（她）在这个领域做得不错，而你在那个领域做得也不差，你们属于共同进步，旗鼓相当才行，如果只有一个人不断地进步，而另一个人永远停滞不前，矛盾就出现了。

回到"门当户对",不要以为"门当户对"仅仅是两个人或者两个家庭在经济基础或者社会地位方面的"门当户对",生活习惯和"三观"也是很重要的。比如一个从小生活在优越家庭的人,他(她)一般比较讲究卫生,有可能每天都会洗澡,最不济,每晚睡前要洗脸、洗脚后才能入眠的,这是他(她)从小养成的习惯,而另一半如果来自一个贫穷的家庭,他(她)从小居住的地方有可能缺水,有可能并没有自来水,他(她)能保证一个月洗一次澡都难,更别说每天洗澡、洗脚,如果你们结婚后,你要求他(她)每周洗澡或每晚洗脚,刚开始也可能他(她)还会比较配合,但久而久之,他(她)会感觉很累,然后放弃这样做,或者一直是带着怨气来做,因为他(她)没有从小养成习惯,这就是教育孩子为什么要从小开始教育的原因。从孩子小的时候培养他(她)的任何习惯,孩子会觉得很正常,虽然也会经历一段困难的时期,但是很快,孩子便觉得你的要求是理所当然的,但对你的另一半就行不通了,你要求他(她)每晚睡前洗脚,你打破了他(她)长久以来的习惯,他(她)会觉得很不舒服,他(她)会说你试图改变他(她),他(她)会觉得你要求过高,他(她)唯一想做的就是抵制你,然后依旧按照他(她)的习惯来做。

这就是为什么在生活习惯方面也要"门当户对"的原因,再来说说"三观"方面门当户对的重要性。一般我们所说的"三观"是指世界观、人生观、价值观。简单来说，人生观解决人为什么活着的问题，价值观解决怎么活着的问题，而世界观就是解决为什么活着和怎么活着的问题。人为什么活着？有的人认为人就是为工作活着的，除了工作就是他（她）的父母和孩子，他（她）认为吃饱穿暖就是人生一大幸事，除此之外没有其他的喜好和追求，这是一种人生观，还有一种观念认为人要为自己而活，除了自己、自己的家人、社会上需要帮助的人，他（她）觉得人必须要活得丰富多彩，要有事业、有爱人、有兴趣爱好、有高质量的家庭生活，等等。这两类人如果走在了一起，生活也会比较痛苦，把工作当作唯一的人会觉得每天为了兴趣爱好辛苦自己的人是不务正业，会觉得你一会儿想干这个，一会儿想干那个是不靠谱、不可理喻，而追求生活丰富多彩的人会觉得把工作当成唯一的人太单调、太乏味、不够浪漫、活得太现实。

  在价值观方面，有些人认为钱很重要，挣钱也很重要，有人为了挣钱努力拼搏，有人为了挣钱不择手段，有人觉得钱是他们的脸面，钱挣得越多他们越有面子，而有些人认为当官很重要，还有些人认为这些都没那么重要，而追求自己喜欢的事情才最重要，这些就是价值观的不同。如果你对钱没有太多概念，总是在追逐自己的兴趣爱好，而你的另一半偏偏又是把钱看得很重的人，那么你们的婚姻生活免不了经常会为钱争吵,长此以往,你觉得你们这样的日子还有幸福感吗?一个把钱看得很重的人,有可能真的把挣钱和攒钱当成了他们生命中最重要的事,如果遇到一味追逐兴趣爱好,却不能将兴趣爱好换成钱的你时,他们会觉得你不靠谱、不切实际,你再高雅的追求在他们眼里都不值一提,因为换不成钱,在他们那里你是得不到尊重的,长此以往,你们之间便会出现矛盾,继续发展下去,婚姻会岌岌可危。

这就是经济基础、学识、生活习惯、"三观"的差距对婚姻生活产生的破坏,这也是我支持"门当户对"的原因。当然有些东西是可以后天习得的,也许你爱他(她),你就会为他(她)去做改变的,你也会去提升自己,努力地适应对方,双方共同提升,同时包容对方与自己不同的方面,让本来"门不当户不对"的两个人变得"门当户对"。

女人可以选择比自己年纪小的男朋友吗

女人可以选择比自己年纪小的男朋友吗？我的答案是肯定的。有位心理学大师说过，无论男女，一生中应该有6个伴侣是比较合适的。6个？乍一听不符合《婚姻法》的规定啊，可是细想想，虽然从行为上我们不能提倡，但从心理上我们可以尽量满足。

自然，按人的本性来说，你会在不同的阶段，需要不同的关照。就拿女人来说，女人在年轻的时候，往往喜欢一位年纪稍大的男人，因为年纪比你大几岁的男人往往关心、照顾你比你关心、照顾他做得好，他成熟、稳重，想事情周全，处理事情不冲动。而到了中年，很多女人可能又会喜欢年轻些的，有朝气、有活力、有冲劲的男人，因为这一类男人能够让中年的女性重新焕发对生活的热爱、对未来的憧憬。而步入老年的女性，可能又会喜欢一位能够时时陪在自己身边的人，一起坐着摇椅慢慢聊，把自己当成手心里的宝的男人，这样的男人对自己不离不弃，会让她觉得有安全感，让她觉得老有所依、老有所靠。

你看，简单举出三个阶段的例子，就需要三种不同类型的男人，但我们当然不能仅仅因为要去适应不同阶段而离开现在的爱人，我们还是有办法的，就是彼此都通过调整自己，让自己变成对方不同阶段需要的那个人，提供给对方不同阶段需要的养分。听起来倒是很简单，其实不然。

还是拿女人来说，年轻时候找稳重、踏实的另一半，老年时依然把你当成手心里的宝的那个人相对来说更好无缝衔接，可是有朝气呢？时时能为你带来活力呢？这就很难调整了，因为当你人到中年时，你原本找的那一位年龄比你大几岁的男人，此时或许已快步入老年，他的心态、身体状况、兴趣爱好都发生着变化，似乎已经很难做到充满活力了，本来喜静的他，随着年龄增长也许更显得性格沉闷。

但是如果我们依然想与另一半共同生活，就要适时地为对方做出一些改变，时时跟着对方的脚步往前走。我们还是可以年轻啊，我们可以跑步、打球、唱歌、旅游、爬山、写诗、画画，我们只不过人到中年，这些事情我们依然做得好，即便到了老年，我们也可以将老年生活过得丰富多彩，我们依然可以对未来生活抱有希望，只不过我们不再像年轻人那样激情四射，但我们多了的是阅历，是历经千山万水后的安之若素，是坐看云卷云舒、静听花开花落时的泰然处之。

我身边的女性朋友找比自己年纪小很多的男朋友的例子似乎不多，但我们所熟知的明星中好像越来越多，这也无可厚非，而且据说从生理条件来说，中年女性是适合找一位年轻的男性做伴侣的。但其实两人年龄差距有多大并不是两个人相处和谐的必要条件，反而是价值观、兴趣爱好、人品性格等这些比较重要。两个兴趣爱好相近、价值观相同、性格合得来的人在一起相处是一种享受，但如果不是，年龄即便相近也都无济于事吧。

还有一种说法是，即便结婚了也不要想去控制对方，现在流行的相处方式是两个人平时都各忙各的工作，凑到一起了，你们是夫妻，凑不到一起你们还是夫妻，给对方充分的自由。我觉得这种相处方式很适合中年夫妻。不要将对方控制得太死，给对方足够的空间和时间，让他（她）能够做一些自己喜欢的事情，不要打着爱的名义，要求另一半一定要按照你的意思来做，如果对方不想这样做，你便就此推断出，对方已经不再爱你了、对方心里没你了，这些得不到验证的结论，这样就太任性、太霸道，长此以往会影响夫妻间的感情。我也觉得，比较舒服的相处方式应该是，他做他的事，你做你的事，他有他的思想，你有你的，谁也别去扭转谁的，谁也别想把自己的想法强加给对方，两个人能够充分体现各自的价值感、成就感、独立性、创造性，这多好，两人既相安无事，又不黏着对方、不控制对方而创造出自己的最大价值，发挥了自身的最大长处，在各自的领域里取得成绩，没有比这样相处更舒适的夫妻了吧！

所以说，女人但找比自己年纪小的男朋友无妨，就是找比自己年纪大的男朋友也无妨，因为两个人年纪相差多少并不是婚姻和谐与否的核心要素。

认可和欣赏是把双刃剑

现在很多短视频教女性如何得到一个男性长期的爱,怎样在婚姻关系里保持自己对丈夫长期的吸引,无外乎教女性,认可这位男性的做法、保持对他的欣赏、在外人面前给他面子、保持距离感,还有的说,男人的择偶标准是,认可和欣赏他的女人,能给他一个舒适度比较高的家庭。

这都是男性在择偶或交女朋友时对女性的要求,当然,也有教女性在择偶时怎样选择男性的视频,我记得有一个比较现实的视频,并不是教女性要找道德品行高尚的男性,而是要找一个经济基础好的,最不济也要他的家庭经济基础好的、有能力去解决现实问题的男性。这一点乍一听特别现实,不符合传统价值观的要求,但走过婚姻生活的女性就会感同身受,在婚姻里能够解决实际问题的男性对婚姻生活里的女性才是最大的福利。

认可和欣赏其实是双向的,不能片面地要求女人对男人做出"认可和欣赏"状,你要问一问你自己到底做了什么值得女人认可和欣赏的事了吗?女人可以骗你一小段时间，可以在一段时期内做出一副假假的"认可和欣赏"状，但那不是真的，所以就不能长久，她只是想维系你们之间的关系，如果她对你彻底失望了，她还愿意虚伪地做出"欣赏"状吗？

有位明星说过，崇拜一个人是因为你离对方不够近。崇拜其实只是一种想象，你喜欢这个人，这个人在你眼里便闪着光芒，你就会觉得这个人身上什么都好，这是因为你还不够了解他，一旦你们近距离接触了，并且接触过一段时间后，你对他了解得越来越深入时，你还会欣赏他、崇拜他？大概率不会，至于女人还愿意对你表现出欣赏和崇拜状，那你也要有自知之明，她是在迁就你，而你也不能长期活在"皇帝的新装"里，还是尽快有则改之，无则加勉吧。

总之你得做出让对方认可和欣赏的事情来，否则就别那么虚荣，自己有几斤几两还不知道吗？倒是教女性"择偶时一定要找一个经济能力好的男性、找一个有能力解决现实问题的男性"，持这种观点的人都比较靠谱。一个男性若不具备一个好的经济基础，怎么敢请求一个女孩子嫁给他？当然，二三十岁的男人大多还没有特别好的经济能力，但你起码要努力地去奋斗，让女孩子通过你的表现能够憧憬到美好的未来，你得给别人希望，你得用实际行动告诉她你是一只潜力股，将来会成为绩优股。

为什么要找一个能解决现实问题的男人呢？这不仅仅是男人的能力问题，也是考验一个男人在遇到问题时的态度。为什么是男人的能力问题？能解决问题的男人肯定是一个在各方面都比较有能力的男人，他或者有钱，或者有资源，或者有地位，等等，反正他有办法帮你把问题摆平。还有一种情况是二十多岁刚出校门的小伙子，他没钱、没资源、没地位但他有一颗想解决问题的心，他不怕麻烦、不惧困难、勇敢向前，想办法去战胜难题，这就是一种态度，有了这种态度，将来他在工作中、生活中终会做得好，这样的男人就是一个有责任心，能够托付的人。而有些男人在遇到问题时的态度就比较让人唏嘘，他们会在第一时间在心里盘算一下，这个问题可能会对他造成的损失，如果他的利益会因此受到损害，他便会在第一时间逃之夭夭，然后等你自己想办法解决了问题，他又会在第一时间像火箭一样"嗖"地回到你身边，你觉得以上两种男人哪一种适合托付终身呢？一定是第一种，所以女孩子们在结婚前一定要擦亮眼睛看清楚，不要对方给你一点小恩小惠，比如买了一点小零食、请吃了几顿饭、站在楼下给你弹了几次吉他……就迷惑了双眼，这些充其量是恋爱中男孩子在荷尔蒙的催生下都会做的事情，而真正走向婚姻，还是要多考虑一些实际问题。

接受衰老

"你觉得你年轻吗？不要紧，很快就老了""对于三十岁以后的人来说，十年八年不过是指缝间的事。而对于年轻人而言，三年五载就可以是一生一世"，对于年轻与衰老的关系，民国大才女张爱玲早已在她的作品里深刻、透彻地诠释过。

年龄不由人，年龄也不饶人，一年一年、一岁一岁兀自任性地增加着，全不问你愿不愿意。十四五岁的时候，天天盼着自己长大，看着班里年龄大些的同学已经谈起了恋爱，每天为爱着的那个人牵肠挂肚，不是笑得桃花灿烂，就是哭得梨花带雨，我盼望着再长几岁自己也能找到令自己魂牵梦绕的那一位。那时候正流行伊能静的《十九岁的最后一天》，每天听着"十九岁的年龄，本来就该挥霍，忽然之间就走过，十字头的年龄没留下什么……"总觉得歌词里描述的事情离自己很遥远，想大约等自己到了十九岁才能理解歌词中对十九岁的不舍和对二十岁的期待吧，也暗暗庆幸自己离二字头的年龄还有很远。

别急，很快就老了。不知不觉自己也到了歌词中所唱的十九岁的最后一天，想想，十字头的年龄似乎平平淡淡就过去了，并未发生过什么惊天动地的大事，也没有什么特别难忘的事，一想到自己将要步入二字头的年龄，竟有些惧怕衰老了。22岁这一年就和一个男人订婚了，其实你并不非常了解眼前的这个男人，你不知道这个男人会不会在今后的日子里一直对你好下去，你怀着忐忑，同时对未来充满憧憬的心情，在23岁这一年嫁给了他，第二年便生下了你们的孩子。结婚、生子，对于一个女人来说是最重要的两件事，于我却在如此短的时间段内完成了，甚至之前都没有好好用三年、五年谈一场惊心动魄、扣人心弦的恋爱，也没有好好考验一下眼前这个将要嫁的男人究竟值不值得嫁，就在那个大部分人认为合适的年龄嫁给了他。

现在想来真觉得好快，为什么当初不慢慢地去品味这个过程，而要火急火燎地步入婚姻，好像晚一点就来不及了，好像晚一点自己就老了，急着拥有一个属于自己的家。如果，没有如果，"在我们身上发生的就是最好的""珍惜拥有""享受当下"，很多很有道理的语句都在劝诫我们。但是女人在生过孩子后，不可避免地会以飞快的速度衰老，25岁这一年，我第一次在自己的额头发现了皱纹，记得那一刻有深深的失落感，心想："老了，一个女人就这样老去了，你现在的生活是你十多岁时憧憬的生活吗？你的那个他是你曾经憧憬过的那个他吗？"好像只有孩子长到一定年龄时，你才会回头审视你的婚姻，审视你身边的那个人。紧张过，怀疑过，坚定过，无奈过，但也必须认清事实，人总是要不可避免地一年比一年添一岁，一年比一年衰老一些。

2013年，我的花店关张后，我不再过那种东奔西跑的生活，开始静下来，思考、看书、学习、写作。这一年我36岁，这一年我有了不知哪里冒出来的危机感，很奇怪，在原来东奔西跑的时候从来没有过这种感觉，但安稳下来了，却不可遏制的，有了一种深深的危机感，觉得自己必须要做一些事情了，不然就来不及了。我每天抓紧时间写东西，没有约稿函，没有出版社邀约，只有自己对自己的要求，自己对自己严苛的规定。那时候每天都有一种预感：来不及了，我要快一点，再快一点，不然我在有生之年就什么都干不成了。就这样走向人生的终点吗？总有不甘埋藏在心里。所以那个时候我抓紧每一分每一秒的时间，每天都不让自己虚度，像一个即将奔赴刑场的犯人。

42岁这一年，我第一次在两鬓发现了白发，起初只有一根、两根，心里暗生紧张，生怕别人窥到了自己的衰老，躲在卫生间里，自己照着镜子偷偷拔掉了新生的白发，以为这样别人就发现不了自己的衰老，但是很快，三根、四根……这些白头发哪管你是什么心情呢，你越拔，它越长，你边拔，它边长，很快就掩饰不住了。更让人泄气的是，从这一年开始，我忽然就变得很容易疲乏，走得快了气短，走得多了更是气短、头晕，以为服上两副中药调理一下就会好，哪知，这样的状态变成了常态。是的，你不可避免地老了，你得承认啊，不能只想着掩饰，掩饰是掩饰给别人看的，当面对自己时，你的各项身体机能是不会骗你的，所以你得接受衰老的事实，然后依然打起精神过好每一天。

44岁这一年，开始发现，十多岁时被同学、亲人大赞的"皮肤好"已经一去不复返了，无论再怎样敷面膜、睡饱美容觉，到第二天的某个时刻，"真容"还是会再现，对比四肢依然白皙的皮肤，面容已经不忍目睹了。照镜子时，白皙的脖颈上是一张没有光泽的、白里透着黄、黄里透着棕，颧骨处还明目张胆地生出几颗耀眼的黑斑的脸，像是现在流行的一种在陶瓷里混入铁锈制成的做旧陶瓷杯的风格。是的，我不可避免地又老去了几岁。不仅如此，有时，我们还会不受控制地对另一半发脾气，我们变得爱唠叨，变得对家人要求极为严苛，但过了某一个时段，我们又自然而然地恢复了，又变得有温度了。是的，我们已经44岁了，甭管我们愿不愿意，"更年期"的症状已在有意无意中光顾我们了，你只能接受。

但好的一方面是，从这一年开始，我们变得坦然了，对很多事情都看开了，不再会为一件事死命地较真，不再执着于一件事、一个人,你开始变得顺其自然,你开始能够接受你与大多数人的不同,也可以接受你与大多数人的相同,你渐渐接受了"你也没有什么了不起的,你就是芸芸众生中的一员"的事实,你开始学会处变不惊,你开始真正喜欢安静,由内到外的静,你开始喜欢与世无争,你开始接受"坐看云卷云舒,静听花开花落"的生活。

我想说,作为一个女人,此时此刻你才真正称得上成熟,你才真正懂得了生活的真谛。当然,今后还要继续,因为我们还会继续不可遏制地老去,但我们得心生美好,淡定、坦然、宠辱不惊地过好每一天。衰老虽是不可避免的,可老了又怎样?任何年龄段都有那个年龄段独有的美丽和精彩,踏踏实实地过好当下的每一天,才是我们该做的,不是吗?

论女人的选择

昨天看《锵锵三人行》的视频,听到许子东老师说了这样一个观点:在婚姻的问题上,其实男人没得选择,因为男人不管和谁结婚都需要努力奋斗、打拼,有选择权的是女人,女人可以选择工作或者全职在家相夫教子等生活方式,所以女人会因为不同的选择产生一些痛苦。

我听了他这个观点后,忽然觉得说得很对。难道不是吗?男人不管能力强、能力弱,学历高或者学历低,结婚后大概百分之九十以上都必须出去工作,而且要卖力工作,承担养家的重任。虽说现在挣钱养家的责任可能在很多家庭里女人也要承担一半,但这在女人身上多少会有锦上添花的意思,在男人身上却是硬指标,这可能是上千年来传统观念对男人和女人社会责任的要求不同。一个家庭如果过得富裕,大家普遍认为是这家的男主人有能力,一个家庭如果邋里邋遢、卫生不整洁,大家会觉得这家的女主人不会持家。

好像越说越远了,是的,男人没得选,只有奋斗一条路,女人可以选择的路很多,结婚后,你可以选择继续深造，然后再要小孩，也可以选择先忙工作，等把工作变成事业后再要小孩，还可以选择一边做着不算忙碌的工作，一边带着孩子，也可以选择不工作，全程在家带孩子……瞧，女人的选择多么多。

十年后或二十年后，你们去参加同学聚会，男同学们依旧在各自的岗位上奋斗，不同的是，有的男同学已经小有成就，有的依旧默默无闻，而女同学们差异就大了。有的女同学当上了某某总的夫人，夫贵妻荣，家有保姆，她只负责买买买、美美美，自然看上去容光焕发，有的女同学却看起来面容憔悴，她既要带孩子，还要负责一家人的柴米油盐，还有的女同学刚刚参加完硕士或博士课程的学习，看起来仍然年轻、有朝气，眼里充满对未来的期待，也有些女同学做着一份不算重要但也体面的工作，每天按时上下班，接送孩子、照顾老公……

女人的选择真的这么多吗？其实也不然，这只是男人眼中的女人，女人眼中的其他女人。"风景在外边"，我们总是觉得世界上活得最辛苦的是自己，而其他人，个个都活得比我们滋润，其实每个人在这个社会中都活得不容易，各有各的不易，也各有各的快乐。

男人们认为女人的选择多，女人在这个社会会好过一些，其实女人的选择不过也就那么几个。无非是从小学习各种才艺、文化知识，这当然取决于家长对孩子的要求和影响，之后上大学、读研，即便上成博士，即便才艺傍身，终究要嫁人，嫁了人紧接着会生孩子。嫁给有钱有势的男人，婚后不用继续奋斗的女人毕竟少之又少，大部分的女人仍然需要出去拼命工作。当然出去工作一方面是家庭对你的选择，你的家庭还不足以支撑你每天晒晒太阳、听听音乐，过着悠然自得的生活，另一方面也是女人自己的选择，文化层次高的女人更希望在职场上叱咤风云，得到别人的认可。而出去工作，就会面临职场竞争、职场里的尔虞我诈，说到竞争就会有不公平，男性和女性间的不公平，女性之间的不公平，你除了要应对这些不公平，还要应对工作本身的压力，以及职场中的钩心斗角、是是非非，你要努力让上司认可你、让同事接纳你，最重要的是作为女人，你不能像男人一样全身心投入"战斗"，你除了"战斗"还要抽出时间给家庭、给孩子，你要平衡好职场与家庭的关系，这是职场女性最大的课题。

　　在家里养尊处优做全职太太的女人其实也没想象中过得那么舒心，你需要花样翻新、保质保量地做好一日三餐，按时按点接送孩子上学、放学，你还要抽出时间陪孩子去上兴趣班，要在孩子、老公都出去上学、上班后学习几样甜点或菜品的做法，作为一个全职妈妈，要是不能适时地露一两手拿手的美食，都不好意思说自己是全职妈妈。当然大门大户里的全职太太另当别论，她们有保姆、司机帮助她们，但也不是没有任何烦恼，她们的烦恼有可能比普通女人的更让人闹心。

总之,做女人难,做女人真不像男人想的那样,或者女人眼里看到的其他女人那样,光鲜亮丽、十指不沾阳春水、没有烟火气。男人的不容易是大家都知道的,或者说看得到的,而女人的不容易却被人为地缩小了。她们的不容易除了体力上的吃苦、受累,更多的是心里的,担心、焦虑、愁楚、痛恨、患得患失、抑郁、崩溃、苦闷……很多时候,她们不能完全把这些情绪发泄出来,她们需要顾虑很多,所以,很多情绪她们只有埋在心底,一个人默默品尝、慢慢释怀,如果每一位男士都能对身边的女士好一点,哪怕是多一个微笑,都能减轻她们心里很多的苦闷。

应该支持孩子的兴趣爱好，
还是为其未来的发展指出方向

近两年，我见到或听说有很多家长压制孩子的兴趣，强迫孩子按照他们指出的方向前行，我也听说，在父母的压制下很多孩子和父母反目成仇，将父母的微信拉黑，与父母零交流，形成对峙状态。

这又何苦呢，孩子是我们生的孩子，是我们含辛茹苦养育他们长大的，是我们一步一个脚印，不容许自己中途有半点失误培养他们成才的，我们又为什么要像对待敌人一样对待他们？我们有必要和他们形成对峙状态吗？细想想，你为孩子指明未来发展的方向难道不是为他（她）好吗？难道不是你爱他（她），希望他（她）今后的人生路走得顺畅一些吗？既然是爱他（她），为他（她）好，那为什么不能尊重他们，尊重他们的选择呢？爱他（她）就希望他（她）过得快乐，你强行压制他（她）想做的事情，而生硬地让他（她）按照你的要求去做，他（她）会快乐吗？他们会觉得自尊心受挫，会有不被尊重、不受重视的感觉，而且兴趣爱好被压制，得不到发挥特长的空间，长此以往，我们的孩子不仅不会快乐，还会积郁成疾，难道我们要的就是这个结果吗？

昨天看到一个短视频，是新东方董事长俞敏洪采访新希望董事长刘永好的，俞敏洪谈到刘永好的女儿刘畅时满眼流露出羡慕的眼光，他说他们这些企业家很多都面临二代接班的问题，刘永好算是做得比较好的，刘畅很优秀。刘永好谈起女儿来也充满了欣慰和自豪之情，谈到女儿最初的兴趣爱好时，他说刘畅在青春年少时爱好唱歌、跳舞，很希望向娱乐圈发展，他也想引导女儿，但他不会强行压制女儿，他先是让女儿去充分地享受自己的兴趣爱好，然后慢慢地旁敲侧击，他委婉地告诉女儿，你喜欢跳舞，你觉得你跳的很好看，但其实在别人看来也一般。后来他女儿说想做点小生意，他便全力支持，经过女儿的调研，认为当时成都春熙路上没有一家做特色饰品的店铺，她认为那个领域会很赚钱，刘永好就问女儿需要投多少钱，他来投。女儿说，经过她和合作伙伴的测算，店铺装修需要2万元，进货需要4万元，杂七杂八加起来，刘畅向刘永好借了10万元，后来刘畅的饰品店做得很好，刘畅也因此喜欢上了经商之路，锻炼了自己的商业管理才能，她和她的合伙人之后都成了很有名的商界精英。

这是著名企业家对孩子兴趣爱好的一个引导范例，我觉得是一个非常成功的例子。当然，我们普通老百姓，肯定不能像大企业家那样，孩子需要多少钱就赞助多少钱，但我们可以用自己的方式支持孩子，我们可以放手先让孩子去折腾，也许我们不能给孩子资金的支持，但默默地关注孩子、关心孩子，在孩子遇到困难时我们竭尽所能帮助他们，为他们解除后顾之忧，这些我们都能做到。

每个人来到这个世界都是不容易的，我们的孩子好不容易度过12年的寒窗苦读，经历了"压力山大"的高考，又熬过大学4年，研究生3年的时光，终于真正走向了社会，怎么就不可以让他先在社会中折腾折腾、扑腾扑腾呢？怎么一进入社会就得按照你给他指定的道路一直走下去，走来走去还是走在你曾经走过的老路，品尝着你曾经尝过的苦涩，没有任何新的希望和憧憬，这是你愿意看到的吗？

每一个个体都是全新的，都是值得被尊重的，我们应该支持我们的孩子去尝试一下他想要做的、他喜欢做的事情，即便失败了还可以再来，如果事实证明他确实不适合做这一行，重新再来有什么不可以？我们应该允许我们的孩子去试错、允许他们犯错误，只要这个错误不是违反法律的，一切都可以再来。他只有每天一睁眼就做着自己喜欢的事情，才会感到快乐，这一天一天的日子过得才算有意义，否则，我们是对不起孩子的，我们把孩子带到这个世界来就应该让他（她）快乐，而不是让他（她）每天陷入痛苦不堪的境地里。

拿我自己来说，我从小生活在父母的棍棒下，我父母年轻时都是脾气暴躁的人，我从不敢表达自己的愿望和喜好，我时时事事都要听从他们的安排，但其实我内心也有自己的想法，却只能压抑，所以我选择早早离开家、离开父母，到上百公里以外的地方上学。在我生下我的孩子后，当时就想，我一定不要让我的孩子再受我当年的苦，我要给孩子创造一个轻松愉悦的学习和生活环境。我平时喜欢看一些关于教育孩子方面的书和文章，然后把重要的内容抄下来或者打印出来，放在相框里挂起来，随时矫正自己的行为。对我来说，孩子的成绩不是最重要的，孩子成长的快乐才是最重要的，孩子的爸爸也是一个比较随和的人，在教育孩子方面与我的理念契合，因此，我和孩子爸爸都特别注重给孩子充分的自由，培养孩子的主见，给孩子足够的自信。

在填报大学志愿时，我们为孩子选的第一志愿是信息类专业，其实我们和孩子对这个专业都一无所知，但这个专业是国家近年来所需要的，我们觉得应该不错，做创新创造类的行业也算是为国争光，就很高兴地报上了，但最终孩子被录到了地质工程专业，这个专业倒是跟我和孩子爸爸目前从事的行业很接近，我们比较熟悉，无论我们还是孩子都比较愉快地接受了。

假期里孩子回到家，无意中又提到了他从前比较感兴趣的土木工程和道桥类专业，大有考研究生时想报这两类专业的意思。刚开始我完全不同意，因为地质工程专业对我们来说相对了解，如果再去一个全新的领域，是祸是福很难预测，再者，土木工程和道桥类专业听起来与地质工程一样很辛苦，一样会有一种居无定所的感觉，为什么要去转专业呢？当然这是我们作为外行人的片面看法。这件事都快成了我的心病，但我不想让孩子不开心，不想让孩子觉得委屈，我觉得我们做父母的不能这么自私，让孩子回到我们身边来，走一条我们完全可以看到终点的路，虽然安全，但得是他自己愿意走的才行，走在这条路上他必须心甘情愿，而不是憋闷委屈。在孩子临开学之前，我跟孩子说，我说你现在才上大一，一切都还来得及，你用四年时间去好好考虑、好好感受一下，自己到底喜欢什么，到底要不要把地质工程这个专业在研究生阶段继续学下去，如果4年过去了，你还是非常想学"土木工程"或者"道桥"，那就去学吧，但你要有心理准备，这两个专业都不会比你现在学的"地质工程"更好学，而且今后的就业环境刚开始时一定也会很艰苦，你愿不愿意待在那样的环境下，你得多方面考虑清楚。

我把前前后后的考虑都跟他说了，如果四年后他还是想选择"土木工程"或"道桥"，那这两种专业就是他该学的，那就该高高兴兴地让孩子去学，条条大路通罗马，为什么要强迫孩子走你选择的路呢？再说，你的选择也不一定是对的，选择没有绝对的对错或者好坏，它只是人生的一个方向，在这个十字路口，你选择了向左走，那就要承受向左走的艰辛与快乐，如果你选择了向右走，那就得承受向右走的一切好与坏，开心和不开心，无论你选择往哪个方向走，一路上都会有开心，也会有不开心，这是走哪条路都避免不了的，既然避免不了，为什么不让孩子大胆去选呢？走在他自己选择的路上，即便他感到不开心，那还有下一个路口啊，他依然有机会去选择。

咖啡可以"治百病"吗

　　看到这个题目,你肯定会说我言过其实了,的确,说治百病,是有些过了,但就咱们一般人而言,按照我喝咖啡的经验,什么头疼脑热、感冒、痛经这些小毛病完全可以免了吃药之苦,每天喝上一杯咖啡就差不多能解决。

　　我是怎么发现这一秘密的呢?大概也属偶然。我喝咖啡的喜好说来也有数年之久了,刚开始自然是没有发现这一惊天大秘密,也没敢往这方面想。几年前,西安大概只有零星的几个星巴克,都知道那是喝咖啡的地方,坐在那里喝咖啡有点高大上的感觉,似乎只有有钱人才能登得那样的大雅之堂。我在咖啡店里喝过的第一杯咖啡应该是数年前,我们小区东门门口有一家茶馆兼咖啡馆,老公大概总听我念叨咖啡,耳朵已磨出了茧子,当然,那时喝速溶咖啡也有几年了,男人嘛,总想带自己的爱人去见见世面的,于是一向节俭的老公那日非要带我去喝咖啡。那家咖啡馆的名字我已经忘记了,只记得上了二楼,进了咖啡店,我都没好意思打量四周的环境,就乖乖地在服务员的引导下直奔了一个靠窗的位置。等服务员走后，我才敢抬头望一下店里的环境，绿意盎然、环境优雅，但客人却比较少。

之前我们都没有在咖啡馆点咖啡的经验，老公说他不爱喝咖啡，只给我点了一杯。咖啡被端上来后，值得一提的是，"优雅"很可能是每个女人都会的基本功，像是与生俱来的，我像大多数"优雅"的女人一样小小地抿了一口，没品出什么味道来，起码没有什么值得回忆的味道，倒是没喝几口，不争气的肚子闹腾得不行，没坐多一会儿我就和老公起身离开了。经过吧台时，我想看看老板烹煮咖啡的器具，特意往吧台里瞄了一眼，只看到一个小小的咖啡机，我小声问老公："刚才那杯咖啡是用这个咖啡机做出来的吗？"老公说，他亲眼看到那杯咖啡的确是从这台咖啡机里流出的，我嘀咕道："为什么一点咖啡的香味都没有呢？"

虽然那次喝咖啡的体验不太好，但没过多久，离我们小区东门几百米的民生百货就开了家星巴克。我这个当时还只是个二流的咖啡达人怎么能对这样近在咫尺又高大上的星巴克熟视无睹呢，所以很快，我就拉着老公去凑热闹了。这一次，当然不会像第一次进咖啡馆那样了，好歹我们也算是进过咖啡馆的人了。

自从去了星巴克，后来隔三岔五都会去坐坐，渐渐地，泡咖啡馆变成了我生活中必不可少，而且能让我瞬间心情愉悦的一件事。除了去星巴克，我还不定期地在美团上搜索哪里新开了咖啡馆，然后利用周末时间，"挟持"老公跟我一起去寻访。很多时候，周末说是出去逛街买衣服，但泡商场周围的咖啡馆反倒成了一天里主要的事情，而逛街买衣服常常是利用边边角角的时间打发了事。

就是在这样多年泡咖啡馆，喝咖啡的过程中我悟出了"咖啡能治百病"的道理。近三四年，每当我觉得有些感冒、着凉的症状，赶紧给自己煮杯咖啡，一杯下肚，顿时头也不疼了，鼻也不塞了，整个人都神清气爽了。但仅仅喝一杯肯定不行，得每天坚持喝，喝上个十天八天的，感冒保准与你说"再见"。还有我们女同胞每月惯常的"痛经"，真能把一个平日里神采飞扬、骄傲到不行的女性一天内就摧残得"生不如死"，这时候喝上一杯咖啡，瞬间打通血脉，完美诠释了中医"通则不痛"的要义，疼痛立刻"灰飞烟灭"，这比药的效果来得还快。自从发现了这一秘密，我觉得自己过去几十年真是白活了，白白受了几十年的罪，于是，今后几十年的人生画卷立刻在我眼前铺开了，它和疼痛一点关系都没有了，它是一幅极美的画卷。

写了这么多，再回头看看，怎么觉得自己像一个江湖郎中呢，这角色变化也太快了吧。给大家把完了脉，就再说点题外话吧，我是怎样从一个二流的"咖啡品鉴师"成长为一流"咖啡品鉴师"的呢？这其中我做过哪些努力，取得了哪些成绩呢？现在离总结似乎还太早，我在咖啡品鉴的路上虽然脱离了小白的尴尬阶段，但还没到"炉火纯青"的大师级别，其中还有很长的路要去走，我会继续努力的。

去年，我买了半商用的咖啡机和磨豆机，经过一段时间的实操，新咖啡机和磨豆机的脾性已被我基本掌握，既然咖啡机都买了，不能只做"美式"吧，如果只做"美式"一个法压壶就能搞定啊，要想品质好，手冲也可以啊，但我觉得这会浪费咖啡机的强大功能，我怎么样也得在烹调咖啡这件事上开出一朵花来呀。于是苦练拉花，先买便宜的咖啡豆，在网上买来物美价廉的银桥牛奶，有时间了练上几杯，现在虽说手艺仍显生疏，但在外行面前展示还是够的。

除此之外就是装扮我的咖啡吧台，我的吧台和咖啡厅里的一样，是不锈钢材质的，很长，上面摆着闪闪发亮的咖啡机，功能强大的磨豆机，还有各种颜色的咖啡杯，墙上布满了各种灯饰、木隔板和挂钩。墙面效果灯、灯泡、彩灯用来营造气氛，挂钩用来挂我的拉花法宝——各种型号的拉花杯，展示台上摆满了各种咖啡烹制器具和咖啡豆。

最值得一提的是，我特意在墙面上装了一块木隔板，用来放我专用的咖啡杯，这些都是我在网上精挑细选的咖啡杯,就像我的"爱妃"一样,一共是六套,当然以后还会慢慢增加,我"后宫"的队伍必须庞大。我开玩笑跟老公说,以后我要给这几套咖啡杯编上号,一三五用哪套,二四六用哪套,我要每天点兵点将,根据心情"宠幸"我喜欢的咖啡杯。怎么样?是不是美哉美哉?

心病还要心来治

近年来,中医的作用越来越被大家认可,究其原因,西医似乎更注重疾病本身,哪疼医哪,哪病治哪,但中医似乎多探究人心里的病以及疾病背后的这个人。

我觉得随着年龄的增长,我越来越认可这一点,如果生了大病自然首先需要西医来解决,而小病,比如肠胃不适、浑身乏力、精神欠佳,这一类的不舒服我觉得可以通过中医或自己来调理。近四五年,每当感觉头疼或初期感冒,我会赶紧喝上一杯咖啡,用不了多久,十几分钟到半个小时,立刻就感觉头不疼了,鼻塞、流鼻涕的状态也很快减轻了,这听起来很神奇,但据说咖啡有扩张血管以及降血压的作用,所以它不但可以治头痛、鼻塞,对治疗痛经也有奇效的,不过空腹喝咖啡是大忌,它不但会降低你的血压,让你感觉头晕目眩还会刺激你的肠胃。

我们女同志平时小病小痛比较多,当你感觉轻微气短时,可以用红枣和党参熬一壶红枣党参水,补气又补血,如果你轻微咳嗽,可以煮上一杯陈皮水生津又止咳,如果你受了风寒可以熬上一大碗生姜大葱水,平时炖汤时还可以加点当归、黄芪进去调理气血,和面时可以加些菠菜汁补充维生素,没事了熬点桂圆银耳汤美容又养颜。这些既是调理身体的好办法,也是治疗"未病"的方法,如今人们的养生理念提高了,越来越重视治疗"未病"。

记得有一次,我好像是因为浑身没力气,干什么都提不起兴趣来,想着去看看中医,吃两副中药调理调理。挂了号等待问诊的时间,老公在诊室附近溜达,顺便拿了几张旁边铁架上摆的宣传单给我看,他说根据这个宣传单上说的,对照我的病情,他认为我可能有轻微的脑梗死,我听后吓了一跳,心想我还这么年轻,怎么会得脑梗死呢?这么重的病以后咋办啊?越想心理压力越大,卧病在床、中风、偏瘫的影像顿时出现在我眼前。终于轮到我问诊了,医生是一个近四十岁的男大夫,看起来天庭饱满,印堂发亮。医生对我进行了望闻问切等诊疗手段,我随即说起了我的担忧,我说我老公根据宣传单判断我可能有点脑梗死的症状,我问医生是不是这样?医生一听就看着我老公,严肃地批评他说:"你吓唬她干什么?"然后对我说,脑梗死在你这个年龄发病率很低,他问我最近经历了什么,我照实说了,他听完说,就是这个原因,你要去解决这个问题,我说怎么解决,没法解决啊,他说有两个办法:一,你如何如何,二,你可以如何如何，我看着他虽是半开玩笑为我支着招，脸上却挂着比较严肃的表情，就像一个脱口秀演员在讲段子，我的病立马好了一大截。虽然我也知道他说的那些办法基本不可能实现，但有人给你出主意了，你就感觉有办法了，于是心里想通了。走时，这位医生只给我开了两种药，一小袋加一小瓶，共花费几十块钱，我忘了这两种药回家后我吃了没有，反正自此后心情好了很多。

想不通的事就别去想了，发生了就发生了，尽量少去回忆；争不到的就别争了，没有也没什么大不了，有了也发不了家，所以为什么一定要去争呢？争得面红耳赤，还气得要死，不划算；还有那些得不到的，得不到的钱、地位、感情，那就放下吧，有什么大不了的呢？舍得舍得，有舍才有得，得不到的钱，你放下了，说不定下一次会比这一次赚得更多，得不到的位置，就让别人先坐着，你不是可以多积累、多历练几年，当你上位的时候会做得更好，因为你准备得更充分。换一个角度来看，你虽然没有得到这个位置，但你得到了更多与家人和朋友相处的时间，你得到了悠然自得的生活，这不也挺好吗？你得不到的感情就更应该放下，你要想，你遇到的下一个人极有可能比这个更好、更适合你，所以有什么舍不得、放不下的呢？

如果我们都这样去想，我们就能想通不少事情，中医讲:"痛则不通,通则不痛。"你想通了,你的心结打开了,你就不觉得痛苦了,这样病痛就少了。换句话说,我们觉得病了,痛了,不舒服了,我们可以首先问问病痛背后的原因,试着先自己"打开"它,"治疗"它,"心病还要心来治"。

当一个女人美美地"捯饬"自己时

当你看到一个女人美美地"捯饬"自己时,她想表达什么?以我对女人的了解,有两种可能。一种可能是,这个女人今天心情很好,或者,她想取悦某人,她会好好地收拾一下自己,美美地搭配一身衣服,美美地化一个妆,再搭配上和她妆容相称的耳环、项链、鞋子、手包,每一处都恰到好处。

还有一种可能就是,这个女人今天心情极为不佳。也许在男人的眼里,女人刻意的打扮、精致的妆容,一定是她为让别人多看几眼而打扮,其实不尽然。女人有时刻意打扮自己却是因为心情很糟,她想肯定自己,她想找回自己,她想证明自己过得不错,她想证明自己不依靠谁也可以过得不错。因此她会起个大早,为自己挑选当天能够证明自己、能够让人眼前一亮的服装,再涂脂抹粉,好好地"捯饬"一番,这还不算完,还有耳环、项链、手包……哪一个都不能凑合,经过这一番折腾,一照镜子,连自己都觉得惊艳了,比起平时的确明艳照人、气质非凡。这种状态在平时是根本不会有的。

所以，当你看到某个女人，某一天让你眼前一亮，气质、妆容和平时大不同，不要千篇一律地认为她就是为了取悦谁，有可能是她心情极为不好的外在表现，所以那一天，你千万别惹她，免得祸从口出，你大可以赞美她、取悦她，但绝对不能过度，适度就好，总之得小心行事。

正所谓"女人心，海底针"，你真不知道她表现出的哪个行为是真，哪个是假。有时女人的极度安静是为了掩饰内心的不平静，有时女人的笑意融融是为了掩饰内心的痛苦焦灼，有时女人的刻意装扮是为了掩饰生活的不如意……人都想把自己好的一面展示给别人，不是每一个人遇到问题都善于倾诉，有的人，不仅不想说出来，而且还在拼命掩饰。这并不是虚伪，只是想把自己不好的那一面藏起来，留给自己在心里慢慢消化。自己给自己打气，或者自己在心里开导自己，慢慢释怀，毕竟大家的时间都很珍贵，没有几个人有时间听你东拉西扯，说出来有什么用呢？毕竟真正起作用的还是你自己内心的释怀，不管是你对别人倾诉的，还是别人劝慰你的，最终都得靠你自己慢慢消化。

因此，当一个女人美美地"捯饬"自己时，她也许不仅仅是为了美，所以，你真的了解女人吗？

一个关于中年女性的私密话题

这个私密话题是什么呢？就是关于离婚的话题，其实这在现代社会早已不算是私密话题了，而且当女同胞们讨论起这一话题时多有大快人心之感。你呢？你是中年女性吗？你有过离婚的想法吗？

据说一对幸福的夫妻，一生中也会有200次离婚的想法和50次想掐死对方的冲动。这绝对不是耸人听闻，如果婚龄有一定年头的夫妻一定会感同身受。2020年年初，听说去民政局排队离婚的夫妻比领结婚证的情侣都多，民政局突然有了门庭若市的感觉。这说明什么，人和人之间是需要距离的，同时还说明人性是不允许近观的，人和人之间的关系经不起细细品味、细细琢磨。

这两日刚好处在国庆假期，我因为身体小有不适，所以也没有出门，宅在家里听了不少播客，其中不乏女性专属播客，比如"她们说""疗养院""超熟女电台"不听不知道，一听才发现，有许多感受其实女性是相通的。比如中年女性不可遏制地衰老，比如中年女性特有的怕风、身体疼痛、不喜欢穿裙子、喜欢穿平底鞋……这其中也不可避免地会涉及离婚的话题，让人欣慰的是，离婚对中年女性来说不再是一个需要躲躲闪闪、欲言又止的话题，而是一个可以大胆讲出来，并且可以条分缕析的话题了。

前段时间，某女演员官宣离婚，让很多女性拍手叫好，大家不再说出那句经典的语句"宁拆十座庙，不拆一桩婚"，原因是什么？女性的自我意识增强了。该女演员无论从长相、身材、收入来说绝对可以说是中国女性中的佼佼者，像她这样无论从自身条件还是独立意识来说都无可挑剔的女性凭什么要忍受老公的种种不是？其实生活中，我们很多女性何尝不是与该演员遭遇相像，甚至远比她更为惨烈。有的女性长期忍受着老公对自己的漠不关心，对家庭不闻不问，有的女性长期忍受丈夫的家暴或者冷暴力，有的女性长期经历着丧偶式育儿……

为什么杨笠关于"男人话题"的脱口秀总有让女同胞"大快人心"的感觉？因为她说出了众多中国女性的心声。社会中有不少男性，不管他们的身高、长相、收入还是他们表现出的才华和涵养怎样，他们普遍表现出一个共同特点就是"好为人师""自以为是"，这也许是男同胞们不自知的，但让女同胞们感觉极不舒服。当今社会，女性在很多领域都不比男性差了，除了力气没有男同胞们大，从事一些体力活时可能比起男同胞仍显吃力，其他各方面都不输男同胞。中国女性受教育的程度不断提高，不管是前沿科技、尖端技术等方方面面都不乏女性的身影，女博士、女高知比比皆是，她们一个个高智商、高情商，她们穿衣打扮、举手投足充满魅力。

我国很多家庭都只有一个孩子，不管男女，在父母的眼里都是宝贝疙瘩，父母倾其所有对这个孩子悉心培养、教育，经过二十余年的呵护、培养，他们的女儿终于长成了一朵亭亭玉立、坚韧不拔的花朵，到了恋爱和婚嫁的年龄，为什么要自降身价，去迎合明显不如自己的男性？难道只因为男女比例失衡吗？如果是那样，宁愿一个人单着，过自己想要的生活，自由自在地做一些自己想做的事情，也犯不着急着把自己强塞给一个要素质没素质、要才华没才华、要爱好没爱好、要身材没身材、要长相没长相还特别自以为是的男人吧。

怎么又从"离婚"的话题讲到了"剩女"，细想，这两个话题还真是有很多关联，它们的内在核心都是女性要不要去忍受一个"配不上"自己的男性，这个"配不上"自然是方方面面的,包括你们之间的"不合拍",也就是"三观不合",那你还要不要继续委曲求全?还是多问问自己内心的真实感受吧。内心的快乐、平静、舒适才最重要,不是吗?

不如看剧吧

大概从几年前开始,西安也流行去剧场看剧了,我作为中年妇女里的"新新人类"怎么能错过这样的潮流呢?于是我迅速搭上了这拨看剧的热潮,往返于各个演出场所间。

前些年也曾观赏过俄罗斯皇家芭蕾舞团表演的《天鹅湖》、德国伯恩交响乐团的新年交响音乐会、美国歌剧院表演的《费加罗的婚礼》,著名印第安歌手亚力桑德罗的专场晚会《最后的莫西干人》,以及日本著名民谣女歌手小野丽莎的吉他弹唱音乐会……虽然这些演出,比如歌剧,比如芭蕾舞剧我其实并不是完全能看懂或欣赏,但我愿意花时间去看、去欣赏。坐在剧场里,花两三个小时来观看各种各样的世界名剧或著名演出,这不但是一种精神层面的享受,一种对未知事物的求知欲,还是培养欣赏水平和增加见识的最直接的方法。

世界名剧、著名演出,你看过了、欣赏过了,和你完全没看过、没欣赏过、不知所以还是有所不同的,它可以充实你精神层面、灵魂层面的东西,让你感受到生活的丰富多彩，也许幸福感、愉悦感就会在你看剧的那时那刻瞬间提升。近两年来，国外的演出团体很少来国内演出了，这反而让国内很多小的，原先不太著名的演出团体火爆起来，各种各样的小剧场应运而生，有的设置于书店里，有的在地下车库，有些只需三四个人便能撑下整台剧。不要以为剧场小、演员少，演出质量就难保证，事实是无论从灯光、舞台布局还是演员的表演都像模像样、可圈可点，而且每一台剧有每一台剧的创意，每一台剧有每一台剧的内涵，且看剧的票价普遍不高，我们普通老百姓都能接受，这种形式不得不说是继电视、电影之外活跃人民文化生活、提升大众文化底蕴的一种既快捷又高效的方式。

这几年西安市一些能欣赏舞台剧的地方也不少，比如位于大雁塔附近的西安音乐厅、陕西大剧院，位于北大街的西安人民剧院，位于曲江的西安曲江大剧院，一些小剧场，比如位于西安曲江创意谷的车库小剧场，位于大悦城负一层的"嘻游研究所"，位于南大街王府井百货的"初相遇剧场"等都是听音乐会和欣赏舞台剧的好去处。现在买票的方式也很多，可以在网上买，也可以现场买，有些紧俏的门票最好提前在网上预定，有的票可能需要提前半年甚至一年就在网上买好。在网上付款后不需要再操心什么，几天后，票务公司就会通过快递准确无误地把票送到你手里。

观剧那天，你可以早一点出发，先在剧场周围吃顿舒服的午餐，然后去泡上一下午咖啡馆，傍晚再随便吃点简单的晚餐就到了看剧的时间，这时你可以不疾不徐，慢慢悠悠地走到看剧地点，是不是美哉美哉？想想你看的这一场剧有多少人、多少商家受益，首先是你自己，放松了心情、提高了欣赏能力、增长了见识、品尝了美食、享受了一天的悠闲时光，更重要的是由于你的消费拉动了剧场周围的经济，为税收做出了你小小的贡献，何乐而不为呢？哈哈，说笑了，哪里有这么复杂，看一场剧如果需要想这么多，不去也罢。

写到最后怎么忽然感觉我像是在为剧场做广告，其实不然，没有任何剧场委托我，我只是从近几年的看剧中找到了乐趣，就想赶紧分享给你们，大家一起同乐！生活本不易，大家竭力去寻找其中的美好，有什么不好呢？

我们的歌

前段时间在观看浙江卫视歌唱类节目《中国好声音》时,才得知这个节目到今年已经举办整整10年了,不禁感慨时间真的过得好快。要知道,这个节目举办了多少年,我就看了多少年,到如今,我已每年都不落地看了10年。

我喜欢看歌唱类节目也是从《中国好声音》开始的,每年的八九月份开始,每周五的晚上《中国好声音》准时开播,我也雷打不动地准时坐在电视机前认真地观看,认真的程度,你可能都无法想象,每到这时我会把家里的灯光调暗,把电视机声音开大,然后不准家人发出一点点声音,在观看的过程中也不允许家人与我有一点点的交谈,以免打断了我对某一首歌曲的倾听。据家人反映,每当我在看这个节目时,他们都感觉压力倍增。当然他们还是非常配合我的,不管那个时候他们在做什么,读书、睡觉还是看手机,他们绝对支持我将电视声音调大,久而久之,他们理解了我对歌唱类节目的热爱,所以怎么忍心破坏我的热情呢!

当我追这个节目到第二年还是第三年时，儿子便和我一起追起来，每到这个节目开播，家里的电视机前变成了两个人全神贯注地观看。自此，我有了伴，看这个节目不再孤单，而且有时我和儿子还会就某个人的唱法进行点评，不但如此，我们的点评也越来越专业，听了那么多评委老师和媒体人的点评也不是白听的。《中国好声音》后是上海卫视的《我们的歌》、湖南卫视的《我是歌手》，等等，到现在的《披荆斩棘的哥哥》，几乎大部分的歌唱类节目我都不会放过，除非没搞清播放时间，错过了播放。这些歌唱类节目侧重点不同，《中国好声音》是一个比赛类节目，旨在选拔好的歌曲、好的歌者，侧重选拔新人。而《我们的歌》和《我是歌手》却是专业歌手在演唱，不乏歌唱界的大腕，无论从视听到观感都给人一种唯美的享受，让人看着过瘾。

尤其是《我们的歌》，每一季都是大咖云集，有很多非常资深的歌手，我青春年少时经常听的歌，那时对唱那些歌的人不知有多崇拜，想都不敢想有一天能看到他们的真容，但是通过这个节目都能看到，并且可以一首接一首不断地听他们唱歌，这是一件多么奢侈的事情。比如像齐秦、周华健、张信哲、李克勤这些前辈歌手，还有像张韶涵、周深这些年轻的歌手，这一季居然请来了一位骨灰级歌者林子祥，他已经 74 岁高龄了，但站在台上一开口，那精气神，那饱满、高亢的唱腔，让你感觉到唱歌真的可以使人不老，歌声是会永葆青春的。

今年这一季《我们的歌》还请来了薛之谦和张碧晨，两人都是我非常喜欢的新生代歌手，虽然我和薛之谦不是一个年代的人，但从他的第一首歌《认真的雪》到后来的《深深爱过你》，再到前两年他发行的歌曲集《渡》，里面的每一首歌我都反反复复听过，他的声音厚重而有磁性，带着淡淡的伤感，可惜的是，他在综艺节目里其实是一个很逗的人，喜欢讲笑话，和他歌曲里呈现的完全是不同的状态，当然这也无可厚非，大部分人都习惯了被别人调节气氛，而在集体中带动气氛的那个人多半是无私的、乐于付出的。而张碧晨的嗓音更是女歌手里少有的浑厚、很有质感的声音，她唱歌带着深深的感情，让你不得不感动，不听下去都不行，从《凉凉》到《年轮》，再到《胡桃夹子》，可谓每一首歌都是精品，真是不可多得的好声音。

不记得是谁说过，喜欢音乐的孩子不会变坏，我想可能是因为他们的内心里永远有一块纯真的地带，那一地带也许是不够现实的，也许是虚无缥缈的，但正是这样一块地带是使人真正快乐的源泉，是让人保持美好的发源地。所以这一类节目的播出，我觉得是必不可少的存在，如果少了这一块，我们的生活真的会少很多的滋味。记得有很长一段时间我都是因为等待周五播出的歌唱类节目而觉得整个星期都是美好的，都是值得期待的，进而觉得生活无限美好。可见歌唱类节目在我的生活中占有多重的分量，你们呢？会不会和我有同感呢？

做个文艺青年不好吗

近半年来养成一个习惯,每晚伴着广播才能入睡,或者"喜马拉雅",或者"蜻蜓",或者"红枣"。

最早在"红枣"上听蒋勋老师讲课,那时还是免费的,每到节假日,早晨起床第一件事就是打开"红枣"听蒋勋老师讲人生、讲他的过往、讲《红楼梦》,蒋勋老师温柔、婉转的音调能有效地缓解我积攒了一个礼拜的疲惫,使人陶醉其中。后来又转战到"蜻蜓"听历史故事,听李白、辛弃疾这些大诗人的人生故事和诗词解读,后来又开始在小米音乐听早间新闻,在QQ音乐听旅行节目,直到最近开始在"喜马拉雅"听几位"文艺青年"讲故事。

你一定会问那几位"文艺青年"是谁呢?比如马家辉,比如许知远。他们虽然都被我划归"文艺青年"这一类,但他们风格不同,各有侧重。比如马家辉的播客谈论的问题比较深刻,不少话题事关生死,大有过来人看开了、放下了的洒脱,毕竟他年纪稍长,而许知远的播客,有一种"调调",有时让你感受到好像身处北上广这种超级大都市中的快节奏，有时又让你感受到一种仿佛旧上海的那种浪漫、精致、讲究的情调，有时似乎是刻意为之的"拿腔拿调"，不知这样的"腔调"你们是否喜欢，反正我是很吃这一套的。

不可否认，我很喜欢那种"调调"，就是那种带着些许浪漫、些许怀旧，有时是浪漫中藏着怀旧，怀旧中透出伤感，有时是有的没的那种无厘头，说不准，反正就是那样一种"腔调"，你若是"文艺青年"，你懂的。

最近几年，"文艺青年"好像并不被人看好，似乎这个词总和"神经质""敏感""孤僻""装腔作势""拿腔拿调"这一类不怎么正能量的词联系在一起，一个人被贴上了"文艺青年"的标签，他人在第一时间就会联想到他的"敏感"、他的"神经质"、他的"孤僻"，当然，同时也说明他很"浪漫"、很"小资"，也许还有人会联想到"有文化""文学底蕴深厚"等。其实我也是这么看待"文艺青年"的，而且我不认为这些特质有什么不好。

有什么不好呢？正因为"敏感""神经质"，所以感受事物才真切，因为"孤僻"才有更多的时间搞创作，"装腔作势"，证明你的确有点什么，你如果什么都没有，腹中空空，装得像吗？哪怕是"一瓶子不满半瓶子晃"；再说"浪漫"和"小资情调"，其实生活中我们人人都该有一点的，生活那么不易，别活得太现实，活得太现实太累，有时浪漫一些、虚无缥缈一些，可以让你暂时忘记生活对你的摧残，暂时忘记生活中的痛，让你品尝到一丝丝"甜"味，有什么不好呢？

当然，文艺青年还有个特质就是，他（她）要么写得好、要么唱得好、要么弹得好、要么画得好……你得有技艺傍身才行啊，不然怎么好意思说自己是"文艺青年"呢，"文艺青年"可不是谁都能当，想当就能当的，那是实实在在的"技术"，是身体内每一个热爱艺术的细胞，以及欣赏美的眼睛和创造力。这么说来做一个"文艺青年"还真不简单，"文艺青年"该是一个相当褒奖人的称谓啊！

写作者适合做伴侣吗

我一直觉得我不是一个合格的妻子,特别自我开始写作以来,这种"负罪感"更加强烈。直到我在麦家老师的一篇随笔中看到了"一个作家是不适合做别人丈夫的"这句话后,我觉得心里舒服多了,这句"断言"似乎对我的行为做出了解释,同时也让我感到,原来我不是孤立无援的,原来很多从事写作的人都和我一样。

虽然我不是一个专业作家,虽然我只是利用业余时间写作,但无论何时何地,只要开始写,我其实是和专业作家一样进入状态的,进入我亲手编织的故事中去,我会为我故事中每一个人物的喜而喜,为他们的悲而悲。而这个故事像在遥远的一个城堡里,我并不是走几步就能到达,想要到达那个我亲手建起的城堡,我需要乘车、搭地铁、坐高铁、坐飞机,乘坐各种交通工具,沿途历经艰辛,最终到达城堡。终于可以与我故事中的每一个人物近距离接触,与他们同哭、同笑、同吃、同玩……经过一段时间,我必须要回到我生活的地方了,我需要和故事中的人物一一告别,我需要再搭乘各种交通工具,长途跋涉、历尽艰辛回到自己原来生活的地方。

这个过程真不容易，因为不是每次都能顺利到达城堡，也不是每次都能很快就从城堡回来，有时人虽回来了，心还在那里、魂还留在那里，这就导致了，每当我刚刚写完一个或两个章节，老公刚好下班走进家门见到我时，我常常一脸呆滞，或沉默不语，或心情沮丧，或兴奋异常。兴奋异常还好，但每当我一言不发或心情抑郁导致他也会立即陷入自我怀疑之中，经过一两个或两三个小时后，我会自动恢复常态。当我状态正常时我会向他解释我的这种不得已而为之的行为，请求他的理解，他常常会说，他理解我，但我知道，没那么容易，也许他会理解，但他可能并不想看到这种状态。

这当然是一个写作的人不适合做别人妻子或丈夫的一个原因，更重要的原因是一个长期从事写作的人不善于照顾别人，甚至对自己都疏于照料，因为他（她）的眼里、心里只有写作、只有他（她）编织的故事，这样的人怎么能做好别人的妻子或丈夫呢？不做饭、不洗碗、不洗衣服、不拖地、不接送孩子、不辅导孩子功课……这些对一个写作的人来说都有可能是常态，一切的一切都得等他（她）忙完当天的写作任务后再进行，如果你不是一个能够理解写作者的另一半，你可能一天也跟他（她）过不下去，你会觉得这样的伴侣是一个不负责任的人，是一个自私自利、没用的人。

如果想和写作者把日子过下去，可能只有你多付出、多奉献，你不但要照顾好自己，还需要全面照顾好这个家、照顾好你们的孩子，而且你还要像照顾你们的孩子一样照顾好他（她），这在一般人看来是难以忍受的，这需要浓浓的爱，或者说，这需要重重的责任感做支撑，否则你是绝对撑不下来的。

听完这些，你还愿意找一个写作者做伴侣吗？或者说你还愿意留在与写作者的婚姻里吗？很多时候我们都喜欢与文学青年或艺术家在一起，因为他们大多浪漫、多才多艺，他们酷、帅，他们有让人难以抗拒的忧伤感，有时他们又激情满怀、光芒四射。殊不知，在他们多才多艺、激情四射、光彩照人的背后是多少人默默地奉献，甚至是牺牲了自己的拥有和喜好而成全的，如果没有这些默默付出、甘当阶梯的伴侣和家人，就不会有那些长期坚持自己爱好的写作者。

所以，每一位写作者背后的伴侣以及家人都是伟大的，也许其他人不知道你们的存在，但每一位写作者心中都有。

作家是否应该走出家门

多年前的一段时期，我每天坐在家里某个角落中，望着落地窗外明媚的阳光，双手不停地敲击键盘，手扶下巴冥思苦想，来了灵感就不停地敲击键盘。

回忆起那段时光感觉心理上真轻松啊，没有任何人给我任何压力，只是异常强烈的孤独感如影随形、挥之不去。偶尔一两天，一人独处偷得悠闲的感觉是美好的，若是每天都独自一人待在一个空房间里，那种孤独到极致的感觉你能想象吗？尤其当你在写一个故事时，你需要回忆你过往的经历，高兴的事情谁都愿意每天提起，而那些不堪回首的往事每回忆一次，心都会滴血，痛苦地抓狂。再遇到那些你并未经历过的故事情节你需要去想象，这时需要挖空心思去构思，那种困难只有你真正坐下来写东西时才会感同身受。所以说作家这个职业不是谁都可以去做的，每天还要阅读大量的诗、书、历史典故，每天要绞尽脑汁进行大量思考，真的太难了，所以在经历了最初的那段时光后我知难而退了。

退是退了，但我仍会时不时地写些随笔、感悟之类的小文，当我坐在电脑桌前，当我端起一杯咖啡，这时的我就像换了个人，才思敏捷、思绪万千、古今中外侃侃而来，你不让写都不行。这已经成为我的一种习惯、一个爱好，一件过两天就必做的事情，好像有了瘾。

我心目中一个好的写作者是边生活边写作，边行走边写作，边经历边写作，而不是每天坐在那里冥思苦想，挖空心思地去写。那时候我认为，职业作家都不会是一个真正好的作家，因为他的职业就是写作，他每天就一件事，就是坐在房间里写作，怎么能写出好的东西呢？长此以往，作家就与社会脱节了，他写出的作品怎么可能不与社会脱节？光靠每年一两次的采风是解决不了根本问题的。这也是很多作家在成名之前，在成为专业作家之前写出的作品非常受读者欢迎，而成名后的作品就鲜有佳作的原因。因为不管是作家还是他的作品都与真实的社会脱节了，变得不接地气了。作为读者，我喜欢那些以事实为基础的作品，发生在当下社会中的现实问题，可以演绎，但必须以事实为基础，否则就会让人觉得假，失去了看下去的兴趣。

所以起初我主张，作家应该走出去接触社会，感受人生。可在我自己利用几年时间专门坐下来写作后，我才深深感受到，写作不仅仅是个脑力活，还是一个体力活。它不但需要写作的人多出去走走、看看，涉猎多方面的知识，多去经历，同时它也需要你有坚持下去的毅力和勇气。很多事情,你做一天,做一段时间可能不难坚持,但每天让你坐在写字桌前,一个字一个字地去写,就不容易了,除了辛苦还有孤独,巨大的孤独感,你必须克服它。既然你想写出一部被称为"作品"的东西来,自然不能三天打鱼两天晒网,你必须强迫自己在桌子前坐下来,而且要每天坚持写、按时写,这样才能形成写作的习惯,才会有一个连续不断的、系统的构思。

  自从我自己开始写东西后,我终于理解了那些大作家每天把自己关在房间里搞创作这事了,是他们不想走出去吗?是他们不能走出去。他们必须强迫自己一个人乖乖地待在房间里,要出去走走看看,也得等一部作品创作完后,才能心无旁骛出去采采风。所以现在的我,可以辩证地看待作家应不应该把自己关在家里搞创作这件事了,当创作时,我认为该老老实实待在家里,安心创作;当得空时,可以走出家门,尽可能多地了解社会、感受生活,为今后的创作打牢基础。

人生需要顺其自然

人生需要顺其自然,所谓"尽人事、听天命",所谓"人生七分靠运气、三分靠打拼""大势所趋、顺势而为"……这些话听起来是不是有些宿命论的意思,也是正在奋斗着的人们最反感的论调,可是等你稍稍有了些年纪,就会发现,这些论调虽然你很不愿意相信,但的确是有道理的。

在我们很年轻的时候,我们都愿意相信一个成语,就是"事在人为",但那时候我们还小,虽然老师每天在课堂上告诫我们"早起的鸟儿有虫吃",但我们就是没办法克服自身由内而外的懒惰习气,我们贪婪地把时间用在了聊天、逛街、看小说、看电视等学习以外的事情上,哪怕什么事都没有,哪怕闲坐着,也不愿花时间做题、背书,增长知识,我们一方面痛恨自己的懒惰,不能全心投入学习,一方面不可遏制地继续懒惰着。

后来我们进入职场了,我们好像某一日忽然长大了,我们毫无征兆地摒弃了"懒惰"的习性,开始每日辛勤地工作,努力处理周围的人际关系,甚至主动承担一些别人不太愿意干的工作，努力了很久很久，或许你已相继辗转于几家公司，在每一家公司你都在竭尽全力地工作着，可你发现几年过去了，你或许仍是职场中的"小透明"，你仍是单位、公司、你的交际圈，甚至是家庭里地位最低、最容易被忽视的那一个，在你的身上没有任何光环，没有多少尊严可言。这时候，你可能会怀疑，难道是你错了？你做错了什么？是太努力了吗？是太拼命了吗？是太乐于奉献了吗？这时候，你看到有些书，会劝自己再坚持一下，当你已经拼尽全力，仍感到没有希望，将要选择放弃的时候，只要再坚持那么一下，你马上会看到成功的曙光。会吗？也许会！会吗？也许不会！而且，大概率不会！

你要敢于承认这个现实。这世界上大部分的人都是普通人，并不是所有的付出都有回报，但你还是应该有梦想，你还是需要为自己去设定目标，不是有那么一句话吗，"万一实现了呢"。其实，梦想最终能不能实现，在某一阶段已变得不那么重要了，在人生的长河中，难道不是健康最重要吗？难道不是幸福最重要吗？如果你连身体健康都不能保证了，拿什么去追求你的目标呢？如果在你追求目标的过程中，终日郁郁寡欢，也就失去了追求这个目标的意义，又为什么要追求下去呢？

所以，在你追求目标的过程中一定不要勉强，不要勉强自己，也不要勉强别人。你设定的目标不能太高，如果你踮起脚，伸直胳膊，努力一下就能够得着的，那就去努力，如果你已经很努力了，你不但踮起了脚尖，伸直了胳膊，你还拼命跳起，却仍然看不到目标的影子，那你该做的不是坚持，而是放弃。你应该学会放下，"有舍才有得"，当你关闭了一扇门，没准有一扇窗就会为你徐徐打开，屋内是美丽异常的风景，是你原先虽然想过，但绝想不到会让你拥有的事物，何乐而不为呢？所谓"有心栽花花不开，无心插柳柳成荫"。当然，你也不应该为了实现自己的目标而去勉强别人，当你勉强别人后，以为得到了你想要的，很快你会发现，它其实并非你真正想要的，甚至你的"得到"很有可能将你陷于一种非常尴尬或者痛苦不堪的境地。

做人做事都不可太急，不可用力过猛。我们通常形容爱情喜欢用"干柴烈火"这个词，但这样的感情未必就好，因为"干柴"烧得太快，很快就成了灰烬。我觉得最好的状态应该是"细水长流"，太猛烈的水流，会泛滥成灾，也会过早干涸。一辈子那么长，急什么呢？慢慢来。你急着把想做的事早早做完了，把想去的地方早早去完了，把喜欢的人早早爱完了，那剩下的还有什么？可能只有消亡。上天太眷顾你，让你把所有的目标在短时期内统统达到了，那你或许已经完成了来到这个世间的使命。你愿意这样吗？

慢下来吧，慢慢地追求你的目标，慢慢地过好每一天，慢慢地去爱……让一切都顺其自然地发生，再顺其自然地结束。

小目标要靠自己去努力实现，而大的成就有时不完全在于你自己，努力过就够了，至于能不能成，就"听天由命"吧，何必活得那么累，我们每个人活在这世上都不容易，你得努力，但也别太辛苦。

秋
―――
autumn

张爱玲的爱

大作家张爱玲的书可能是我收藏最多的,也看过不少,但要说写一篇关于张爱玲这位旷世才女的文章,总觉得积累得不够,了解得太少,今天遂又把家里张爱玲的书一并翻出来,重新回味一下。

曾经这些书我或者一目十行,或者就某一段落重复看几遍,反正大致是看过了,可觉得对张爱玲仍不甚了解,曾经觉得张爱玲书中描写的生活离我们很远,但当我三十多岁再读张爱玲的书时,看法完全变了,事还是那个年代的事,人不就是现在这个时代的人吗?人性是相通的,不管20年代、50年代还是90年代,中国人为人处世的方式其实变化还是不大的,所以看到那些文字、那些故事觉得很亲切,也不禁感慨作者对人性了解得深刻透彻。当你在得知写出这些文字的人只不过是一个二十来岁的小姑娘时,你会不会感到惊诧?

比如她在《倾城之恋》里写道:"生在这世上没有一样感情不千疮百孔""你年轻吗?不要紧,过两年就老了""我这一辈子早完了,这句话只有有钱的人,不愁吃，不愁穿，才有资格说""我们最怕的不是身处的环境怎样，遇见的人多么可耻，而是久而久之，我们已经无法将自己与他们界定开了"。她在《红玫瑰与白玫瑰》中写道："娶了红玫瑰，久而久之，红玫瑰就变成了墙上的一抹蚊子血，白玫瑰还是'床前明月光'，娶了白玫瑰，白玫瑰就是衣服上的一粒饭渣子，红的还是心口上的一颗朱砂痣"。她在《连环套》里写："照片这东西不过是生命的碎壳，岁月已过去，瓜子仁一粒粒咽了下去，滋味各人自己知道，留给大家看的唯有那狼藉的黑白的瓜子壳"。她在《花凋》里写道："笑全世界与你同声笑，哭你便独自哭"……

看看这些文字，你能想到这是出自一个涉世未深的小姑娘吗？也许你会以为这是一个经历丰富、"身经百战"的人写出的东西，可见张爱玲对事物敏锐的感知、对人和事细致的观察、对人性深刻的认识，这些独有的特质加之她本人的人生经历，铸就了张爱玲这个优秀作家。

有人就此判断张爱玲是理性的，是冷眼看世界的，还有人推断出张爱玲是冷漠的，是没有"爱"的，对于这样的说法我不能认同，或者说不想认同，我觉得不能片面地去评判一个人。无疑张爱玲是缺爱的，4岁的时候，母亲就离家去欧洲留学，直到张爱玲8岁，母亲才回到她和弟弟身边，但是不久后父母便离了婚，父亲再娶，后母对她和弟弟也并不好，她因后母告状被父亲毒打，差一点把命都丢在了家里，后来满怀希望去投靠母亲，母亲虽帮她请了钢琴老师和英文老师，想把她培养成一位名媛，但她的表现并不让母亲满意，且母亲一边付出，一边不停地在张爱玲面前计较着自己的付出，俨然把张爱玲当成了一个"拖油瓶"。

我想，在这种情况下，张爱玲没有一天不梦想成功，她一定每天都在默念，将来如有一日自己发达了，一定把母亲为她花费的钱都悉数还给她。当这一天终于到来的时候，张爱玲揣着两根金条去找母亲，赔着笑脸说："我心里一直过意不去。"她对母亲说这是还给她的，母亲当时就哭了，怪她的见外。后来张爱玲的母亲在伦敦去世前写信给张爱玲想要和她见一面，她并没有去，只是寄了一张一百美金的支票给她，几个月后却收到了母亲的遗产，满满一箱值钱的古董。

除了与母亲关系的淡漠，张爱玲对弟弟也表现出了极大的冷漠。张爱玲的弟弟张子静一生生活窘迫，希望得到张爱玲的帮助，但都遭到了张爱玲的拒绝，当时张子静与几位同学合办刊物《飙》，想请已经大红大紫的姐姐为刊物写几百字短文，却遭到了张爱玲的拒绝，据说张爱玲当时对弟弟说："给你们这种小杂志写东西，是折损我的名气。"张子静晚年一直居住在上海15平方米的小房间里，终生未娶，1995年，张爱玲在美国公寓去世的第二年，张子静也在他的居所孤独离世。

听起来这一家人多么让人唏嘘，张爱玲看起来也的确对母亲、弟弟很无情，那她为什么可以收集她的好朋友炎樱说过有趣的话，专门写下《炎樱语录》？她为什么可以在胡兰成逃亡的路上，即便在两人分手后还将自己积攒的30万元稿费全部赠予他？为什么又会在她去世前写下遗嘱，将自己书稿的版权和遗产留给曾经在美国帮助过自己的宋淇夫妇呢？她为什么会在二婚丈夫赖雅中风后，义无反顾地承担起照顾赖雅的重任，直到他去世。

这些恰恰说明她是一个"受人滴水之恩，涌泉相报"的人，当年24岁的旷世才女张爱玲为什么那么容易就沦陷在了38岁的汉奸文人胡兰成的温柔乡里，也就有迹可循了。表面看来是因为胡兰成情场老手的老道和张爱玲涉世未深的青涩，实则是因为张爱玲自小太缺"爱"了，她在胡兰成身上找到了父亲般宽厚的爱，找到了与她同样文采斐然的异性对她的懂得和欣赏。胡兰成与她交谈时随口问了一句：每月收入怎么样？她没有觉得这样的提问无礼或唐突，反而就此判断，这个男人关心她、懂她，可能在她成年后便没有一个亲人关心过她的生活，因为胡兰成这句话，张爱玲认为胡兰成是那个真正关心她的人。因为胡兰成夸赞她的一张刊登在报纸上的照片好看，她便在第二天就把这张照片洗了出来赠予胡兰成，还在照片背后写上了"见了他,她变得很低很低,低到尘埃里。但她心里是欢喜的,从尘埃里开出花来"的爱情箴言。可胡兰成终是负了她,两个人从相识到结婚再到分开不过三年时间,胡兰成承诺给张爱玲的现世安稳,终是没有给。两人结婚一年后,胡兰成便走上了逃亡的道路,在逃亡的路上,他又相继结识了周训德、范秀美、一枝等多个女人,最后和上海滩黑帮老大吴四宝的遗孀佘爱珍在日本共度余生。

其实张爱玲对亲人种种的冷漠表现,并不是不懂爱、不愿去爱,而是怕了与亲人间的交往与纠缠不清。她至亲的人、和她有血缘关系的人,对她缺乏关爱又胸无大志的父亲、自小抛下她和弟弟远走高飞的母亲还有自小没有让她看到男子气概的弟弟,这些人是她最为至亲的人,也是对她伤害最深的人,这些人是她童年最为信任的人,也是让她最缺乏安全感的人。亲人对她的冷漠,对她的刻薄,对她的毫不关心,对她的讽刺挖苦,以及亲人之间无情的背叛、算计、离开,种种做法让张爱玲再难对亲人产生信任。

在自己至亲的人身上她感受不到爱,感受到的唯有对她巨大的伤害,因此她害怕亲人,怕见到他们,怕与他们有一丝一毫的瓜葛,恨不得离他们远远的,好像从未在他们的世界出现过一样。这也就不难解释为什么张爱玲会对与她毫无血缘关系的人那么好,而对自己的亲人却如此冷漠，这也就不难解释，在张爱玲的第二任丈夫赖雅去世后，她便开始深居简出，不与人交往，甚至一度患上了"恐虱症"。据说在1984年到1988年间，她搬家的次数达180多次，最后时期更是一个人不停地辗转于各个酒店之间，直到1995年，已经去世一周的张爱玲在美国一幢平常无奇的公寓里被邻居发现，被发现时，她蜷缩在地上，身上只盖了薄薄的被子。

一代才女张爱玲就这样走到了人生的终点，有过繁华、有过苍凉，爱过、恨过，她想要的现世安稳，终是没人能够给她。心理学家说过"有的人用童年治愈一生，而有的人用一生治愈童年"。也许，张爱玲正是用一生在治愈她缺乏爱、缺乏安全感的童年。不幸中自是有万幸，她虽一生辛苦，却活得丰富多彩，活出了自己喜欢的样子。

林徽因的家国情怀

第一次了解林徽因是因为看了白落梅的《你若安好，便是晴天 —— 林徽因传》，白落梅用自己特有的清新脱俗的笔触，描绘了一位民国时期的绝代佳人的爱恨情愁。从那本书里我认识了民国最美的女子林徽因，我了解了她的才华和美貌一样过人，我知道了有众多优秀的男子被她倾倒，我也由此更加深入了解了她与徐志摩、梁思成、金岳霖三个男人间的浪漫爱情故事，我简单地以为她就是民国时期最美丽、最有吸引力、最有才华的一代名媛，那时，我对她的认识仅限于此。

近两年，写林徽因的文章越来越多，还有很多采访林徽因后代的视频也在网上出现，对林徽因的了解就变得立体、全面起来。多年后我了解到了林徽因几乎完全不同的两种风格，我才知道，这位美丽的才女，可不仅仅是文章写得好，她对建筑学非常有研究，她是清华大学教授、新中国第一位女性建筑学家，还是国徽的设计者之一。

1930年至1945年林徽因与她的丈夫梁思成一起对

中国 190 个县 2738 处古建筑进行了调查，有很多古建筑通过他们的考察得到了全国乃至国际的认识，也得到了保护。她还发表了《论中国建筑之几个特征》等多部著作。看到这里，你可能了解到了林徽因的另一面，她不仅仅是一朵娇艳欲滴的花朵，她更是一朵铿锵玫瑰，是现代版的花木兰。但即便你了解了这么多，这也不是林徽因的全部，其实在林徽因身上，最让我敬佩的是她作为中国文人坚韧、顽强的家国情怀。

　　1937 年，林徽因与丈夫梁思成在五台山进行古建筑考察，发现了中国现存最早的木结构建筑——唐代佛光寺大殿，这是夫妇两人进行古建筑考察中最伟大的一次发现，然而此时日本侵华战争全面爆发，他们历经艰险回到北平，但很快北平沦陷了。梁思成接到日本请柬，邀请他加入"东亚共荣协会"，被夫妇二人断然拒绝，两人随即携年幼的儿女，以及年迈的母亲踏上了逃亡西南的路。一家人在战火中辗转迁徙，时刻面临死亡的威胁，终于穿过土匪横行、野兽出没的湘黔边境，林徽因却生病了，高烧不退。林徽因的肺病也是在这时种下了病根，终于在 1941 年到达了当时梁思成的单位所在地四川宜宾李庄。当时一大批海内外的知名学者早已聚集在此，林徽因一家开始了生命中最为艰难的 5 年时光。艰苦的环境让林徽因与梁思成的身体每况愈下，梁思成的体重降到了 47 公斤，而林徽因日日咳血，终日卧床。

即便这样,作为母亲、妻子的林徽因依然要挣扎着料理一家人的生活。为了照顾重病的妻子,梁思成更是在这时学会了打静脉针,每日亲自为妻子打针,而林徽因正是在这个时期以常人难以想象的毅力,在病榻上完成了鸿篇巨制《中国建筑史》的宋辽金部分。

有一天,听着周围隆隆的炮声,幼小的儿子梁从诫睁着天真的眼睛问林徽因:"妈妈,如果日本人真的打来了怎么办?"林徽因义正词严地告诉儿子:"不要怕,门前就是扬子江。"很多人正是因为这句话才真正认识了林徽因,一个瘦弱的女子,却有如此铮铮铁骨。当得知林徽因已重病卧床,为了方便林徽因治病,同时改善两人生活,他们夫妇的挚友费正清夫妇便劝说梁思成去美国讲学,并在那里任教,林徽因知道后却对梁思成说:"我深信一个有爱国心的中国知识分子不会选择在这个时候离开祖国。"梁思成最终拒绝了费正清夫妇的建议。费正清后来评价梁思成、林徽因夫妇说:"二次大战中,我们在中国西部重逢,他们都已成了半残的病人,却仍不顾一切地在极端艰苦的条件下致力于学术研究,他们是不畏困难,献身科学的崇高典范。"

林徽因曾经说过:"假如我们必须死在刺刀或炸弹下,我们要死在祖国的土地上。"1948年底,有人劝林徽因去台湾,被林徽因严词拒绝。抗战胜利后,林徽因到重庆看病,闺蜜费慰梅为她介绍的名医,最终诊断出她的肺和肾已严重感染,判断她最多能活 5 年。战争摧毁了她的身体,林徽因后来做了一个肾摘除的手术。新中国成立初期,她拖着积劳成疾的身体,和同事们一起潜心设计中华人民共和国国徽。

  林徽因将自己的一生都献给了建筑事业、献给了国家,在这样一个瘦弱、长期疾病缠身的女子身上却体现出坚强的意志和浓厚的爱国情怀,她哪里是周旋于男人间风情万种的小女子?她是一位有家国大爱的大女人。

奈保尔的真

1932年,奈保尔出生于中美洲特立尼达和多巴哥的一个印度婆罗门家庭,他是一位著名的英国印度裔作家,他的代表作有《米格尔街》《毕斯沃斯先生的房子》《印度三部曲》等,2001年获得诺贝尔文学奖,与石黑一雄、拉什迪并称为"英国文坛移民三雄",2018年,奈保尔在伦敦家中去世,享年85岁。

我认识奈保尔还是在2014年,那时我在西北大学读现当代文学的研究生课程,我的外国文学老师专门向我们介绍了奈保尔。回来后,我就在百度上搜索了他的生平和作品,并立即入手了《米格尔街》和《印度三部曲》之一的《幽暗国度》两本书。

《米格尔街》以轻松、诙谐的文字,描写了17个相对独立却又关联的小故事,描绘了住在特立尼达岛米格尔街的众生相,展示了殖民时期当地女性的悲惨命运。这部创作于1959年的作品也成为奈保尔的成名之作。其实比这部作品更早的,被誉为20世纪30年代文学"洛神"的萧红,于1940年创作的《呼兰河传》,也是用一种近乎抒情和随笔的方式描写了自己从小生活的呼兰河畔一个小县城的社会风貌和人情百态，无情地揭露和鞭挞了中国几千年的封建陋习对弱势群体的迫害。《呼兰河传》章节之间亦没有必然联系，每一章都可独立成篇，这种表达方式，我觉得与若干年后获得诺贝尔奖的《米格尔街》有异曲同工之处。

当然，在读《米格尔街》时，我还并未感受到奈保尔的真，只是发现了他淡淡的诙谐气质，那时我并不了解奈保尔，但在读了《幽暗国度》后，我便从那本书的字里行间里深刻感受出，这本书的作者是一个非常坦率、真实的人，他的写作不虚伪、不做作，没有华丽的辞藻，只是真实、大胆地反映社会现实问题，因此我非常欣赏这本书的作者奈保尔。

在《幽暗国度》的第三章——"来自殖民地的人"，他首先引用了甘地的话，印度，是一个乱七八糟的国家，在这一章里他语言大胆，而且大胆的程度让我乍一看时觉得惊愕，他是这样写的："在马德拉斯，高等法院旁边的巴士站是最常被人们当作公厕使用的地方。旅客抵达车站，为了节省时间，旅客就撩起身上穿着的缠腰布，旁若无人地蹲在排水沟旁解决。巴士抵达，他放下缠腰布，从容上车。一位女清洁工拿把扫帚，把他拉出的那堆东西扫掉。在南印度这座大城市，有时你会看到一位鼻梁上架着眼镜的道貌岸然的老先生，走过坐落在海港的大学。突然,他停下脚来,撩起缠腰布,露出只系着一条细细薄薄丁字带的屁股,当街蹲下,就在人行道上撒起尿来,撒完,从容起身,慢吞吞地整理好丁字裤,放下缠腰布,若无其事地继续散步……在这一点上,果亚的居民和古罗马帝国的公民看法一致:大便是一种社交活动,从事这种活动时,他们得蹲在一块儿,边拉边聊天,拉完,他们站起身来光着屁股涉水走入河中清洗一番,然后回到马路上,跳上脚踏车或钻进轿车里,扬长而去。整条河漂着一堆堆排泄物。就在这一团臭气中,人们讨价还价,购买刚从船上卸下的鱼货……印度人喜欢随处大解。通常他们蹲在铁路两旁,但兴致来时也会蹲在海滩、山坡、河岸和街道上,光天化日,众目睽睽之下解决个人问题……在外国旅客眼中,这一群群蹲着的人影,简直就像法国雕刻家罗丹的作品《沉思者》一样永恒,一样具有强烈的象征意义,但印度人从不提起它——不论是在日常谈话中,还是在文学作品和电影里。"

奈保尔是一位印度裔作家,却能够极其冷静地以旁观者的姿态大胆反映印度的问题,因此,他被许多印度读者诟病。但不得不说他是一位真实的作家,更是一位伟大的作家,而奈保尔这种真实的个性可能正是传承了父亲对他的教导。奈保尔的父亲是特立尼达岛《卫报》的一名记者,在当时,一切行为严格遵从宗教仪式的印度，奈保尔的父亲是一个离经叛道者，不同于大多数信仰宗教的印度人，他一生想成为一名受人尊敬的作家，但他始终没有如愿。而奈保尔的文学之路无疑受到了父亲言传身教的极大影响，奈保尔的父亲曾对他说："不要害怕成为一名艺术家。"奈保尔说这是对他极大的鼓励，他还教育奈保尔："除了你自己，不要去讨好任何人……只需考虑你是否准确地表达出了你想表达的东西……不要卖弄；带着无条件的、勇敢的真诚……你会创造出自己的风格，因为你就是你自己。""你必须做你自己。一定要真诚，一定要把自己必须说的作为目标，并且说得明白晓畅。"不仅如此，在奈保尔的童年时期，父亲还会常常给他读自己喜欢的英国文学作品片段，像莎士比亚的《尤利西斯·恺撒》，狄更斯的《雾都孤儿》，并且一边朗读，一边讲解。父亲的言传身教对奈保尔的性格塑造以及他成为作家都起到了非常大的作用。

奈保尔同时又是一个缺乏归属感的人，1932年他出生于英属特立尼达岛，1939年全家搬到西班牙港生活，1950年奈保尔获得奖学金赴英国牛津大学留学，学习英国文学，1955年奈保尔在英国结婚并定居。我在西北大学学习现当代文学课程时，梅晓云老师在专门研究奈保尔的著作《文化无根》里引用了著名学者谈瀛洲先生的说法："他是印度的印度教徒后裔，但疏离了印度的文化传统；他的出生地是特立尼达，但这个先是西班牙的，后是英国殖民地的岛国的文化与历史都没有流传下来；他接受的是西方的，主要是英国的教育，后来又定居英国，但对英国人来说他又是一个外来人，一个殖民地人。"他被认为是一个"无根的作家"。曾经有记者采访奈保尔，让他讲讲关于他在牛津大学时期的往事，他毫不掩饰对牛津大学、那里的人、那里发生的事情的厌恶，他说他是一个不能被那里接受的人。

除了是一位真诚的作家，奈保尔还是一位勤奋的作家，从 1957 年创作《通灵的按摩师》到 2010 年创作《非洲的假面具》，53 年中，奈保尔笔耕不辍，共创作了 27 部作品，平均两年就创作出一部作品。他一生不是在写作就是走在为写作积累素材的路上，1964 至 1977 年，奈保尔在印度各地旅行、探访，完成了《印度三部曲》中的两部；1979 年，奈保尔取道亚洲大陆，以 7 个月的时间展开了一趟伊斯兰国家之旅，然后用了 10 个月时间写出了游记《信徒的国度》；2009 年，奈保尔 77 岁高龄时仍从非洲中心乌干达出发，经过加纳、尼日利亚、象牙海岸、加蓬，到达南非，进行了为期 1 个月的旅行、采风，写出了《非洲的假面具》。

普鲁斯特曾提出"写作靠天赋"的论断，而奈保尔并不完全认同这一观点，他认为"写作靠的是作家的运气和辛劳",他说"除了在天赋中发现素材,作家需要一种力量的源泉……"奈保尔正是用他一生辛劳的写作,成就了一部部极有分量的大作,也因此成为一名受人尊敬的作家。

木心的岁月

从前的日色变得慢，车、马、邮件都慢
一生只够爱一个人
从前的锁也好看
钥匙精美有样子

江南的雨，江南的桥，江南的水，江南的屋，江南的景，有一刻会让你怀疑你目能所及这一切多么的不真实，对一个北方人来说，这多么奢侈！

乌镇是一个风景秀美的地方，这谁都知道，但下定决心到这里来还是因为木心先生。前一晚网上预约，第二天一早出门匆匆吃了早饭，便到处打听木心纪念馆的位置，虽然得到的答案是：就在前方不远处，但我绕着纪念馆找了好几圈后才终于找到。原来先生的纪念馆没有门头，亦没有任何标识，它就那样静谧地坐落在人潮涌动的商业街内。进门后才发现也许我是今天的第一位参观者，并且只有我一人。十多分钟后走进来两对夫妇。先生的纪念馆这样静既让人欣慰又不由让人感伤。

先生的名句:

岁月不饶人,我亦未曾饶过岁月。

——木心《云雀叫了一整天》

我追索人心的深度 却看到了人心的浅薄

——木心《云雀叫了一整天》

所谓无底深渊,下去,也是前程万里。

——木心《素履之往》

1927年木心先生出生于浙江桐乡乌镇东栅,本名孙璞,字仰中,号牧心,笔名木心,毕业于上海美术专科学校,1982年定居纽约。这个漂泊异乡的游子一走就是十多年,当他1994年回到故乡乌镇时发现河还是那条河,桥也还是那时的桥,但除此之外的一切已经物是人非了,卖豆浆的小店不在了,锁也不是从前那把好看的锁,于是他说:"乌镇我将不再回来!"后来在一位旅游从业者的邀请下,木心于1996年重回故里,直到2011年逝世于乌镇,享年84岁。

先生曾经说过,我就是一个普通、有趣的老头,我不希望别人把我当成一个怪老头。是的,他并不是一个怪老头,他只是一个志趣高雅、幽默、和蔼可亲的老人。

先生曾在美国为留美的硕士讲了五年的文学课,其中的一节课,他不无幽默地说:"我觉得雕塑就像一个罪犯,雕塑家让塑像怎样,塑像就一直摆在那里。"他是想说那些塑像,一定觉得很累,要么坐,要么站,要么挥手，一个姿势一摆就是一生，他笑着说："等将来我去世了，你们来看我，一定要在我的塑像手里夹一根烟，不然没有烟的日子一定很难熬！"先生就是这样一个幽默的人。

先生老了，但他那颗心永远年轻，就像他在诗中写的：年轻时以为一老就全老了，而今才知道，人身上有一样是不老的，心，年轻时的那颗心。

2011年木心先生永远离开了爱他的学生，爱他的读者，而后，学生陈丹青整理出版了先生在美国讲学五年的笔记，书名是《文学回忆录》。

1994年木心在美国讲授最后一节文学课时说，我讲一句话，对你们每一个人一生都有益的一句话：文学是可爱的，生活是好玩的，艺术是要有所牺牲的。我相信这是先生在半生的漂泊与坎坷中总结出的一句至理名言。

从先生的故居出来，外面下起了淅淅沥沥的小雨，不到江南，你很难理解淅淅沥沥的真实意思，江南的风是黏的，江南的雨是缠的，这是林俊杰在《江南》里唱的，到了这里你才深刻感受到，这些都是真的。

一个人走在这样的江南烟雨中，我忽然有一种想哭的冲动，先生生前喜静，而现在他的纪念馆外聒噪喧哗。去完木心先生的纪念馆又去了茅盾先生的故居，这里当然是比木心先生纪念馆人气旺，但在门口听到一名导游告诉游客："你们要参观吗？要参观就快一点儿，快一点儿，快一点儿，快快地出来！"我听了心里忽然涌上来一种苍凉的感觉，伟人的故居要求参观得快一点再快一点，而在向游客兜售药材和布艺的店家门口却不厌其烦，等了又等。

　　为了参观先生的纪念馆我特意去买了景区门票，本来我可以不用买的，因为是前一晚进的景区，已买过夜票，可是我现在哪里都不想去参观。街道上的热闹，街道上的嘈杂，街道上的吆喝贩卖声，我觉得这些都是先生不想要的，而这些每天都在发生，我们根本改变不了什么。木心先生终生未婚，他说过，艺术是需要牺牲的，但他的牺牲太大了，大半生的漂泊，他该有多寂寞啊，想来终了还有乌镇街道上的这些商贩和游客每天陪伴着他，也挺好！

冬
winter

感动——2008年同学聚会

序：

2008年7月12日，宁夏大学2005、2006、2007年三届法律班的同学组织了一场同学聚会，这是自我1998年离开校园后参加的第一次同学聚会，离现在整整十年了。

十年来，同学们顽强拼搏、艰苦奋斗，坚强、自信地面对生活和社会，许多同学都闯出了属于自己的一片天地。有多名同学考取了律师资格，当上了律师，有的做了法官，有的当了老板，有的进了国有大型企业……当然这些成绩的取得一定是来之不易的，这其中包含了太多太多的辛酸，太多太多的不容易，这就是奋斗的历程。有位哲人曾经说过，人的一生将面对两杯酒，一杯甜酒，一杯苦酒，你在年轻时喝多了甜酒，等到了暮年，等待你的多半是苦酒，倘若你在年轻时遍尝了苦酒，到了暮年喝到的就会是甜酒，这就是奋斗的意义。我敬佩我的这些同学，因为他们是顽强的；我感激我的这些同学，因为他们给了我，给了我们大家这次相聚的机会，我甚至觉得，这样的相聚，这样的心情无法用言语能表达得清楚，也许是我的语言太过苍白，但我深深感觉到有一种叫作"感动"的情愫充斥在我心里，在整个聚会的过程中慢慢地、慢慢地弥散开来，变成了我们美好的祝福和祈愿……

感动一　他们让我变成了公主

同学们大多是从 12 号早晨就陆续赶到了聚会地点——宁夏银川市一家餐厅，这次聚会的地点是 2005 级的老班长梁同学事先安排好的，而我 12 号却要考一整天试，当我乘坐的飞机晚上 8:30 分徐徐降落在银川河东机场时，我的心早已发生了剧烈地震动，主办者梁同学事先已经告诉我，会有同学来机场接我，但我很好奇会是哪位同学？他们变了没有？我也不知道我的变化会给他们带来怎样的感受。刚出机场航站楼就看到了上学时的两个要好的同学，一个曾经和我住一个宿舍的怡，一个是在宁大上学时我最好的朋友霞，霞的老公也一起来了。他们似乎胖了一些，但脸上依然洋溢着满满的青春活力，没变，还像学生时代那样充满朝气。他们说我瘦了，霞的老公开玩笑说："找对象时没变，结了婚反而变漂亮了。"这句话我听了很受用，毕竟是夸我呀。我们一路谈笑风生来到了聚会地点，下车后同学们都围上来和我握手,有的甚至是拥抱,有的围过来问我还记不记得对方,这一刻我觉着自己像个公主,这一刻我被这浓浓的气氛所包围。

还没等我从这气氛中苏醒过来,一个阳光大男孩拎着个大蛋糕走到我面前:"嘿,你好,这是本次聚会组委会特地让我订的,送给你,因为你从远道而来。"还没等我缓过神来,旁边的同学拉着我说:"这可是花了两个小时的时间定做的,感动吗?"阳光男孩——05级我的一位同学磊调侃道。感动,感动,此时无论用什么语言来表达都是极其无力的,我的眼泪已在眼眶里打转了。如果不是有这么多同学在场,我想我一定会泣不成声了,因为没有人给过我此种礼遇,没有人给过我这样的惊喜,从小到大我都是家中的灰姑娘,而现在他们让我变成了公主!那天我吃得很少,但我却一点都不觉得饿,当天晚上我借宿于霞的家中。

感动二 为了让我穿鞋,他赤脚上山

聚会的当天晚上我辗转反侧,很晚才睡着,第二天很早就起来了,霞走到我的卧室让我再睡会儿,外面下着大雨。可我怎么能睡得着,毕竟是故地重游,有很多感慨,也有很多地方想去看一看。霞可能是看出了我的心思,又一次走到我身边,问我想去哪?我说想去宁夏大学看看，再转一转宁大湖。她随即说好，马上就去。我们吃了早饭，又约上昨天来接我的另一位好朋友怡，霞的老公开车载我们去了宁大。宁大的变化很大，自1998年毕业后我再没有回去过，现在再来发现很多地方都变了，不是同学介绍我已有些想不起那些位置从前是什么建筑了。亲切自不用说，因为这里曾经是我们挥洒青春的地方，我们在这里学会了很多法律方面的知识，努力过，勤奋过，欣喜过，抱怨过，犯过傻，挨过批，这里留下了我们太多的青春回忆。

从宁大出来，我们即驱车驶向贺兰山小口子。贺兰山虽没有中国许多名山大川的名气，但它也少了很多名山大川的商业化氛围，置于这样的山中你可以尽情享受大自然的美景。记得上学那会儿，我还组织我们班的同学骑自行车去过贺兰山，一路惊险，一路的美景，一路的欢声笑语，虽然想爬山，但看到这么大的雨也只好望而却步了，为了不让我此行带着遗憾离开，霞坚持说："没关系，下雨天爬山别有一番情趣呢。"听到她的鼓励，我们很快打消了顾虑，决定勇往直前去爬山。到了山脚下，我们才知道此行犯的最大失误是没穿登山鞋，穿高跟鞋实在不方便爬山。大家说就在山脚下随便走走就算来过了。刚走出去没几步，就觉得越往前走越想爬山，霞的老公便把他的凉鞋借给了我，而他自己却光着两只脚。他本来说好在附近一家熟识的茶馆边喝茶边等我们，但又不放心我们的安全坚持要陪我们去爬山。

上山的路越来越陡峭，但霞的老公始终光着脚，中途我们劝说让他下去或在原地等我们，而他就是不肯。沿途部分路段有碎石，有一小段还有摔碎的玻璃瓶，他一直坚持跟着我们往上爬，最终我们爬上了贺兰山其中的一个峰顶——小白塔。站在云雾缭绕的山巅，极目远眺，层峦叠嶂，郁郁葱葱，一派美景尽收眼底。下山的路更显得险峻，由于前一天夜里下起了大雨把石阶冲洗得非常湿滑，霞的老公光脚走在上面看起来很吃力，我提出把鞋还给他，他拒绝了，于是我提醒霞扶着她老公走在前边。看到他们两人互相搀扶着晃晃悠悠下山的画面，我被感动了，仿佛看到了几十年后头发花白、相依相扶的我们每一个人。我提出要为他们拍照，他们拒绝了，霞说他们夫妻这样的照片已经很多了，她说她和老公都是当地有名的驴友，中国很多的山川都留下过他们的足迹，有过艰辛的经历，也有过愉快的回忆，这一切他们夫妻都携手走过，他们的爱也因此更加坚固了。是啊，恩爱是不需要证明的，他们对彼此的关爱、照顾比照片更加真实。

感动三 他从来都不唱歌,但今天他唱了

为了表示对同学们的感谢,从山上下来后,我坚持提出要找一家环境好的餐馆请大家吃顿饭,饭后大家似乎意犹未尽,我们又找了一家KTV(娱乐场所)去唱歌。几位同学今天的兴致都不错,掷骰子,喝啤酒,霞则与她的老公不停地唱着情歌。在这样自由欢快的气氛中,我也受到了感染,拿起麦克风唱起歌来,无奈唱了两三首就觉得嗓子疲劳唱不下去了。这时本次聚会的组织者,我们的梁班长终于出场了,他唱了一首阿牛的《桃花朵朵开》,让我没想到的是,他的声音极为洪亮,嗓音很有磁性,同学们对他的演唱报以热烈的掌声。我知道梁同学记忆力极好,上学那会儿就有过目不忘的美誉,而且他的口才也非常好,在毕业后很短的一段时间内他就成功考取了律师资格,当上了能言善辩的大律师,可我不知道他歌也唱得这么好。接下来他又接连唱了《大约在冬季》等歌曲,一位同学悄悄凑近我说:"老梁从来不唱歌的,为了欢迎你回来,他都唱歌了。""是吗?"听他唱得如此之好,我没想到他从来不唱歌,我又一次被感动了。要知道我的这位梁姓同学看起来是比较内敛的,上学时他虽是95级的班长,但在95、96、97三届都很有影响力,应该说他是一个不简单的人,有思想、有头

脑,更是率先在同学中脱颖而出考取了律师资格,无疑他是我们这一班同学中的佼佼者。

第三天我请怡和霞陪我去了初中时最要好的同学"蒿子"家,见到了她和她可爱的儿子,我们四个人的孩子年龄相仿,都在七八岁,已经过了最难带的时候,而岁月也悄悄在我们每个人的脸庞上留下了印迹。几个有孩子的母亲在一起聊婚姻、家庭、孩子,最后大家说出了共同的心声:"只要我们的心还年轻,那我们依然年轻。"

是啊,只要我们的心还年轻,我们就依然年轻。

尾声:

晚饭时,"蒿子"问我想吃什么,我说特别想念这里的麻辣粉,这么多年来我一直想念着这里麻辣粉的味道,宁夏的麻辣粉鲜辣爽口,是其他任何城市都无法复制的。听我这样说,"蒿子"马上带我们去了她家附近一家比较地道的麻辣粉餐馆,我们四人坐在那里一边品尝着鲜美的麻辣粉,一边追忆着过去的时光。

乘机时间很快要到了,霞提议和她老公开车送我去机场。傍晚的银川别有一番景致,万丈霞光下,我们的车缓缓行驶在新建的斜拉桥上,放眼望去,远处,那一大片湿地被晚霞笼罩,散发出灿烂辉煌的光晕,朦胧而美丽。我瞬间被眼前的美景融化了,随即提议道:不如下车拍张照吧。霞和她的老公立即响应，我们于是在路边停车，然后摆各种造型一通拍照。结果赶到机场换登机牌时我才得知，我已是最后一位乘客，抓紧时间去排队安检。看着霞和她老公渐渐远去的身影，我竟有些依依不舍，真想对他们说：感谢你们，我的同学们，你们是可以患难与共的朋友，也是可以分享幸福的亲人！

2008 年 7 月 18 日

也许这爱情太平常

昨天在《读者》中看到这样一篇文章,题目是《也许这爱情太平常》,看了后觉得写得非常好,倒不是因为这篇文章的遣词造句有什么过人之处,主要是文章描写的意境让人觉得非常美好。文章是写20世纪70年代中国粤西南农场的一对夫妻从相识、相恋、结合、一起生活到男主人公去世,文章不长的篇幅却将一对普通农村夫妻的普通生活演绎得极不普通。

他第一次送她礼物,是一枚精巧的印章,黑色的牛角材质,雕刻成一座山峰的模样,上面有石,有树,有亭子,跟活的似的。印章底部刻着诗句"无限风光在险峰"。她不禁惊讶地叫了一声,心里满是崇拜:"陈哥,你手真巧!"

他第一次约她出来,无处可去,漫山遍野的雪,天真冷。他便带她去食堂的锅炉房取暖,炉火熊熊燃烧,空气中是松木燃烧的香味,她不敢看他的眼睛。

1972年11月28日,他们登记结婚。1974年,他们的第一个女儿出生时,恰是正月里,大雪封山。他把火生得旺旺的,她肚子开始疼了,他拼命给她讲孙猴子的故事,一心想把她逗乐。

除了脾气有点大,在她眼里,他几乎是完美的。他那么聪明勤快,什么活都难不倒他,只要他在家,她就闲着去吧。烧炉子、挖菜窖、砌砖房、蒸花卷、烙饼、炒土豆丝,写对联、画画、修半导体,甚至裁布料、踩缝纫机,他都干得像模像样。冬天来了,他会在院子凿个晶莹的小冰雕;过年了,他就糊个红彤彤的大灯笼,高高地挂在门前,风一来,灯笼转,上面画的马啊龙啊,也栩栩如生地动起来。

她夸他,他便有点骄傲,总说:"大傻瓜,你怎么那么笨呢,让我来吧。"她不介意被他说笨:"笨就笨嘛,你聪明就行了。"他一辈子都这么说她,也一辈子这么宠她。她的性格始终没大变,老了还带着少女的气质,孩子们都说那是老爸惯的。

他们的物质生活一直不大宽裕,但他给她的,是自己所能给的全部。1976 年,他患急性肝炎,医院给他开了一盒葡萄糖。那是物资匮乏的年代,糖的甜味是多么稀罕。他舍不得独享,把针剂里的葡萄糖一点一滴地掺进面粉,烙了糖饼给她吃。那点点滴滴的甜味,就像他给她的幸福,也许平淡微小,却点点滴滴地掺进了她的生命。

他人生的一大快事就是把赚来的钱交给老婆。他们清贫过,小康过,也困顿过,但无论他赚多赚少,都会一股脑儿交到她手里。她回娘家数日,他帮人择良时进宅,得了五十元的红包。他舍不得拆封,直到她回来,才笑吟吟地从怀里掏出来:"上缴国库!"

她知道他心里有结。春日里她央求他去兜风,他开着摩托车,她坐在车后座上。郊外的新稻入眼青青,她迎着风大声说:"老陈,我很开心,你听到了吗?"他点头,她更大声地说:"咱们好好过日子,好不好?"他微微侧头看她,说:"好。"

那以后,他似乎真的安下心过清闲的日子了。他打太极,练书法,还在附近的荒地开垦了块菜园。她喜欢种菜、种瓜,他就想方设法把那儿变成乐土:破竹扎成篱笆,栽上香蕉、木瓜,沿着山坡凿土梯,在半山坡种上玉米。他怕她取水远,就地开了一口小井;怕她有急不便,还搭了个有门有篷的简易洗手间。这是他送给她的礼物,她乐在其中,流连忘返。他常常煮好了饭来叫她:"老婆,吃饭了!"这时她才依依不舍地回家。他天不亮就起床,等她吃了早餐来菜园时,他已给菜园淋了一遍水。清晨的太阳照着,碧绿的菜叶攒着水珠,亮闪闪的。他知道她腰不好,连浇水的活儿也不许她干。

他入院,开始以为是肝炎,吃两剂中药就行了,她没当回事,他整天吵着回家。谁知情况急转直下,十天工夫,他连坐的力气都没有了。医院下了病危通知,医生说没办法了,她还不信。他要回家,他说,我们回家就好了。

她没日没夜地守着他,不停地说许多许多话。她说:"老陈,我们的玉米熟了,木瓜黄了,你想不想吃?"他点点头。她说:"菜地很久没淋水了,怕是都旱了。"他虚弱地挤出一句:"等我好了淋。"她说:"老陈,你不会死的对不对?你答应我!"他说:"我不会死的,你放心。"

2008年11月21日,他走得那么急,差七天就是他们结婚三十六周年纪念日。

他去后的第二天,治丧的亲戚们上楼吃饭,她执意守在灵前,睡意蒙眬中似乎听到他在叫:"老婆,吃饭了。"她猛地醒来,眼前空荡荡的,她痛哭应道:"我没有伴儿了!"

入秋以来天一直旱。许多天后,她想起了他们的菜园,强打起精神,她对自己说,"明天该淋水了,那些菜是老陈种的。"

那晚,悄悄地下了场小雨。

早上她来到菜园,推开竹篱笆门,停住了。清晨的太阳照着,碧绿的菜叶攒着水珠,亮闪闪的,跟他在的时候一样。

我是怀着一种感动的情绪看完了全文,为两夫妻的平实生活而感动,为老陈为老婆的付出而感动,为老婆对老陈深深的怀念而感动。也许这爱情很平常,但他们让我看到了幸福的模样,就像那首歌中唱的:"我能想到最浪漫的事,就是和你一起慢慢变老,直到我们老的哪儿也去不了,你还依然把我当成手心里的宝。"虽然这是一种理想状态,但却是普天下的爱人们都向往的境界。

2010 年 1 月 12 日

过 年

记得我们小的时候过年,前几天家里就开始忙碌了,打扫卫生、煮肉、炸油饼……一直忙碌到大年三十。那时候过年那几天我感到是一年当中最快乐的几天,因为有好吃的,而且父母也网开一面,年三十那天是讲究不打骂孩子的。而现在直到大年三十晚上,春节晚会开始播放时才感觉到是在过年。打扫卫生有保洁公司,什么煮肉、炸油饼、蒸馒头啊都免了,因为超市里琳琅满目,一应俱全,就连年三十必吃的饺子都有速冻的,免得自己包了,真是社会发展了,人也变懒了。

今年的春节晚会高科技运用得很多,舞台背景绚丽多彩,但总觉着缺少些什么,王菲和毛阿敏的歌更是让人感到了淡淡的忧伤,舞蹈也似乎没有跳出节日的喜庆气氛,倒是那几个小品有些意思,特别是反映驾驶新一代歼击机的女飞行员的小品,感觉演员们表演得都很细腻、到位。个人觉得相声和小品的使命是把快乐带给大家,让大家由衷地感觉到喜悦,而后开怀大笑,尽量少附加一些历史使命,如果一定要让小品催人泪下,那大家去看电视剧好了。所以今年的小品，我觉得蔡明和郭达演得不错，郭冬临和黄宏的也行，就是本山大叔的小品好像没有完全发挥出自己的水平，小沈阳在其中竟然没有一点搞笑的戏份，在让人感到遗憾的同时也觉着这个小品演得实在很低调，每个人的潜力其实都没有被最大限度地挖掘出来。今年的重头戏毫无例外是刘谦的魔术，刘谦很懂得抓住机会，虽然只有短短的几分钟，但却将晚会的气氛推向了高潮。另外，孙楠、容祖儿等的歌唱得很喜庆，小虎队的歌把大家带回了青春岁月，让我在心底感叹"年轻真好"！

记得小时候，过年那几天除了拜年几乎是不出门的，在家里吃东西、看电视，虽然有时也觉着闷，但也无奈，因为这是过年的习俗啊，中国人讲究过年一定要在自己家过，要不然春运为什么那么忙碌，就是因为在外打工的人无论路程多远、买票多难都要赶回家和家人团聚。不过今年我家却着实革新了一把，大年初一一家三口就驱车去逛商场。车子刚一驶出小区，我和老公就不禁感慨：春节期间的交通真好啊。不但不会为堵车发愁，而且马路上每隔一段都有交警值勤并且是双岗的。可能因为是过年就连交警的心情也比较好，老公开车时有一个小小的违规，我们跟交警说了几句好话，交警就没有开罚单。

一路上，我一直在念叨，我们是不是很"神经"啊，大过年出来逛街。老公却说,就把这当作一个社会调查,看看有多少人大年初一出来逛街。当我们到达商场附近时简直不敢相信自己的眼睛,这里车水马龙,甚至找不到地方停车,大冬天的给人急出一身汗来,好不容易七倒八倒地把车停下。进了商场,才发现人满为患。不管老人、孩子、男士、女士都衣着讲究,闲庭信步,仿佛忙碌了一年只有这几日可以放下所有的压力享受一下闲适的生活。

这一刻,我真切地感觉到这是在过年了,不然怎么会在每个人的脸上都看到笑容,不然怎么会每个人都显得悠闲自在。我不禁感叹,过年真好,因为过年让人多了容忍,少了愤怒,多了笑容,少了压力。

2010 年 2 月 15 日

中庸之道

一直以来不敢触及孔子与老子、儒家与道家的话题，因为觉着这些都太深奥，并非像我这样才疏学浅之人能够理解的了的，更不要说讲出来与大家共勉的话。今天可以大胆讲述这样一个话题还是因为这部叫作《孔子》的电影，因为这部电影让我这个近二十年没有进影院的人破天荒地走进了电影院，因为我想看一看孔子的传奇人生，因为我想了解真正的儒家学说的精髓。

走进电影院时电影已经开演近一半了，孔子冒着倾盆大雨背井离乡，开始了长达十多年的流亡生活，到了年龄很大的时候才重新回到他的祖国——鲁国。我是流着眼泪看完整部电影的，为了孔子的忠，为了颜回的诚，为了子路的义，为了冉求的无奈……早些时候看到报纸上登载的对《孔子》这部电影的争议，现在都觉着是无稽之谈。无论是周润发扮演的孔子，还是陈建斌扮演的季桓子，抑或是周迅扮演的南子，任泉扮演的颜回，无论是形象、神情还是人物的对话都觉得非常贴切、到位，我觉着这部电影拍得非常成功，我是连续看完两遍才走出影院大门的。

孔子讲仁、义、礼数，他讲"仁者爱人"，孔子奉行以礼治国，所谓"君待臣以礼，臣待君以忠"，他说卫国之所以治理得好不是靠酷刑而是以礼治国，他认为不管是君王还是百姓都应该遵守礼术、不做出格的事情。但这是否有些理想化？人不可能都是善良的、无所求的，肯定会有一部分人因为某种目的做出出格的事情，一旦做了出格的事情怎么办？仅仅依靠礼数、仁爱可能并不能真正解决问题，我想还是需要法治的。而他的前辈老子奉行"无为而治"，所谓"无为而无不为"，无为要无为到什么程度，是自始至终都无为呢还是某一阶段的无为，自始至终都无为会不会像案板上的肉任人宰割，某一阶段无为又无为到什么程度，再说不为又不为到什么程度，这个度确实不好拿捏。

可能随着年龄增长，经历事情增多，我也觉得"中庸之道"其实是很有道理的。中国人自古讲中庸，什么事情不能不做又不能做过，这就是中庸。曾仕强教授说：我从不要求我的孩子考 100 分，因为我知道什么事情做得太好了都会遭人嫉妒，这就是中庸的意义。至于老子的"弱则生，柔则存"的思想也可以用"中庸之道"来解释，一味地弱吗？一味地柔吗？太弱、太柔可能遭人欺辱，别忘了有些人是欺软怕硬的，因此不可太柔、太弱当然也不可锋芒太露。

把握"中庸之道"这个度又谈何容易，总之，人生在世不易，有道是：做人难，做一个正直的好人更难。

2010年2月3日

石油人的酒文化

昨天去吃同事小孩的满月酒席，也许是因为高兴，也许是因为盛情难却，把同事用葡萄酒酒杯敬的满满一大杯白酒全部喝完了，回家以后就不省人事。今天早晨去上班时才得知原来同事里只有我一人喝完了那满满一大杯酒，不禁有些迁怒于那敬酒的同事太强人所难，而且是强女同事所难。唉，毕竟是喜事，无论对于敬酒的人还是喝酒的人，喜得贵子总是一件好事情，大家都应该高兴，高兴就应该多喝，我想这也许就是我们西北人的酒文化，也是我们石油人的酒文化吧。

今天和上级单位的同事小聚，我因为昨天喝得有些过量，今天起初是想滴酒不沾，还是因为盛情难却，而且是在讲了很多理由，连自己都觉着不应该再讲下去的情况下喝了几个半杯，但不知为什么心里却一直有惴惴不安的感觉，也许是因为觉着这种做法和平时豪爽、实诚的自己判若两人，也许是因为觉着自己的这种做法欠妥当，总之心里一直过意不去。我想这也许是我们石油人的酒文化吧。

石油人有石油人的文化，特别是酒文化。石油人说酒品看人品，若你在酒场上表现得异常豪爽，敢于喝酒、不怕喝醉，说明你在生活中也是一个豪爽、达观的人，值得一交；若你在酒场上扭扭捏捏、弄虚作假，说明你在生活中也不是一个实在的人，不可信。还有就是平时关系很一般的人，在一起喝酒时，关系就显得很亲近，很亲切；平时有些小别扭的两人一起喝酒能把两人的恩怨在酒桌上说开，化干戈为玉帛；平时不敢说的话，酒过三巡后可以大着胆子讲出来，没人会觉着说出这话会尴尬……石油人的酒文化也可能还有很多，我也只是略知一二，但作为从小在石油大院里长大的我来说，很欣赏这种文化。都说西北人特别是石油人豪爽，我想在喝酒的表现上已经可见一斑了，既然喝酒都豪爽了，说话、做事那还用说吗，肯定是两个字——豪爽。

　　不过我还是要多说两句，告诫自己，也告诫我的同事们，还是量力而行，别太勉强自己了，毕竟身体是自己的，喝多了的难受劲儿只有自己知道，身体是革命的本钱，喝坏了身体还怎么干事业，说的再实际一些，怎么过好下半辈子啊！嘻嘻，这只是我的拙见。

2010 年 4 月 13 日

杜拉拉的爱情

今天终于看了《杜拉拉升职记》这部电影，本来早想一睹为快，但看到的影评差评比好评多很多，而且听看过的同事说没太大意思，所以一直没有花费时间去看。今天终于忍不住，毕竟这部片子是前一阵子话题度很高的一部片子，于是就在网上在线看了。看过后感觉远不像评论的那么差。因为没有看过原著，仅就这部片子而言，我觉着还是拍得成功的，基本反映出了杜拉拉从四处应聘到被外企录用担任行政文秘一职，再到HR（人力资源）主管，最后到HR经理的奋斗历程。

只是影片的名字多少有些牵强附会，其实这部片子是以杜拉拉升职为主线，主要描述了杜拉拉和王伟浪漫的爱情故事，所以片名应该起一个浪漫点的，比如《杜拉拉的爱情》更为贴切。

杜拉拉的升职也并非像评论上提到的通过与上司的暧昧，事实是杜拉拉是行政部的秘书，而王伟是销售部的总监，上司一说又从何而来，而此后杜拉拉调任销售总监秘书一职时，杜拉拉觉着他们之间的关系在一起共事很别扭，提出想调离销售部，遭到王伟拒绝。影片中杜拉拉与王伟之间的感情其实是很单纯的爱情，他们之间没有任何利益关系，根本谈不上谁利用谁之说。

其次，杜拉拉通过自己坚持不懈地努力，最终达到了自己的职业目标，这一点值得我们很多人去学习。一个人说努力很容易，难的是日复一日地做着重复的、琐碎、平常的事情，但杜拉拉做到了，而且将平常的事情做得不平常。她将杂志里有关公司的新闻和人物剪下来做成剪贴杂志，被公司董事长看到后，获得董事长的欣赏和肯定，而且在一次决定杜拉拉升职的重要时刻，是董事长的肯定，让杜拉拉顺利得以升职。看了这部电影以后，我就在问自己一个问题：我的职业目标是什么？这是一个自己很怕面对的问题，虽然害怕面对，但却必须要面对，否则就会像空中飘荡的气球，美丽只是暂时的，总有泄气掉落的时候。

长期以来一直处于四处奔波、飘忽不定的状态，但自己的目标到底是什么，是否要一直这样飘下去？杜拉拉有明确的目标，最终她成功了，只是为了成功，她牺牲了爱情。玫瑰最终也得到了她梦寐以求的升职机会，但她却说她并不开心，因为她失去了爱情。可见，什么才是最重要的，并不是高职位、高薪水，有些东西失去后就有可能再也找不回来了，比如感情、亲情。

其实影片最让人称道的并不是对杜拉拉升职过程的

刻画而是杜拉拉与王伟之间的爱情故事。典型的办公室恋情，不同的是男女主人公成功将办公室恋情转化为正常的恋爱关系，表现得极具浪漫气息。不禁让我感慨，老徐其实不老，拍戏有板有眼，做导演也毫不逊色，让我想起了前些年老徐在新浪博客点击率过万时可是引起了不小的轰动，老徐一直被誉为美女加才女，如今还应该再添一个头衔：事业成功的女性。

在我印象中事业成功的女性多是犀利的、跋扈的，唯有两位女性例外，一位是台湾的知名演员林志玲，已是35岁的年龄，进入娱乐圈也有很多年了，却依然看起来是那样美丽、快乐。林志玲的美是那种含蓄的美，是一种未经雕琢的美，很干净，很清澈。另一位就是老徐，从外表看很难将老徐和"女强人"联系在一起，因为老徐的面相很文静，很清秀，一看便知是个知性女孩，但演戏和做导演时的她绝对是另外一个她，抑或这时的她才是本来的她。我想，很多喜欢老徐的人可能和我一样，看到了老徐文静的外表下强大的内心世界，足以见得老徐是一个不平凡的女人。

真心希望正在路上的女孩子们都能够找到好的人生归宿，但"事业虽可贵，爱情价更高"，我想这应该就是老徐拍这部电影的初衷吧。

2010年6月21日

因为一个人，恋上一座城

想去重庆已经很久了，因为作家虹影所著的《饥饿的女儿》，因为她笔下的重庆南岸，因为她母亲的传奇经历，因为她的不幸身世，我很想亲历她们曾经生活过的这片土地，寻找她们当年生活的痕迹。

终于，一个很好的机会让我得以成行。7月，又到了孩子放暑假的时间，孩子每一个假期都会去他姑姑家待一段时间，因为他姑姑家有一个大他两岁的姐姐，那是他在这个大家庭里唯一与他年龄相仿的亲人，所以当孩子的奶奶在孩子姑姑家一叫他，孩子就很高兴地去了。老公也因为工作繁忙觉得回家陪我是一件奢侈的事情，正好我一人乐得自在。

我便一个人去了重庆，尽管每年都会出去旅行，但是一个人出去这还是第一回，虽然嘴上一直在说"有什么呢，票订好了，酒店在网上预订了，那就没什么可怕的了"但是心里其实还是打鼓的，听说重庆道路弯弯绕绕，而且我是一个路痴，真怕找不到回家的路。

还好一切顺利，只是在网上订的酒店出了一点问题，本来在网上订了观音桥附近某家青年旅舍，好不容易七拐八拐地找到那里，从门口向里望去却伸手不见五指，两个女人招呼我进去，我愣是吓得没敢进。那两个女人看我踟蹰不前，告诉我说刚好酒店停电了所以很黑，但对我这个初来乍到的人来说，为了安全起见，我还是放弃了。无奈返回车站附近的七天连锁旅馆，拉着箱子走进房间，发现干净且温馨，这才放下心来。出去想先订张返程车票再进行别的行程，订票员查了一下我需要的票说"没有"，然后又仔细看了一下说，前一天还有一张软卧车票，问我要吗，我连声说要，虽然软卧车票比普通车票贵很多，但总比全额机票便宜多了，怎么会不要。买到了车票，感觉浑身暖暖的，我忽然想起《暗算》中黄依依的一句话"破译密码需要远在星辰之外的好运气"，我想，买到了返程的车票对此刻的我来说也算是远在星辰之外的好运气，因为以前不管到了哪个城市，买返程车票简直是难上加难，而这一次，真是幸运。

当晚，我就去了据说是重庆美女经常出入的地方——解放碑，然而，这一次好运气并没有眷顾我，我竟没有看到一位美女，还好来之前我就听说了，重庆的美女近几年流失得很厉害，很多漂亮的女孩子都嫁去了北上广。忍着肚子饿，到处寻找吃麻辣食品的地方，最后终于在一个背街的巷子里找到了。我要了酸辣粉，又要了十多串"串串香"和米饭，兴奋得大快朵颐，猛然抬头,看到了其他桌客人投来的异样眼神,这眼神告诉我:这是哪里人啊,这么不能吃辣吗?的确,我此时的吃相非常难看,鼻涕弄花了我的脸,眼泪模糊了我的双眼,我几乎用光了桌上的一整盒餐巾纸,终于勉强吃完了我点的美食,那种辣的感觉真是沁人心脾,让人难以忘怀。

怪不得,饭间常听到食客大声地呼喊老板拿这拿那,我还惊诧重庆人的嗓门怎么这么大,哪来这么足的底气?饭毕,我终于明白,是辣子,是辣子让人脾胃开、气通畅,让人从上至下、由里到外舒畅,让人底气足、声音亮,想表达什么就能够大胆地表达出来,似乎没有什么可惧怕的。另外,插一句就是这餐巾纸,我生活的城市很多餐饮店已经不免费供应餐巾纸了,而重庆的餐馆,不管大小,桌上必会准备一盒餐巾纸,盒子很小巧,纸质也很好,而且是免费的,这就是品质,不仅人要注重品质,餐馆也得有品质。

当然,此行主要目的是寻访,所以第二天一早,我就坐上了去重庆南岸的公交车。路程很远但仍然只投币两元,这不得不归功于重庆公交线网的发达。在重庆通往每一个地方都有很多路公交车,且公交车牌被放置在公交车站的宣传灯箱内,标注得详细、清晰、一目了然,我见到在很多城市,公交车站的宣传灯箱里放置的是这样那样的企业广告,而在这里却不然,我想这也是我此行可以顺利回家的主要原因。重庆南岸区很大,我去时没有买到地图,所以只坐车到了南坪。这里已看不到虹影对重庆南岸描写的那种景象,没有脏、乱、差的环境,取而代之的是规划整齐的一个个店铺和匆匆行走的路人。心里竟然有些失望,我觉得虹影笔下的重庆南岸离我非常遥远,故而让我觉得它神秘莫测,可是眼下看到的重庆南岸却离我非常近,它和我去过的每一个城市没有两样。

过了马路找到公交车站,在站牌上无意间看到了"巴山"站,我想这应该就是我最喜欢的唐朝大诗人李商隐在《夜雨寄北》中写的:"君问归期未有期,巴山夜雨涨秋池。何当共剪西窗烛,却话巴山夜雨时"中的巴山吧,于是我坐上了前往巴山的公交车。摇摇晃晃走了很远,车上的人越来越少,我也越来越觉得不敢再坐下去的时候,巴山站到了。我下了车,却没有看到山,连一个小土丘都没看到,不免有些失望,但同时也感到幸运,因为我毕竟欣赏了沿途的风光和街景,这是无论哪一个旅行社都办不到的。返回时坐车来到长江与嘉陵江的汇流之地——朝天门码头。在这里可以亲历长江,欣赏到江对岸的风景,还可以看到一清一浊两江对流的盛景,想近距离欣赏江两岸的风景,就去买了船票。只是从朝天门广场下到江面的台阶大概有上百阶,买票时已经有些晚了,眼看船就要开了,我向江面停泊的游船跑去，好不容易接近游船时，船开了，老板不忍让我等太久，把船倒了回来，让我上了船。就这样我细细品味了朝天门码头江两岸美丽的夜景。

　　第三天我去了瓷器口古镇、白公馆和歌乐山森林公园。重庆之行我选择的唯一交通工具就是公交车，很方便，想去哪里都可以到达，想在哪里下车都可以，不用听命于任何人的约束，遵从自己的思想支配就可以。一个人旅行很自由，不过难免有害怕的时候。比如去歌乐山森林公园，偌大的森林公园只有三两个人，上山时，开始有一对夫妇带着一个孩子在我前面走，我赶上了他们，走到了他们前面，这样感觉安全多了。后来又来了一对年轻情侣，我放慢脚步让他们走到我前面，一前一后地保护着我，这样让我觉得更加安全。可是下山时就没这么幸运了，那对夫妻开车下山，那对情侣在山上玩一些游乐项目，就只剩我一人下山，我一边小跑一边在心里给自己打气，我想我这么好的一个人一定不会遇到危险，上天会保佑我的，最终我安全返回了酒店。

　　还有一次，晚上9点左右，肚子饿得直叫，坐电梯到酒店楼下的小餐馆吃东西，电梯到了5楼时上来一对年轻情侣，他们搂抱在一起，显得很亲热，我因为刚看完法制栏目里讲述的一个在住宅楼地下室内杀人分尸的案例，本来就疑心重重、心神不宁，不知是不是多打量了他们两眼，那女的回过头来一直盯着我看，我低着头，但我用眼睛的余光能看到她一直盯我，盯得我毛骨悚然，我暗自祈祷不会出事，终于电梯到了一楼，我头也不回地奔了出去。

除了安全方面的顾虑，再就是品味孤独。麦家老师在微博中说：孤独有时是一座花园，但有时又是一层炼狱。写作时需要孤独，但也害怕孤独，旅行也一样。毕竟只有一个人，毕竟白天逛完了还有夜晚，每到夜晚，都会感觉时间仿佛停滞，用不停地看电视来打发时间都感觉不够，你会想到孩子，会想到家人，越是临近结束旅程这想念就越刻骨铭心。尤其在返程的火车上，特别在火车过了安康站后，心情莫名烦躁，情绪莫名低落，迫不及待地想见到孩子，但我知道这种情绪需要克制。其实这世间又有哪一种情绪不需要克制，孤独需要克制、思念需要克制、爱需要克制，恨也一样需要克制，锻炼我们的克制力其实是对我们意志的磨炼和考验。

重庆的麻辣飘香，重庆窄窄的街道和仿佛耸入云端的楼群，重庆方便的公交系统，重庆连接两区之间的跨江大桥以及重庆人的直率和大嗓门都给我留下了深刻的印象，我喜欢这座城市，是因为城市本身还是因为与它相关的两位作家虹影和麦家，我也说不上，也许都有。

2011 年 7 月 19 日

这是一个恋爱的季节

　　昨晚一进小区，一股浓烈的香味扑鼻而来，是啊，阳春三月，是一个花开的季节，也是一个恋爱的季节。
　　今天坐在自己的花店和对面店里看店的小姑娘聊天，我说："你也不小了，趁年轻钓个'金龟婿'吧。"她答："不着急，金龟婿有什么好的，钱多了就会在外面乱来。"我说："也许对男人来说，事业永远是排在第一位的，男人永远不会把找一个情人作为他的人生终极目标，只是在工作之余，累了，倦了，在外面找点乐子罢了，就像咱们吃西餐之前的餐前小点一样，只起一个开胃作用而已。"她答："这种餐前小点我可消受不起，我宁可找一个没钱的普通人，和我一样的。"我说："和你一样一起看店啊。"她沉默了。我又问："你对哪种类型的男人有好感？"她答："我没有喜欢的一种类型，男人对我来说都一样，是男人就行。"我说："是不是和你吃面一样，只要是面，都一个味儿。"她说："对呀。"我们面面相觑，捧腹大笑。
　　很欣赏小姑娘对男人的态度，很洒脱。最近流行一句话：把爱情当成奢侈品，可有可无，有了就去享受，没有并不强求。干吗为了爱要死要活的，跳海的有之，杀人的有之，自杀的亦有之。看到小姑娘对待爱情极为淡定的态度，我说："那是你还没有碰到让你心动的人。"可是我知道，这样理智的小姑娘即便碰到了让她心动的男人，相信她也会理智对待。彼此相爱，她会为对方甘心情愿地默默付出，如果对方对她没感觉，那她也会在心里默默祝福他找到自己所爱。

我不能理解一个人喜欢另一个人却是三天打鱼两天晒网的态度，表面看很博爱，内心很纠结，到底喜欢这一个，还是那一个，连自己也搞不清楚，我说这不叫爱，这就像在菜市场买菜，真正的爱应该是从见他或她第一面开始的，第一次见面就有了心跳的感觉，就有了想交往下去的美好愿望。小姑娘说："你说的这叫一见钟情。""没错，就是一见钟情。"我欣喜地拍掌说。记得有一位名人说过这样的一句话，一见钟情钟的不是情而是脸。那既然脸已经"钟"了，还有什么不交往下去的理由呢？

一个自己爱，又爱自己，但却没钱买房买车的男孩和一个有钱有房，你拼命想抓住他，而他却觉得你可有可无的男人，这两种男人究竟哪一种男人该嫁，我的答案是肯定的，一定要找一个自己爱，又爱自己的男人，再不济也要找一个你对他的感觉并不浓烈而他却非常爱你的男人，否则，作为女人，你会很累，很惨，最终一无所获，不仅得不到他的心，还会在半路丢失了自己。钱少两个人可以一起挣，一起计划怎么花，这样的两个人永远活得充实。

有次在公交车上听到年轻的情侣这样的对话，女的说这个月发了工资，你拿出三分之二还房贷，我拿出三分之一还房贷，再买些生活必需品。还有一回，也是在坐公交车时，听到男的说，咱们就买了这套房吧，再不去看了，把人折腾得够累的，女的说，咱们把南郊那套卖了吧，就买这套，要不压力太大了。我觉得这才叫夫妻，这才是生活。边计划边过日子，这样的日子才充实，才有意义，也才有奔头。那些衣食无忧，花钱如流水的人，他们不用为钱而奔波发愁，但他们却为人为什么活着，究竟应该怎样活，这些深刻的问题纠结。

　　这是一个恋爱的季节
　　空气里都是情侣的味道
　　孤独的人是可耻的
　　这是一个恋爱的季节
　　大家应该相互微笑
　　搂搂抱抱　这样就好
　　我喜欢鲜花
　　城市里应该有鲜花
　　即使被人摘掉

鲜花也应该长出来

……

迎着栀子花、仙客来的花香四溢，让我想起张楚的这首《孤独的人是可耻的》，姑娘们行动起来吧，睁大双眼去寻找那个让你心动又踏实可靠的他吧！

2013 年 3 月 12 日

行走福建

福建是我十年来独自旅行的第二站，之前我独自去了重庆，之后我又去了南京和厦门。

多年前和家人一起去厦门旅行时就很想顺便坐船到福州、泉州一带看看，但天气预报预测厦门那几日有台风，这一想法就此搁浅。在看过张国立主演的电视剧《原乡》后，看到关于福州城市建设的镜头后，我又一次萌生了想去福州一带看看的想法。

当我乘坐的飞机到达福州长乐国际机场后，我略微感觉到这座城市与我想象中的不大一样。机场有大巴、中巴、小轿车三种车型供顾客选择。我和三个女孩拼坐机场轿车驶向之前在同程旅行网团购的，位于福州台江区江滨大道万达广场附近的一家小酒店。沿途风光其实与所有海滨城市的风光并无二致，湛蓝的天空、时不时就能见到的椰子树、棕榈树，不算新也不算旧的路边房屋。

我发现这座城市不像我想象的那么大，也不像其他沿海城市那么新、那么繁华，反而显得古朴、宁静。

车子开到一处比较繁华的地带时就停了下来，司机说到了，但我完全看不到我所预订的酒店在哪里，下车时问司机师傅："鳌峰路是不是我们所在的这条路？"司机敷衍地"嗯"了一声，又说让我去问别人。我顺着马路来回打听，都说就在附近，但就是找不到，最后打听到拐弯处一家酒店的保安时才找到酒店的具体位置。来到酒店前台，一个高高的简易台面下边坐着一位工作人员，她面无表情地让我出示身份证。一切手续办好后，她伸手在空中随意划了一下，告诉我酒店房间在另一座楼里，按照我模糊听到的意思，迟疑着向前找寻，问了楼下的保安，终于找到我要入住的酒店房间。

房间是典型的家庭式公寓的格局，面积不小，就是缺少温馨的感觉。洗漱后决定去附近的万达广场转转，顺便吃个饭。很佩服万达，在全国很多城市都有占地面积超大的万达广场，在武汉甚至有万达斥资打造的商业街，很牛。这里的万达并不比其他城市的万达生意好，只是非常宽敞，人走在里面像自由穿梭的鱼。

在酒店附近的一家小餐馆找到了可以吃的东西。在这个近乎中国最南端的城市，我依旧要了北方的特色牛肉面。一个人出来吃饭很难点餐，点菜呢，一个菜显得单调，两个菜又怕吃不完。看看其他桌上的客人很多都点一份米饭和一小罐汤。南方人爱喝汤，这我是知道的，一罐汤的价格在二十元上下,相当于北方的一盘菜。让我只吃米饭喝汤我有些不习惯,看了看菜单也只有牛肉面可以吃。牛肉面是用泡椒做的,我一边吃一边擤鼻涕,饭没吃完,纸巾已经摆满一桌,我由心感叹南方竟也有如此之辣的辣椒。

吃完饭直接回酒店休息。第二天去了《原乡》中提到的福州有名的景点三坊七巷。这里其实和其他各城市的古街没有太大不同,一条街,两排仿古建筑。吃了福州的特色小吃——七星鱼丸,参观了福建传统手工制品木雕、漆画博物馆,还有台湾的纸盒艺术馆,一个人优哉游哉地坐在福州星巴克里喝起了咖啡,一天的悠闲时光似乎从这一杯咖啡开始才真正进入状态。

下一站我的目的地是泉州。看过泉州的宣传片,总觉得那里能够体现地域特色的地方很多,也很神秘,是一个值得前往的城市。坐高铁到了泉州,又乘公交车来到网上预订的酒店。酒店房间比想象中好很多,装修得新颖、时尚,价格还很亲民。不得不说给我留的第一印象非常好,让我感觉到泉州是一座不错的城市。

第二天一早便去了离酒店两站远的关公庙,据说这里是泉州香火最旺的地方。来之前在网上做过功课,我知道泉州号称"泉南佛国""世界宗教博物馆",全城有道教、佛教、伊斯兰教、天主教、基督教、印度教等众多宗教。站在离关公庙几百米的地方向关公庙远远望去，发现庙门口早已人头攒动。进了庙门后的情景才真正让我慨叹不已，当时是早晨八点多钟，庙里已让信众们围得水泄不通，每人手里都举着成把的香，有的在排队等待行跪拜礼，有的站在关公像前默默祈祷，每个人脸上的表情都庄严肃穆。

出了关公庙，走不远就到了清净寺，清净寺是伊斯兰教圣地，寺内环境清新幽静，建筑多采用圆形穹顶、拱门、回廊等设计，颇具异域风情，如若能在寺里清清静静待上一整天，你一定会遇到真实的自己，来一场内心的交流与交锋。

出了清净寺又去了文庙，文庙是始建于唐朝的孔庙建筑群，历史悠久，里面设有文物陈列、泉州历史名人纪念馆等展览馆。从文庙出来，顺着涂门街转向中山路。中山路是我此行最想去的地方。"南国多雨天，骑楼可避风。"说的就是中山路，中山路浓缩南国建筑风格，中西合璧，极具艺术价值和文物价值。中山路还是我们国家仅有的、保存最完整的连排式骑楼建筑商业街。据说在第二届"中国十大历史文化名街区"评选中，中山路与无锡清名桥、重庆磁器口、北京烟袋斜街等一起获此殊荣。

走进中山路，马路两边分别矗立着连排的红砖白瓦像别墅一样的建筑，让人眼前一亮。一楼是一家家商铺，每天会有大量的人流涌到这个泉州的中心街区，逛街、购物，因此每家店铺看起来人气都很旺。

中山路西街走到头就看到了有名的开元寺。这座始建于唐代的古寺是弘一法师曾经修行的地方。我到那里时淅淅沥沥的小雨断了线的珠子般从天而降，本来想进去的，终是顾虑这大雨行走不便，于是撑伞久久站立在古寺对面，看着寺内宝塔的塔尖和参天古树，想象当年弘一法师在这里修行的情景，仿佛自己也去到了那个年代。坐公交车返回酒店的路上，目能所及之处皆是精致、干净、整洁的街景。涂门街一带没有高楼，但看起来却比一幢幢高楼更为温暖、惬意和舒心。泉州虽然不是一座很大的城市，却给我留下了非常难忘的印象。

第二天一早便按计划坐高铁到了莆田，根据网友在旅游攻略里讲的路线，坐上了通往文甲码头的公交车。一个多小时后就看到了长长的海岸线。下了公交车，没走多远就找到了开往湄洲岛的轮渡。上船后，我和其他急于看景的乘客一样，站在了客舱的外沿，离海面最近的地方。放眼望去，海域异常开阔，远处的蓝天白云，近处的海波摇曳，那景色不由得让人心旷神怡。一小时后就到了期待已久的湄洲岛，电瓶车主大声吆喝着招揽生意，我想既然来到这里还是应该慢慢地走，细细地品，于是放弃了坐电瓶车的打算。

拾级而上，远远看到高 14.35 米的妈祖像矗立在山顶，显得异常高大和神圣，神像下早已聚集了大批游客，瞻仰膜拜，拍照留念。欣赏完妈祖的雕塑造型继续向妈祖庙进发。到了那里才真正体会到闽南地区民众对妈祖的崇敬之情比想象中的更胜。湄洲岛被称为"东方麦加"，妈祖庙里的香火旺得让你难以想象。信众和游客里三层外三层将庙堂团团围住，本来想进到庙堂里边参观膜拜，但根本走不进去，只好站在庙堂外感受这浓浓的妈祖情结。据说每年的三月二十三妈祖诞辰和九月初九妈祖升天日，全世界二十多个国家的 2 亿妈祖信众都会到各地的妈祖庙前膜拜，中国其他地区 10 余万妈祖信众会来到湄洲岛的妈祖庙顶礼膜拜。

出了妈祖公园，我在路边坐上了去往鹅尾山神石园的公交车。听网友介绍说鹅尾山神石园可以亲密接触到海又可以欣赏到奇形怪状的巨石。对于我们北方人来说，对大海的感情是贪婪的，因为北方见不到海，所以格外珍惜与海的近距离接触。半个多小时后，公交车就到了湄洲岛最南端的鹅尾山神石园。由于路途遥远，到这里时只剩我和一对情侣一起下了车。

进了公园大门沿着水泥大道向山上走去，路的一边是形状各异、巍峨的巨型石头，另一边是一道崖，崖下就是一望无际的大海。一边走，一边听到海水撞击岩石不停地发出巨响，走到半山腰时，忍不住停下来通过崖边的瞭望口向下望，稍远处大海波涛起伏，一浪高过一浪，不停敲打岸边的岩石，汹涌澎湃。我曾傍晚坐在厦门的海滨大道边的石凳上看海，厦门的海是温柔与静谧的，几乎听不到海浪的声音，只在华灯初上时看到对岸流光闪烁的霓虹，整个人随着这沉静的气氛也马上安静下来。而这里的海是猛烈的，海浪跃跃欲试地向更高处冲去，一浪比一浪更高，似乎时刻提醒每一个路过这里的人不要忘记奋斗的脚步。

接着向山顶走去，风越来越大，不停发出"呜呜"的呼啸声，接近山顶时，风吹得人站都站不稳了，想到山边的亭子里避风，但站在里面才知道，这里的风头更劲，大风猛烈地向身体袭来，刮得人睁不开眼睛，也不敢张嘴，似乎要将整个人挟裹走一般。等风头稍过，再向远处望去，才发现这里其实风光无限好，大海一望无垠，无论你怎么努力都看不到边，你会深深地感到，人在海的面前显得多么渺小，多么无助，海的博大让我们自惭形秽，我们能做的唯有赞叹与欣赏。

下山时我选择了一条曲径通幽的路，这条路看起来很少有人走，路边乱草丛生，我因留恋这大海，走走停停，下到山底时，时间已不早了。

我急急地出了公园大门，坐上了返回文甲码头的公交车。到了文甲码头又倒了返回莆田的车。刚上车坐定，走过来一个皮肤黝黑的男子,问我身边的位置可以坐吗?我说可以。他便坐了下来。车发动后,不知怎么我们就聊了起来。

他问我是不是专门来拜妈祖的?

我说是来旅行的,早听说妈祖文化在闽南地区非常盛行,所以特地到湄洲岛来拜谒妈祖。

他说他也是。

他问我从什么地方来?我说西安。

他说他去过,他几乎走遍了全国大部分地方,一个人。

原来他也一个人在旅行,我心里像见到同盟战友一般,忽然觉得旁边的这个人没那么陌生了。

我问他是哪里人?他说,莆田。

"我去年刚从广西巴马县回来。"他说。

一听他去过巴马,我马上来了聊天的兴致。在电视上看过关于巴马的纪录片,那里不但是一个山清水秀适合养生的地方,还盛产养生的中药材,那是一个长寿之乡,很多人慕名到那里去休养生息。我问:"那里美吗?像电视中看到的一样美吗?"

他说是,他讲起巴马的山灵水秀,讲起那里的人,讲起那儿的中草药和泡脚文化。

很难想象这一番头头是道的言论是从一个穿着朴素,其貌不扬的人口里说出,我不由得对他刮目相看。

我问他是做什么工作的？他说老师，他在莆田一所中学当老师。

但我不是十分相信，现代社会早已让人和人之间的关系变得疏远，互相戒备。我们沉默了很久后，他讲起他买的泡脚药材，效果很好，他回到莆田后一直在用。我随意说等什么时候我去巴马也买些药材。他马上说他有老板的电话，他们一直保持联系，老板会定期邮寄药材给他，他说如果我需要就把老板电话给我。我觉得不妥婉言谢绝了，他拿出手机说要记下我的电话，如果再有合适的药材会介绍给我，我并没有留下我的电话。在不能确定他要我电话的真实目的前，我想我不该随意将电话号码报给别人。他见我为难，就说让我记下他的号码，如果以后需要用药材就打他电话，我拿出本子记下了。

车子很快到了莆田车站，我逃也似的下了车，那男子也跟在我身后下了车，为我指路，我客气地冲他笑笑，赶紧向前跑去。大概是看到我茫然的样子，他特意向我追过来，为我指引售票口的方向。我敷衍说好，然后一阵疾风般迅速跑出了他的视线。

说实话，他追过来为我指路的那一刻我心里充满了恐惧，我不知道在车上萍水相逢的这个男子他到底是做什么的？为什么对我如此热情？他会有什么居心吗？几天后当我回到家里，翻开本子无意中看到了男子的电话号码时，心里却生出一丝内疚，也许那天是我敏感过度。因为个别人的作恶多端已经让大多数人选择了不轻易相信任何人，这是保护自己最简易可行的办法，也许会伤到无辜的人，也只能这样了。

2015 年 3 月 28 日

5.20 真情表白

亲爱的妈妈，听说今天是网络情人节，我还小，不能胡乱向大哥哥们表白，但一直以来我都想对妈妈说"我爱你！"

虽然我也常常犯错误，惹得妈妈怒不可遏，虽然我常常在一个地方跌倒两回，好像很没有记性的样子，让妈妈不得不对我表现出恨铁不成钢的表情。虽然昨天早晨，我偷吃了妈妈刚给爸爸做好的早餐，因此挨了妈妈的一顿揍，虽然昨天夜里，我偷了哥哥课桌上的数学卷子，将其中的重要内容撕个粉碎，引得哥哥追逐斥责，但是我仍想说："我爱你们！"

我知道，再多走几步就到了妈妈指定的小便地点，但我仍愿意选择在客厅小便，那是因为，这个地方我太熟悉了，我来到妈妈家，第一回小便就在这里解决了，以后的二十多天里每天都在这里，我不明白，为什么从几天前开始，每回在这里小便后都要受到妈妈的斥责？难道妈妈您不爱我了吗？

我偷吃了妈妈做给爸爸的爱心早餐，那是因为，妈妈您忘了，您有多长时间没有给我准备过爱心早餐了？虽然我的主食越换越高级，但那毕竟缺滋少味，吃起来干涩难嚼，哪里有你们的早餐那么丰富多彩，那么浓香可口？我就不明白了，您为什么不给我吃你们吃的东西呢？难道您不爱我吗？

我深夜撕烂哥哥的数学卷子，是因为晚上我明明看到妈妈拿着这张卷子跟哥哥絮絮叨叨讲了半天，我想，一定是哥哥惹妈妈生气了！于是我趁夜深人静时，偷偷将这个惹妈妈生气的东西撕烂，我以为这样妈妈就不会再生气了，没想到，第二天一早，哥哥便拿着这张卷子冲我大呼小叫，还用拖鞋追打我，要不是妈妈拦着，可能那拖鞋底子早拍在我稚嫩的小身体上了！

妈妈，其实自从我走进你们家，我就把你们一家人当成了我的唯一，也就是全部！我在心里下决心一定要认真负责地做好我力所能及的每一件事情。比如，每天早晨五点多叫妈妈起来上厕所，六点多叫哥哥起床去上学，七点多，送哥哥出门，八点钟送爸爸出门上班，中午陪妈妈看风景，下午五点多迎接哥哥放学，七点多时陪哥哥娱乐，晚上九十点，甚至更晚，您和哥哥都熟睡后，我还要值班等待爸爸下班回家。

做这些事情时，我不能像你们那样用语言来表达，我只能用我的尾巴来回摇晃，使它来回敲打旁边的物体发出"嘭嘭"的响声，让你们听到。为了达到效果，我的尾巴每天不知要来回晃动多少回，有时晃得我头脑发涨，眼冒金星，但这些我都忍了，因为既然我是这个家中的一员，我就必须要做好分内的事情，要有责任感，不能每天游手好闲地东游西逛啊！

　　妈妈，您能理解我吗？作为一只狗，为了和你们人类友好相处，为了讨得你们的欢心，好让你们不嫌弃我，每天能按时供我吃喝，我最大限度做着自己的努力！

　　虽然在我身上仍存在一些小问题、小瑕疵，但请相信我，妈妈，早晚我会改掉的！现在我还是一只"小可爱"，等我长成威猛雄壮的"女汉子"时，我的那些小毛病一定会全都改掉，到那时，我每天威风凛凛地陪你们出去散步，保护你们，给你们提菜篮子，捡回你们掉落的东西，帮你们看家……我一定尽职尽责，绝不偷懒！

　　妈妈，请相信我！在5.20这个特殊的日子里，我向您表白：我真的爱您！

2014年5月20日

金美妞与小黑的爱情故事

我家妞妞全名"金美妞",是一条褐红色的金毛犬。在它出生50天的时候,我和儿子从宠物店抱回了它。记得那时它是其中最可爱的一个,当宠物店老板从铁笼里抓起它,将它放在地上时,它颤颤巍巍地摆动着圆鼓鼓的身体,似乎已经忘记了走路的本能。它那胖乎乎的小屁股走路时不停扭动的样子可爱极了。它用一种胆怯、探寻的眼神看着眼前的我们。我立刻就明白了,我们是有缘的,我和儿子当即决定带它回家。

转眼,妞妞来我家已近9个月的时间了,在这9个月里,它已经从一个蹒跚学步的"婴儿"成长为一个美丽彪悍的"大姑娘"。它的体重已经七十多斤,我们抱起它已觉得相当困难了,它现在是名副其实的胖美妞,儿子还经常开玩笑叫它"女汉子"。

正处于青春发育期的它有时会对自己身体产生的变化感到好奇,对不期而遇的异性更感觉到好奇和期待。"小黑"就是妞妞生命中出现的第一个让它感到好奇的异性。

小黑是经常出没于我们小区的一只流浪狗。它有着一身乌黑光亮的毛发，全身几乎没有一点杂色。它和妞妞一样是大型犬，样子有点像拉布拉多，但又不完全是，也许是拉布拉多和某种猎犬的后代。

可能是因为被主人遗弃的时间久了，它变得很怕人，见到人先是会远远地跑开，要是判断出你的确对它没有恶意，它才会试探性地向你靠近，但只要你有所动作，哪怕是很轻微的，它也会受惊似的逃开，我想它已经对人失去了信任。

可是不知从什么时候开始，小黑盯上了我家妞妞。连着几次当我带着妞妞从小黑活动的范围走过时，小黑都会远远地尾随在后边。妞妞卧在草坪上休息时，小黑也停下来卧在几米开外的地方，但眼睛一直偷偷地关注着我们。妞妞刚一起身，它立即起身跟在后面。有几次，小黑试探性地向我们靠近，但快接近我们时又惊慌失措地跑开了。妞妞好像明白了小黑的心意，每走上几十米或者拐过一个弯就停下来，卧在那里，看到小黑跟过来了，才起身继续走。很长一段时间，它们彼此没有任何交流，但却好像很懂对方。

有一次，当我带着妞妞来到一栋楼房前时，小黑终于忍不住冲到妞妞面前，但它不知该怎样去表达，就伸出一只爪子过去碰碰妞妞的爪子，见妞妞并不反感，它便大着胆子进一步靠近妞妞，然后探过头去舔妞妞的背，见我一靠近，它就马上跑开了。看我并没有阻止的意思，它又跑回来，静静地卧在妞妞的身边，卧上一会儿后，它又开始情不自禁地去舔妞妞的爪子。

妞妞似乎并不反感它，当小黑将头伸过来舔它的爪子时，妞妞也伸过头去舔它的，接下来小黑的胆子就更大了，它竟然大模大样地走过去舔妞妞的嘴巴，妞妞羞涩地把头转向一边，但小黑的动作却越来越粗鲁。有一刻，妞妞转过头看我，我不置可否，妞妞就无奈地任由小黑舔一小会儿。过了一会儿妞妞就失去耐心了，它扑过去假咬小黑几下，吓得小黑撒腿就跑，但也没跑太远，卧在远处的草坪关注着妞妞的一举一动。我带妞妞离开时，小黑往往会跟一段路，它们俩一个走，一个追，一个等，一个跟，跟到我家附近时，小黑在不经意间就消失不见了，妞妞发现后，起初还显出一丝失望的神情。

后来家人都发现了妞妞和小黑的"恋情"，每天带妞妞出去时，都会专程去看看小黑。每次走到小黑家附近时，我们就轻轻地唤几声"小黑"，只要小黑在家，它每次会在第一时间飞跑着出来见我们，一看到妞妞，就狂奔到它身边，没命地舔它，直到把妞妞舔到转身离开为止。

妞妞情绪不好的时候也会照常来到小黑的窝边，但却不理睬小黑，卧在窝边一块大石头上高高地昂起头，看着过往的车辆和行人，而每遇到这样的情况小黑往往会匍匐在它的石榴裙下,以无限谦卑的姿态关注着妞妞的一举一动,好像时刻等待着妞妞发号施令一般。

小黑从早到晚都生活在一栋单元楼前的绿篱中,那时天气已经很冷,再加上为彻底驱逐小区里的流浪狗,小区保安和绿化工想出了各种各样的办法,包括向绿篱里喷水。绿篱里的水经过零下几度的低温,会很快结冰,结了冰温度就更低了,这样一来,流浪狗只能换地方。它们会在傍晚前离开被喷了水的窝,到相对暖和的地方去休息,而到第二天接近中午时再回来。

小黑就是这样做的。当中午艳阳高照的时候往往是流浪狗们吃饱喝足出窝晒太阳的好时候。可即便在这样的时候,小黑慵懒地卧在地上,几乎就要进入梦乡时,只要看到妞妞的身影出现,它都会拖着疲倦的身体跑过来跟我们打招呼。妞妞是个贪吃的姑娘,它来到小黑家门前第一件事就是寻找能吃的东西,完全忽略了小黑的感受,见妞妞不理它,小黑又拖着疲惫的身体走回原地继续晒太阳。看到妞妞要离开,小黑再次跑过来靠近妞妞,但妞妞是一个高冷的"姑娘",它就是不理小黑,小黑也就知趣地离开了。这样来来回回好几次,连我都看不下去了,我强行拉走妞妞,好让小黑痛痛快快地晒太阳,美美地睡上一个下午。

这就是我家妞妞和小黑的爱情故事。如今我和儿子,以及妞爸爸都对这件事情讳莫如深。每天孩子放学后回到家的第一句话就问:"今天你们见到小黑没?"每晚妞爸爸带妞妞出去遛弯回来后,我和孩子会一起问:"见到小黑没?"要是听到的答案是肯定的,我们一家人的脸上就会立刻情不自禁地挂上笑容,如果答案是否定的,我们又往往会先叹上一口气,然后愁绪万千地自言自语:"唉,小黑是不是又被赶跑了?"

2015 年 1 月 5 日

育儿往事

我要孩子时的年纪比较轻,不到二十四岁,生下宝宝后,我妈、我婆婆轮番帮我带过。在孩子不到五个月的时候,因为产假即将休满,我就要回到几百公里外的采油队去上班了,所以狠心地给孩子断了奶。

为了断得彻底,我去医院打了断奶针,回来后就给孩子冲奶粉喝,孩子闭着眼睛,嘴里含着奶嘴,吮几口,感觉不对劲,就又吐出来。我只好强行把奶嘴再一次塞进宝宝嘴里,又吐出来,宝宝哭,我也哭。那一刻真想请长假在家带孩子,不想再去上班了。但是我明白不太现实,一个萝卜一个坑,你的岗位不可能总空在那里等着你,何况,野外的工作性质,有哪一个妈妈不是在孩子很小的时候就狠心给孩子断了奶,而远赴几百公里之外的大山中去上班的?我又为什么要例外。

渐渐地,宝宝终于适应了吃奶粉的生活,而我也奔赴前线去上班了。基本是五十到六十天轮休一次,便急匆匆地回家看孩子,可好容易和孩子混熟了,十天的假期也到了,又得走。临走的前一两天,看着孩子可爱的小脸，和孩子眼睛不时透出的不舍的目光，我的心碎了一地。有哪位妈妈愿意抛下幼小的孩子出去工作，但是我们的工作性质决定了与家人的分别成了常态。

终于在2003年年底，我便回到家想长时间与孩子相处。2004年新买的楼房装修完毕，空置了一段时间后，我就迫不及待地把孩子从他奶奶家接到我们身边自己带。那时孩子两岁八个月，最难带的阶段已经过去，把他放在房子中间的地上，两条小腿倒腾得特别快，没有他去不了的地方。

小区里唯一的幼儿园，据说条件不错，但还在建设中，我像别的妈妈一样，每天把孩子领出去，带到幼儿园围墙外的一方乐土去玩耍。但很快我就发现了问题，因为孩子从十个月开始到两岁八个月的时间里，都在农村奶奶家生活，现在突然来到了城市，环境的改变，周围人群的变化，多少让孩子有一种不适感。他很少主动去和身边的小伙伴玩，就是在别的小伙伴来找他玩时，他也显出一种不知所措的神情来，可在我和他爸爸面前却轻松自如。

那时我想，既然这样我就辛苦一些，带他去别处玩。离小区几公里之外有油田的另一个家属区，也就是位于尤家庄长庆油田总部的兴隆园小区。那个小区里健身器材和小朋友玩的东西特别齐全，所以我常带他到那里玩。有时去更远一些的地方，南门外有一个专为孩子搭建的儿童乐园，每次到那里玩，孩子都玩得特别开心。

后来不知什么时候，孩子迷上了坐公交车，而且是双层公交车。我们夫妻俩每周末一大早就陪着孩子坐双层公交车，开始了西安公交一日游。从城北到城南，从城东到城西，一段时间后，大的路标和建筑物孩子都能了然于胸，这对一个三四岁的孩子来说无疑是一个认识西安、了解西安的过程，可对我和他爸爸来说，有时却是苦不堪言。孩子不知是不习惯在饭馆吃饭，还是珍惜每一分每一秒看世界的机会，每当到了饭点要带他下车去吃饭时，他都坚决抵制，拼尽全力反抗，反抗的结果只能是我和他爸爸妥协。因此我们一家三口常常是日出而作，饿一整天，日落时分，饥肠辘辘、疲惫不堪地回到家里。对那段时间的印象太深了，我想这辈子我和他爸爸都不会忘记的，因为我们饿过，累过，也快乐过。

再后来孩子不知在怎样的机缘巧合下爱上了看火车，自他五六岁开始，我们一家人又踏上了看火车的征途。太华路、小北门，只要是在西安市内能看到火车驶过的地方，我们都去过。后来我跑烦了，就让他爸爸一个人带他去看。不管是被艳阳炙烤，还是淋着瓢泼大雨，没有什么困难能够浇灭孩子看火车的热情和他爸爸那颗为了孩子豁出去的心。

当然，仅仅是看火车怎么能满足孩子那颗好奇的心呢？自然是要坐在其中，与火车近距离接触才过瘾。为了让孩子坐上火车，我们排长队去买到宝鸡、渭南以及到西安周边各市县的火车票。坐上两三个小时的硬座，到了目的地，简单吃顿饭，在周围转一转，就得赶去火车站买返程的票。至今仍然记得在宝鸡火车站排队等车时，那个不大的候车室里，人挤人，人挨人，拥挤不堪的场景。

现在孩子已经十三岁了，他非常喜欢上地理课，对世界几大洲的分布，中国各个城市的地理位置、纬度、气候等熟记于心。尤其喜欢看地图，每次逛书店都要买一两本地图，现在已经集齐了全国各大省市的地图册，没事时就趴在床上认真地看，有时一看就是一两个小时。怕孩子会累，我常打断孩子，问他："那上面有什么好看的呀？不就是一些线路吗？你看那么长时间不累吗？"孩子说："不累，我觉得很有意思。"对于孩子的回答，我还是不能完全理解。当然，我想，这与他从小就喜欢坐公交、坐火车，用孩童那颗充满好奇的心去探索眼中的世界是分不开的。也许这一点是别人不那么容易理解的。

还有一个很深的记忆就是，孩子两岁多时，通过光碟学习的事情。我和孩子的爸爸都不是能说会道之人，坦白说就是嘴笨。我常看到别的小孩的妈妈常常会不停地唱着儿歌，手舞足蹈地和孩子做游戏，而我，不会说也不会唱，更不会跳，但这些缺憾并不妨碍我想去教育孩子的一颗心。

  我从书店里买来教育孩子的光碟,有教英语的、教数学的,还有教画画的。我把光碟放在光碟机里,每天让孩子看一两个小时,我原以为孩子会很抗拒,但没想到这种方式孩子很接受。碟片是以动画的形式教孩子,我发现,有时看过一小段,他会跑到碟机前,按"回放",重新回看前边放过的内容,有时那一小段让他来回放几遍,他似乎还是不厌其烦,我却早都烦了。我从开始的好言相劝到后来的大声呵斥:"你怎么回事,这一段不都看过好几遍了吗?赶快接着往下看!"他哪里肯听我的,依然我行我素。后来等他年龄又增长了几岁,我回忆起那时的情形,才知道,他那是在努力学习呢,对他还没有掌握的知识,他会反复看,直到掌握。这一点反映在他今后的学习中就可见一斑了,孩子上小学后,在学习方面有不懂的知识,他一般会积极主动地自己去把它弄懂,他很少让我们给他讲题,遇到不会做的题,他就坐在那里发狠地研究,我想这与他小时候的学习习惯不无关系。

2015 年 12 月 22 日

关于孩子二三事

（一）疯狂渭南行

今天很疯狂，本想去临潼爬骊山，但去火车站一查，已经没有去临潼的车次了，在儿子的一再要求下，只好改变行程坐上了开往渭南的火车，其实我和孩子爸爸都知道，儿子的目的并不是想去渭南，主要是想坐火车。

我们买的是无座票，但很幸运遇到两位好心人给我们挤出两个座位，才使得我们并没有受太多苦。到达渭南车站后，在我们的一再劝说下，儿子才同意与我们一同进餐，不然他执意要坐渭南返回西安的火车。买好返程票后连哄带骗将儿子"挟持"到了渭南市中心的一个休闲广场，没想到这个地方却给儿子带来了很多快乐。儿子在这里荡了秋千，坐了小火车，骑了马（假马）、开了吉普车（玩具），还飙了赛车，临走还买了2个"啪啪圈"，儿子开心地和我们手拉手，一直从广场走到了渭南火车站。

在返程的火车上儿子基本没怎么坐，一直站着看窗外驶过的火车。到站后，他爸爸有事要办就剩我和儿子两人回家，为了安全起见，我坚持要坐公交车。放了几天假又到了大学生们返校的高峰，公交车上人很多，我和儿子只好一直站着，一路上儿子都没喊累，快到家时，大学生们纷纷下了车，座位慢慢才空出来，我叫儿子过来坐下，看他还是没有倦意，我心疼地问道："站了一路累不累？"儿子这时才说："好累啊，我的脚后跟都疼。"我没说什么，但心疼的同时我也很欣慰，儿子渐渐在长大，面对困难，他用他小小的身体在尽力抵御，不是以前那个遇到一点问题就叫"妈妈"的小男孩了。

　　回到家，孩子姥爷得知他去了渭南后问他："你说渭南好，还是西安好啊？"儿子不假思索地说："渭南好。"到底是个孩子，今天在渭南玩得痛快就说渭南比西安好。不过渭南这座区级市真的还是不错的，路面干净，规划整齐，路面显得比较宽阔，就是火车站小了点，挤了点，别说还真有能和西安媲美的意思了。

　　这次渭南行感觉不错，比上次宝鸡之行感觉好很多，上次去宝鸡只是打车到市里，匆匆吃了顿饭又匆匆坐火车返回西安，这一次孩子玩了那么久，并且玩得很开心，我想，主要还是因为儿子长大了，变得越来越懂事了。

2008 年 9 月 15 日

（二）孩子的小手

今天，孩子的老师留了一个作业，给爸爸、妈妈洗脚。这个话题应该说不是一个新鲜的话题，因为前些日子电视广告中每天在放这段广告，记得那时每看一次，感动一次，但今天真轮到自己身上，却有一种别样的感受，似乎还有一丝丝期待吧。

晚上睡觉前，我端来一盆水对儿子说："今天妈妈给你洗脚，一会儿你再给妈妈洗脚好不好？"儿子爽快地答应了。我开始认真地给儿子洗起脚来，洗完又端来一盆水，坐下来对儿子说："现在你给妈妈洗脚吧。"只见儿子像要大干一番的样子，把袖子挽得高高的，蹲了下来，开始给我洗脚。孩子的小手软软的，挠得我痒痒的，每一个指缝，包括脚背孩子都撩上水认真地搓洗，看着孩子认真的样子，感受着孩子软绵绵的小手，我忽然有些不忍心了，我说："可以了，去洗手吧，等妈妈老了，你再给妈妈洗脚好不好？"孩子果断地回答："好！"这一刻，我觉得儿子好乖。虽然儿子有时很调皮，又爱丢三落四，每天给他文具盒里装四五支笔，回到家后就剩两三支，一问原因都说不知道，接二连三地发生这种事，让我很生气，但这一刻，我的气完全烟消云散了。孩子能这样认真地做事情，并且不嫌弃妈妈，说明孩子真的长大了，懂事了，有时感觉说千遍万遍孩子都不当回事的事情，现在想想，其实孩子是听进去了，只是还需要一个接受的过程吧，给孩子一些时间，相信孩子是会做好的。

最后我还想说，孩子有这样的成绩当然也是与老师苦口婆心的教育是分不开的，特别是一年级的孩子尤其不好管，我要由衷地说一声："谢谢老师！"

2009 年 2 月 26 日

（三）三个人在一起

儿子开口说话比较晚，记得三岁时还说不了完整的一句话，为此家里人还伤了不少脑筋。但是最近儿子却经常妙语连珠，常常逗得我开怀大笑。

那天晚饭，老公外面有饭局，我和儿子边吃边聊。儿子想起什么似的忽然问我："妈妈，你和爸爸也是在《我们约会吧》上认识的吧？"

我敷衍道："哦。"

"那你肯定看不上他吧，他戴着那么厚的眼镜，难看死了，那你怎么同意和他约会了呀？"儿子带着些许的疑惑稚嫩地问道。

我被他的话逗得前仰后合，笑个不停。

儿子仍不放过我，继续追问。

我继续敷衍道："当时都没有人选爸爸，我看他挺可怜的，就选了他。"

"那是女选男吧？"

"哦。"

"那你和他离婚，再重新选嘛。"

"那离婚了你怎么办呀？"

"我和妈妈在一起。"

"那你想要一个新爸爸吗？"

这时儿子却非常坚定地说："不要。"

第二天早晨儿子起床，我去给他找要换的衣服。

"妈妈，爸爸起来了吗？"

"没有，爸爸越来越不听话了。"

"那你要和他离婚吗？你说过的，不和他离婚。"儿子认真地说。

"你不是说爸爸、妈妈离婚后你和妈妈在一起吗？"

"不，我想我们三个人在一起。"

我有些欣慰，也有些感动，看来儿子在大是大非面前还是很有主见的嘛。

别看孩子平时看起来天真稚嫩，在重要问题面前他是绝不会让步的。所以不要小看孩子，他们的头脑有时简单到只知道吃饭、学习和玩耍，有时呢，又丰富到可以体会到大人的内心感受，甚至情绪变化，有时软弱到只知道哭鼻子，有时内心强大到像一个真正的男子汉！

　　因此不要去伤害孩子，很多事情他们虽然嘴上不说，但我想，当他们受伤后，一定比大人更痛彻心扉，因为他们对任何事物都不设防，因为他们毕竟是孩子！

2010 年 11 月 2 日

（四）东西比妈妈重要

　　晚饭后，我收拾客厅里的展示柜，一个木制的套娃忽然从柜子的最上面掉了下来，刚好砸在了我的鼻梁上，瞬间，感觉痛遍全身，我捂着脸站在那里一动不动。过了十秒钟，坐在沙发上的儿子虽然安静下来，但却始终没有走过来，问问我要不要紧，让我有些纳闷。

　　平时有个小病小痛，即便哼一声，儿子都会关心地跑过来问："妈妈，你病了？"可是今天是怎么了。我开始装着哭，儿子还是没过来，我又开始边哭边喊道："疼死我了，疼死我了！"儿子终于忍不住了，走过来扒开我的手说："怎么了，妈妈？"

　　"妈妈受伤了，你没看到吗？你怎么都不关心妈妈，你不爱妈妈了吗？"我孩子似的负气地说。

　　"我爱妈妈，我爱妈妈，可是……可是……"儿子这时有些语无伦次了。

"爱妈妈，那为什么现在才过来呢？"我有些不依不饶。

"我，我，我是在看掉在地上的东西摔坏了没有？"

听到儿子用稚嫩的声音战战兢兢地回答，我忽然哈哈哈大笑起来。

我假装生气道："是东西重要，还是妈妈重要啊？"

不知是故意还是什么，儿子竟然说："东西重要。"

"东西摔坏了可以买新的，可是妈妈却只有一个呀！"

这时儿子说："嗯，妈妈重要。"

我将儿子揽到怀里，开始给他讲一些家庭成员受伤时的急救常识。不知是不是怕我难过，儿子一直在说："妈妈抱着我，妈妈抱着我。"

我说："妈妈没事了，快去写作业吧。"儿子答应着跑进书房。

我想，孩子的心以大人的心态来感受，似乎真的比较难懂，也许那一刻，他真的觉着东西比妈妈更重要吧，东西摔碎了，在当时来说就没有了，而妈妈呢，会永远陪伴在他的身边，不离不弃，妈妈有了小伤小病，会疼一阵子但还会依然陪伴在他的身边，其实从另一个角度也反映了孩子对妈妈的依恋，为什么不能多理解孩子一些呢？也许在他幼小的心里正在责怪自己没有及时安慰妈妈呢！

2010 年 11 月 6 日

（五）香飘满屋

不知从什么时候起，我爱上了这种满屋飘香的生活。整个房间里满是鸡蛋、黄油、芝士、奶酪在烘焙过程中混合散发出的浓郁香味。有时我会陶醉在这种味道里不可自拔，每当这个时候我都觉着生活无比幸福，未来无比美好。

我忆起这种生活好像是从做一道糖醋里脊开始吧，自己感觉菜品的色香味似乎都不错，就发到朋友圈展示了一下，这一下不要紧，很多同事朋友都给我留言，夸我的有之，鼓励我的有之，还有朋友问我，你还有这本事，怎么以前都没发现呢。朋友的留言给了我很大的鼓励和信心，自此我便开始了每天做美食，秀美食的生活。

前一阵子，我的时间全部投入到新开的花店上，几乎无暇顾及孩子和家庭，孩子一度交给公公婆婆来带。孩子对我只顾着看店，抽不出时间来照顾他心存很大的不解和怨气，发展到后来，对我严重排斥，父母、公婆和老公都劝我回归家庭。家庭对于女人的意义我心里很清楚，但我没有想到儿子对我有如此之深的怨气，我深知怨恨的种子任其成长会变成仇恨，我怎会放任辛苦十月怀胎一朝分娩的孩子恨自己的妈妈？我再三考虑还是决定退出。

那天我照着菜谱做了一道至尊比萨，那是我第一次做比萨，面发得恰到好处，烘烤出来的色泽和味道都不错，但因为是第一次做，心里还是有些打鼓。当把刚刚烘烤出炉的比萨端到儿子面前，儿子随即用他狼吞虎咽极不雅观的吃相，迅速吃掉了三分之二的比萨，告诉我，他很喜欢我做的比萨。并且，第二天，儿子竟央求我为他做水果比萨，第三天又让我给他做海鲜比萨……几天后，儿子放学回家告诉我，老师说再吃比萨时让他给老师留一块，我问："你告诉老师了？"儿子自豪地说："对呀，很多同学都听到了，他们都羡慕死我了。"听儿子这样说，我仿佛瞬间被一阵电流击中，一丝暖暖的电波经过身体，流进我的心田，我顿时感觉浑身麻麻的，我知道，那是幸福的感觉。

现在儿子每天放学回到家，都会问我："妈妈，今天又做什么了？"孩子这样问，我听了很高兴，这说明孩子已经适应每天都充满变化的晚餐。最近儿子和我越来越亲了，有时头枕在我的腿上，拉着我的手，跟我说这说那，即便我冲他发了脾气，他不会像我开花店时那样跟我对峙，至多顶两句嘴，看我不作声了，就抬起头来看看我的脸，要是见我依然板着脸，他就用两只手抵在头上，大拇指抵着头，做牛角状，舌头一伸一缩，嘴里发出咕噜咕噜的声音，看得我直笑。他一看我笑了，以为万事大吉就又开始向我提他那些不合理的要求了。

记得不知是谁说过，未来的事情我们无法把握，我们能够把握的只有当下。所以何必自寻烦恼呢，何必自己制造好牢笼又心甘情愿地往里钻呢，只要过好当下，只要每天过得充实快乐，以积极的心态面对生活，即便暂时的不快也会被你击得粉碎。一帆风顺的生活是在梦里，一波三折的生活才是真实的，关键看我们怎样面对！

2013年4月8日

放学路上

（一）他

他背着一个超大的书包亦步亦趋地从我身边走过，看到他走路沉重的样子，我多留意了几眼。这是一个十多岁的男孩，一米七左右的个头，身体比较健壮，走起路来有些颠。随即我下意识地关注了一下他的腿，孩子的一只脚向里侧撇得很厉害，造成了他走路稍欠平衡，因此有些颠。

路上其他的男孩子都三五成群，勾肩搭背地往前走，只有他，一个人孤零零的，背着与他的身体状况极不相适的一个异常沉重的书包，他弓着腰，很努力地向前走着。现在初中生的书包真的很重，像我这样一个身材娇小的人背上儿子的书包，压得我背都直不起来。这么重的书包平常大多由儿子自己背，我也难得来接他一回，一方面，儿子很懂事，不让我接他，说他自己回家就行，另一方面，我这个妈妈，平时总显得很忙碌，儿子大概是怕影响到我，因此就给我放了假。

我一个人慢悠悠地往前走，儿子在我前边和同学一起走着。此时是下午五点多钟，卖力工作近一天的太阳，直到现在，能量丝毫都没有比早晨减少，反而散发出焦灼的让人难以忍受的热量，炙烤着整个大地。我一只手扇着从路边培训机构接过的塑料宣传扇，另一只手不时伸到脸上擦去额头滴下的汗珠。我用余光又一次看到了走在我左前方的跛脚男孩，他走得很艰难，他迈出每一步都比正常人用的时间要长，用的力量要大，但他走出去的每一步却显得异常坚定，没有迟疑，没有抱怨，只是径直向前走着。

看着前边像欢快的小鸟一样叽叽喳喳，依偎在替他们背着书包的父母或爷爷奶奶身边的孩子，再看看他，我的心一阵撕裂的痛。他始终一个人走着，没有人和他同行，因为他走得慢，孩子们又会有几个耐得下这种速度。一路上，他除了要忍受孤独，还要忍受不断向他投来的好奇、同情、猜忌的眼神，可他还只是一个孩子。

我们也都是为人父母的人，如果我们的孩子因为身体的残疾不得不小小年纪独自品味孤独，以及承受来自外界各种意图的眼光，我们的心里会怎么想，如果是我，我的心会流血吧。进了小区后，儿子告别他的同学，走过来和我会合，他已长成了小男子汉，没有哪个男子汉会承认自己懦弱无能，儿子自然也不例外。他从上四年级起就不让我去学校接他了,他独自背着一个超大的书包与同学们结伴一起回家,儿子一直是一个非常让我们省心的孩子。

儿子想从我肩上接过他的书包,被我拒绝了,我并非溺爱孩子的家长,但孩子的书包实在很重,没有哪一个家长会眼看着自己的孩子背负这样的重量。我想起儿子似乎曾经提过他们班有一位跛脚的男孩,就问他是不是这样,听了我描述的那个孩子的特征,儿子说应该就是他的同学。

我说那孩子挺可怜的,儿子疑惑地问:"为什么说他可怜?"我说:"他脚有残疾,还得背着一个大书包,你们都是四肢健全的孩子,还有家长帮你们背书包。"儿子说:"别人欺负他的时候,他都不保护自己,任别人欺负,不去守护自己的尊严,他一点都不可怜。"我说:"那是因为他脚有残疾,可能从小已经受多了别人的冷遇,渐渐变得麻木,变得自卑了,你们应该同情他、保护他而不是欺负他。"可儿子却说:"为什么要同情他?人和人是平等的,要自己去维护自己的尊严,别人才会去帮助你。"

乍一听,儿子说的似乎也有道理。这个世界上的人每天忙忙碌碌,很多人找不出一种心境和时间去同情别人,因为自顾不暇。显然,一个人想靠别人的同情去过好每一天是办不到的,唯有依靠自己,使自己具备抵御外界压力的心理素质,你才会立于不败之地。

可我又由不得去体谅这个孩子。我听儿子说过,他的这位同学曾在班里提起过自己的遭遇,说是因为一次手术伤到了神经才导致右脚的残疾。我听后心里更难过了,这实在不是孩子自己能够决定的事情,更非孩子所愿,可为什么要让他来承受这一切带来的后果?父母必定是他坚强的后盾,可出了家门呢?谁会像父母那样保护他、帮助他?他只能被动地选择因为自己的残疾带来的与其他同学不太一样的人生。而我们能做的就是关注他,在他需要的时候默默帮助他,以及不用异样的眼光去注视他。

(二)小吃摊主

放学路上除了家长和学生外,还有一道风景就是琳琅满目的小吃推车。几年没接送孩子,这条孩子上学的必经之路,对我来说已经有些陌生了。快走到学校门口时看到各种外形的小吃推车,仔细看,推车里的小吃可以说应有尽有:炸薯条、烤汉堡、菜夹馍、烤串、冰激凌、酸奶,甚至还有韩国寿司,小吃品种的繁多和齐全让我吃惊。

一个中年男人戴着一双塑料手套站在推车后精心地卷着手里的寿司,像是在加工一件艺术品,手边是他早已备好的红的、绿的、黑的、白的各种寿司配料,真是麻雀虽小,五脏俱全。再挨个向这些推车后面的人看过去,似乎每一个人都认真地做着手里的活计,有的正在搅动油锅里的薯条,有的在翻动烤好的馍,有的在切菜,有的在调汁……每个人看起来都异常忙碌的样子。

在感慨推车里的小吃品种之全的同时,我又暗自恨起这些小推车的主人,他们既没有经营许可证又没有健康证,就在这里大模大样地做起了生意,要是吃坏了孩子谁来负责,谁能负得起责?再者,他们经营的大多是油炸食品,锅里的油反复热,反复炸,其中的有害物质不知积累了多少?

我接到孩子后,和孩子一起从这些小吃摊前走过,我跟孩子多次说过不让他在这些小吃车上买东西吃,一是卫生问题,再就是怕他吃饱了,回家没胃口再吃我做好的饭菜,所以孩子从这些推车前经过时,脚步是坚定不移的,这一点让我很欣慰。我发现,有家长陪同的孩子大多对这些小吃推车只行注目礼,而那些没有家长陪同的孩子往往三五成群到这些小吃摊前,向摊贩手里塞钱买小吃,唯恐晚了一步小吃车老板不卖给他们一般。这个时候小吃车主人的脸上无一例外绽放出了学生们没走出校门前绝对见不到的笑容。不一会儿,小吃车旁围着的孩子们,手里拿着各种吃食满足地结伴向前走去。我暗自在心里骂道:你们这些黑心的老板就只能骗孩子的钱!

当我走过一个小吃摊时,我看到了一张女人的脸。她清澈、朴实的眼神告诉我,她的年龄不算大,三十岁上下,可她黝黑、粗糙的皮肤,眼角和额头密布的皱纹,完全扰乱了看到她的人的目光,你无法从她的脸上判断出她是二十,三十,还是四十岁,那是一张愁苦的脸。此时没有一个孩子在她的小吃推车前驻足,她用一种充满期待的眼神去看每一个从她的推车前经过的孩子。如若哪一个孩子此时在她的推车前站定,对她说:"阿姨,我买一个××。"我想她一定激动得想哭。我甚至都萌生了上前去买东西的冲动,但她也许发现有人在注视她,觉得尴尬,赶紧转身去忙碌了,我立刻打消了因为同情她而买她东西的念头。

此刻我真切体会到了其实行行都不容易,这些小吃车的主人,很多来买东西的人会称他们为"老板",但此老板却非彼老板。他们每天下午就来到这里占领有利地点,然后站在炎炎烈日下,汗流浃背地做着各种准备工作,迎接放学后学生们的到来。也许在第一个学生到来前,他们还在心里默默盘算,今天来买东西的学生会不会多?会比昨天赚得更多吗?也许在放学铃声敲响的那一刻,他们的心还在"怦怦"直跳呢,当学生们一个个从他们的推车前经过时,他们更是以目视上帝的眼神在看这些孩子。

仅仅过了一天，我就不再咬牙切齿地恨这些小吃摊主了，看得出他们不易。人要生存就得有生存下去的手段，做小吃生意就是他们生存的手段，他们一不偷，二不抢，靠自己的双手自食其力，应该受到尊重。当然，做餐饮生意，卫生条件和从业人员的健康是必须满足的条件，只有在此基础上做良心生意也才会被大众理解和接受。

2015 年 6 月 10 日

孩子的圣诞期待

今天是一年一度的圣诞节。国人对这一天的期待程度早已不亚于春节,尤其是年轻人,大概在一个月前就开始准备平安夜和圣诞节的节目了。

别的地方我不了解,西安这几年平安夜和圣诞节那天,年轻人早早就开始往市中心涌,最热闹的地段当数东大街到西大街这一段,再就是大学生聚居最多的小寨。由于平安夜那晚大批人群开始潮水般涌向市中心,交警系统对城市的马路也进行了管制,据说自下午五点起通往市中心的几趟主要公交线路都要关闭,地铁在市中心的几站都不停靠,以免造成交通瘫痪和道路拥堵。可是上有政策下有对策,为了防止交通瘫痪,年轻人便早早地聚集到城里去了。至于他们大批聚集到市中心去干什么,据我的观察,无非就是牵牵手、逛逛街,吃些小吃,男生在路边买一枝鲜花或者一个平安果送给女生,女生如获至宝般捧在手里,然后含情脉脉地走在男生身边。她们那种羞答答、美滋滋的表情不禁让人感叹:年轻真好!

而我们这些早已为人父母的中年人呢，我们自然不能只为自己活着，上有父母，下还有半大的孩子。父母那一辈人多是只看重春节的，像这种洋节日他们一般不过，但孩子就不同了。早在平安夜的前一天，孩子放学回到家，有意无意地说起：明天就是平安夜了，那口气中带着无限的欢喜，我故意说，我以为你早忘了呢，打算过一下吗？

"我还要等圣诞老人送我礼物呢！"快十四岁的人了，目光中充满着童真，脸上还是一股孩子气。

我不忍拆穿孩子，圣诞老人送礼物这个谎言我和他爸爸已经坚持十一年了。从他三岁上幼儿园起，每年圣诞节的晚上，我们都趁他睡着后，偷偷把事先准备好的礼物放在他的床头，第二天一早，他一睁眼睛就能看到礼物。有时是本子和笔，有时是画画用的颜料，有时是书，有时是他喜欢的玩具，这么多年礼物从没有重复过。

开始那几年他小，圣诞节的早晨，当孩子拿到礼物时，我就打趣说："看来圣诞老人昨晚真的来给你送礼物了！"然后我又故意情绪激动地说："你太幸运了！你看，全国那么多小朋友，圣诞老人偏偏选中了你，多不容易啊！"

每当我这样说时，孩子激动的心情溢于言表，激动之余，眨巴着那对大眼睛问我："妈妈，你说圣诞老人怎么进来的？你看到他的长相了吗？是不是长了白胡子？"

我说看到了，圣诞老人的确长着白胡子，穿一身红色的圣诞服，还戴着圣诞帽。

"那你怎么不叫醒我？我也想看看他！"孩子天真地问。

"我正准备叫你，结果圣诞老人竖起一根手指'嘘'了一声，让我不要说话，然后就从窗户飞走了。"

"唉，那真是太可惜了，明年你可一定要叫醒我！"

"行，明年一定叫醒你！"

然后第二年依旧没有叫醒他，我想让这美好的梦一直定格在孩子的脑海里，在他到一定年龄前都不要醒来，为什么要醒呢？童年本就是该做梦的年龄，何况爸爸妈妈就是他们现成的"圣诞老人"。

记得孩子上五六年级时的一个圣诞节前，孩子放学后，一家三口坐下来聊天，我说不知道今年圣诞节你还会不会收到圣诞老人的礼物？孩子说，会吧！但很快他表情暗淡下来，说："我听我们班有些同学说，圣诞老人都是假的，是爸爸妈妈扮演的！"我问："那你觉得是真的还是假的？"

"我也不知道，像真的，又像假的！"

孩子流露出一丝失落的神情，仿佛这么多年一直在吹着一个肥皂泡泡，并且越吹越大，像一座美丽的城堡了，如今却说坍塌就坍塌了，我这个当妈妈的怎么忍心让孩子的梦瞬间破碎。于是我说："怎么可能，礼物本来就是圣诞老人送的，怎么可能是爸爸妈妈送的，爸爸妈妈哪有时间出去买礼物呢？"

"哦！"孩子点着头，最终还是选择相信我的谎言。

去年圣诞节的早晨，孩子依然如愿收到了"圣诞老人"送的礼物，但他将信将疑地问我："你是不是在骗我呢，是不是趁我睡着了，把礼物放在我床头的？昨晚我看到了一个黑影从我床头闪过！"

是啊，我回忆起来了，前一晚孩子睡着后，我蹑手蹑脚地走进孩子房间，刚把礼物放在他的枕头边，可能是塑料包装纸响了一下，孩子翻了个身，我怕他惊醒后发现多年以来一直保守的秘密，魂儿差点都吓飞了，一动不敢动，定睛观察他的动静，最后发现虚惊一场，他只是翻了个身，很快又进入了梦乡。

一定是孩子隐约中感觉到了什么，所以疑惑地问我。这个谎已经说了十多年，我发现说谎的时间久了，谎言顺理成章就变成了真的似的，我竟脱口而出："没有的事，可能是圣诞老人给你送完礼物从窗户飞走时碰了一下窗帘，把你惊醒了，你看到了他的背影。"

孩子笑了，似乎又将信将疑。

今年圣诞节的前两天，孩子再次提起期待圣诞老人的礼物。我这才想起送给孩子的圣诞礼物还没有准备呢。

我故意说："不知道今年圣诞老人还会不会给你送礼物了？圣诞老人挺忙的，全世界那么多孩子都等着圣诞节收礼物呢，他能忙得过来吗？所以你做好心理准备，他要是送，说明你很幸运，要是不送，你就坦然接受这个现实，礼物由爸爸妈妈送给你！"

孩子已经十三岁了，我想让他从这个编织的美梦中慢慢醒来，接受现实。虽然现实对孩子来说很残酷，但现实才是真实的，真实的情况是"圣诞老人"是没有的，但礼物可以有，当然，这个送礼物的人多半会是爸爸妈妈。

昨晚是平安夜，我不想让孩子有一种想要什么就立马可以得到的感觉，加之今晚孩子还要进行英语月考，我怕他在收到礼物后兴奋得难以自持，影响考试的发挥，就没有把礼物放在他的床头。今早孩子起床第一反应就是抬头去看枕边，当发现什么都没有时，倒头又睡下了。我想他还是有点失望吧，于是赶紧提醒道："昨晚是平安夜，你不是说圣诞节的晚上才会收到礼物吗？也许明天就收到礼物了。"

孩子没吭声，躺了一会儿起来了。

今天是圣诞节，看来今晚我的重头戏就是选择好时间，前往他的枕边放礼物了！

孩子总是要长大的，梦终归是要醒的，至于什么时候醒，还是顺其自然吧，做父母的都想去保护孩子的梦可以一直做下去,这种保护的过程也许对孩子,对父母来说都是一种幸福。其实梦醒时分也没有那么残酷,礼物会有的,面包也会有的,即便没有,也可以努力去争取,父母永远是孩子爱的源泉,那爱厚重且绵长,生生不息。

2015 年圣诞节

一次面试

　　孩子上幼儿园后,我一下变得无事可做,觉得待在家里闲得发慌。老公鼓励我把"写作"这事重新拿起来,继续写下去。记得我在宁夏大学上学时看过陈染的一本书,书的扉页上有一句话,大意是"写作让我变得与众不同"。当时看到后就觉得这句话似乎也是我心里想说的话。

　　其实我是一个很没自信的人,但是在写作中,却能找到自信和快乐。当我全身心投入写作时,我感觉到的是充实,当我洋洋洒洒写完一篇文章,回过头来阅读时,有一种极大的满足感和自豪感。

　　当时我试着写了一篇短篇小说,发到某网站,大概第二天就通过审核发表了,看着自己写的东西能够在网上得以发表,并被许多读者读到,自豪之情溢于言表,高兴了好几天。但紧接着在写第二篇短篇的时候就感觉到,自己的生活经历还是显得有些单一,我意识到,再这样写下去,很快就会没有内容可写。于是我决定走出家门,先找份工作做,多接触一些人和事,等到了一定年龄,有了一定阅历再来写东西,才会言之有物。

起初我和老公每周末买回《华商报》,从周末招聘版上寻找工作机会。我们认真研读每一条招聘信息,连报纸最中间折页处小得不能再小的招聘广告都不放过。老公更是拿来纸笔,边圈边记,再与我一起分析,最后锁定两三家意向公司,一般都是离家较近的,然后前往应聘。

记得应聘的第一家是一家医药公司,前一天老公陪我先去踩好点,第二天我就单枪匹马赴会了。记忆最深的还是去一家物业公司应聘的经历。有一次,我听妹妹说可以在网上投简历,然后等待面试通知。从此我基本抛弃了报纸找工作的渠道,转到网上投递简历。大概投了两三家后,有一天忽然就接到了招聘单位的回复。那是省人才交流中心打来的电话,通知我在某月某日的几点前往省人才交流中心参加某公司组织的笔试。我自然是喜出望外,但没过一会儿心情又愁云密布了。

面试倒还好说,把自己收拾得精神一些,坐在那里与负责招聘的面试官聊几句,回答几个他们的提问,结果好与不好似乎也无大碍。可是笔试,这也太专业了吧!我应聘的是一个行政秘书的岗位,可是当时我对秘书的工作职责却一无所知,公文更是没写过。那时也没想到去书店买本相关的书来看看,就稀里糊涂地上了考场。当然也是绞尽脑汁,竭尽自己所知将卷子答得满满的。我记得那是比一间教室还要大的一个房间，里面坐满了参加考试的人员，有三个监考老师在其间不停穿梭，考场里的气氛让人有点喘不过气来。答完题，我怀着忐忑不安的心情交了答卷。意外的是，几天后我接到了通知我复试的电话。当放下电话的第一感觉自然是小兴奋和小激动，我在心里不无自豪地说，看来我还是有点战斗力的。激动过后很快又开始发愁。复试，就连初试都那么困难，更别说复试，我了解的有多少？拿什么去参加考试？冷静下来后再想想，就当见见世面，何况那公司离家也不近，去不了也没什么大不了的。这样想来自然坦然许多。

　　复试那天，我准时到达通知的地点。我去时会议室里已坐了几位美女在等待，我找了一个较偏的位置坐定，之后又陆续进来不少人。我用眼睛的余光扫视了一圈，有二三十人之多，无一不是精致的着装，精美的妆容，当然除我之外。我开始后悔，自己有些轻视这场复试了，毕竟从笔试到复试已经前进了一个阶段，何不争取最后的成功呢？我低头看看自己的着装，朴素得与街头闲聊的大妈相差无几。此时说什么都晚了，只有既来之则安之。

　　一位中等个头，身材偏胖的中年男子招呼大家坐定后就出去了，随后进来的是某某公司办公室主任的中年男子，身边还跟着一位干练的中年女士。三人在我们一群人对面坐定后就让大家做自我介绍。

"您好,我叫某某某,今年二十四岁,曾在××路××营业厅工作过两年。"一个女孩利索地说道。我特意朝说话的女孩看了看,女孩看起来很年轻,长相俊美,脑后整齐地盘起一个大的发髻,穿一身干净利落的职业装。

"你在××营业厅工作过?那儿是我们公司的合作营业厅,你在那儿工作过两年?工作经验应该不会缺乏!"坐在应聘女孩对面的办公室主任问道。

"工作经验应该没有问题,这两年时间里我接触到的工作内容非常广泛……"女孩开始侃侃而谈。

"好,下一位!"

"大家好,我叫某某,今年二十五岁,毕业于东北某某大学,人力资源管理专业。对应聘的职位虽然没有过多的工作经验,但我系统地学习人力资源管理专业四年,有比较完善的专业知识,在校期间多久参加社会实践活动,应该说我对应聘的职位并不陌生,而且有信心可以胜任此项工作。"

当女孩报出东北某某大学的名字后,我的头不由自主地像弹簧一样"嘭"地弹了起来。东北某某大学,是一所比较著名的大学,这我还是知道的。我的目光开始仔细品鉴站在我侧前方正在说话的女孩:一副非常干练和自信的表情,脑后一根短短的马尾,未施脂粉的脸庞,素雅的穿着，看起来虽然尚未完全脱离学生气，但站在那里无形中有一种强大的气场。我意识到这是一个非常厉害的竞争对手，同时在前边两位应聘者介绍完自己后，我已经意识到自己基本没什么戏了。高挑的身材，没有，漂亮的脸蛋，没有，重点大学的学习背景，没有，就连应聘岗位的从业经历，也没有，鬼晓得我为什么会来参加这场面试会。

当轮到我介绍时，我基本已经自信全无，我简单说了自己叫什么名字，在某大型国企人事部门工作过。其实我撒谎了。为了契合自己的应聘岗位，我只能违心地对自己的简历做一番美化。我虽然在某大型国企工作过，但并不是从事人事工作，只是刚来到西安时应聘在一家小公司做了一段时间的人事部文员，移花接木，就变成了在某大型国企人事部门工作过。

当我说了这段话后，本想打发了事，没有想到坐在对面的唯一女性面试官对我的这段自我介绍产生了兴趣，她反复问我："你从事人事工作，主要做些什么？"我就将做人事部文员时所做的工作，什么人员招聘啦、办理离职手续啦，每月做工资表等工作内容说了出来。谎言就是谎言，它永远经不起推敲，但那天那位女士不知是给我面子，没有戳穿，还是真的相信了，随后她又提了两三个问题，而主考官，那位主任甚至没有抬起头看我一眼就草草说道："下一个！"

等所有面试人员介绍完自己后,面试官开始随意向大家提问,知道的就随口答出。我的工作经验有限,知之甚少,当然也没什么抢答的机会,至于表现自己就更谈不上了,能将整场招聘会撑到结束已属艰难。

招聘会终于结束了,回家的路上,心里并非完全没有涟漪,说没希望吧,面试官毕竟多问了我两个问题,说有希望吧,从那么多优秀的应聘者中脱颖而出,仿佛也是天方夜谭。

心存忐忑地等了一个礼拜,仍无半点音信,我想应该已是尘埃落定了,心里慢慢归到了原点,开始考察新的公司,重新投递简历。这一次倒是学聪明了,趁着等待面试通知抓紧上商场逛逛,为自己添置一身示人的行头。

那天正在逛商场,刚将一身职业装穿在身上,就接到一个电话,电话里传来一个中年男子的声音。问我目前找到工作没有,如果没有让我马上赶到××地方参加新一轮的面试。

我的天,马上?现在已是下午三点多钟,有这个点还通知面试的吗?无奈,谁让咱需要一份工作呢?何况办公室的文职人员对我来说未尝不是最好的选择。本能的反应是抓紧时间换回自己衣服赶去参加面试。正在这时无意中瞥见镜中的自己,干练的短发,白色简约的束腰短袖衬衣,黑色笔挺的长裤,这岂不是参加面试最理想的装束？连我自己都对自己今天的一身装扮有些陶醉。于是匆匆前往柜台结了账，让服务员帮我把原来的衣服包起来，便穿着新买的一身行头匆匆赶去面试了。

还是那位身材偏胖的中年男子接待了我，他简单问了我几个问题，就把我带到了那天招聘会的主考官，××主任的办公室。这一次那位主任似乎多了几分人情味，我在他的脸上看到了若隐若现的笑意。他问我都写过什么？我想了想说，写得最多的大概是通讯报道。本来嘛，过去在采油队上班时，除了通讯报道我似乎也接触不到别的文体了。他问我写通讯报道有什么要素？我并非科班出身，只能凭印象简单答上几个。当时还说了什么？我已记不太清了，只记得那天××主任围绕通讯报道的话题问了我不少的问题。

结束时，××主任叫来那位身材偏胖的男子，要他尽快安排我上班。两天后就接到了偏胖男子的电话，让我下周一正式上班。

这一次参加面试，说来我算是大获全胜，可是为什么是我？答案我也想不出个究竟。这一次，我们一起参加笔试、面试的人里有四位女孩同时被录用。后来我们几人下班路上聊起应聘的过程时，才知道，我现在的岗位上原本定的是另一位女孩，那个女孩从事过多年的行政文秘工作，特别能写，但在参加第二次面试时，在谈到薪资问题时，女孩嫌工资低，达不到她预期的收入水平，于是放弃了，公司这才想到了我。

上班一个月后，谜底终于揭开，我原来是替补上场。没关系，我不嫌工资低，也不嫌工作辛苦，要知道，我是怎样从那大山深处走出来的。那种孤独无助的记忆深深地刻在我大脑的每一个细胞里，永远都不会忘记。那时，身处大山深处的我每日梦想着，如果有朝一日从这里出去了，只要能找到一份糊口的工作，不管工作有多累，不管薪资多微薄，我都甘愿，起码我见到了大山以外的世界，因此当时得到那份工作时，我非常满足。

2015 年 12 月 28 日

拉面西施

几年前,我在南大街粉巷的一家地产公司上班。中午公司有工作餐,但每天中午吃相同口味的饭菜难免有些肠胃疲劳。就在我开始在心里琢磨新的就餐之路时,销售部的明提出了建议,说带我们去公司对面一家面馆换换口味。

一听是面馆,我的第一反应是有些失望,作为一个北方人,我很惭愧,对面食既没有过多的喜爱,亦没有过深的研究。明看出我怀疑的表情,便说,这次带你们去的这家面馆与众不同,我敢保证,你们去了还想再去。看到明脸上神秘兮兮的样子,我同意和他走一趟,我就不信,这面还能吃出个花来不成。

明带着我和慧下了公司大楼,我们边走边聊,很快来到了马路对面。我和慧低头聊天时,明冷不丁地说:"抬头!"我猛地一抬头就看到了玻璃房中的女子。起初脑子有点蒙,不明白怎么突然眼前就出现了一座玻璃房子,而且房子里还有一个大活人。等我慢慢回过神来,才发现,原来玻璃房子里站着的可是一位大美女。眼前的女子皮肤白皙至极，我看看她，再看看我被太阳晒得黝黑的胳膊，羡慕之情油然而生。她将发髻高高地盘于头顶，粉白如雪的脸庞上嵌着一双明亮的大眼睛，嘴唇上涂了艳红色的口红，显得嘴唇饱满有形。只见女子利索地揉着一大团面团，那娴熟的手法任谁都不会想到这是出自一位妩媚的妙龄女子之手，更像是一位健壮的男子所为。

正看得入神，明说："走啦，进去慢慢看吧，肚子都饿扁了！"我跟着明和慧走进了面馆。进去后发现，这里装修得极朴素，桌椅是简易的木质桌椅。坐定后我再次把目光投向正在和面的妙龄女子。原来女子所在的玻璃房只在她前边和左右各放置了三块落地玻璃，而她的身后被一个大布帘将她与就餐区域隔开，我们坐在餐馆里是完全看不到她的。这位美艳绝伦的女子就待在只能容纳她一人的玻璃房里不断上下翻飞着她手里的面团，而路过这里的行人都忍不住将目光投过来，甚至驻足观赏，像极了电影里的画面，太美了。

"早知道坐在里边看不到，还不如在外边多待会儿！"我不无遗憾地说。

"去去去，那你再出去看看！"明故意打趣说。

"你们说她皮肤怎么会那么白？"我一脸羡慕地问。

"那你没看人家是干吗的？"明眼睛向上一挑，邪魅地笑了一下。

我和慧被明的话逗得大笑。慧笑说："有可能啊，她一定是和面时有意无意地把面粉沾到了脸上！"

"何止是沾？你们洗脸用洗面奶，人家直接用面，你们还得花钱买化妆品往脸上涂，人家这些钱都省了。"

"你太损了吧！"

三个人同时笑喷。

明拿过点餐单让我和慧点，我拿起点餐单看了看，发现这里每种面的价格都比其他面馆低一些。再抬头看看来这里吃饭的人，都是着装极为朴素之人，有在附近工地做活的民工，也有像我们这样的公司职员。正值饭点，此时饭馆里不断涌进用餐的人。

我自言自语道："怪不得来这儿吃饭的人这么多，物美价廉，老板娘又能干又漂亮！"

"这你都看出来了？"明又犯贫。

"那是，我这火眼金睛可不是白长的！"

不一会儿我们三人的面也端上来了，我尝了一口，味道鲜美，碗里的干拌臊子每样都切成大小均匀的小方丁，显得极为精致。可我的心思此刻却怎么都集中不到面里，眼睛仍不听使唤地盯着老板娘所在的区域。看着看着，我不禁为老板娘担起心来，这家饭馆每天得进来多少人吃饭啊，我们坐的这一会儿工夫食客络绎不绝，老板娘那柔弱的小身段能坚持下来吗？

趁一个小伙计拉开布帘取东西时，我又偷偷瞄了一眼老板娘。一块面团已被她拉长,在她两手间上下翻转,那娴熟优雅的样子不像在干活而像一场以面为主题的舞蹈。将手里的面拉好,放到案板上,这时老板娘似乎感到有些累了,慢慢抬起一只手,用手背轻轻擦了擦额头上的汗珠,休息片刻,又立刻进入了新一轮的"舞蹈"。

"日复一日,你们说一个女人干吗要这么累啊?"我不无感慨地问。

"女人?不是你们这些女人成天嚷嚷着要男女平等嘛,怎么这么快就变成了女人干吗要这么累?"明挑着眉说。

"生活所迫吧!"慧说道。

"那她完全可以让伙计和面、擀面,干这些重活,当老板的收收钱就好啦。"我随口说。

明放下筷子,眨巴了一下眼睛,故作神秘道:"让伙计和面?你知道每天有多少客人是冲着……"然后将嘴向玻璃房子的方向努了努,小声说:"来的?"接着一阵诡秘的笑声。

慧一巴掌拍在明的胳膊上,笑着说,"哎呀,你真是太坏了!"

三个人狂笑不止。

明说:"你们要是觉得老板辛苦,常来照顾人家生意不就得了?"

"那是自然,不为别的,只为一睹美人风采!"我说,眼睛又不受控制地向玻璃房子瞄去。

"看你这人,一看就是见色忘义之人!"

"谁说的,分明是见色起意之人嘛!"

哈哈哈哈……

三人结完账,笑着走出面馆。

后来去了离南大街比较远的一家公司上班,那家面馆就很多年没有再去过了,不知道那家面馆是否还在?老板娘一定还是那么美艳动人吧?拉面西施,记得这个名字还是当年我为她取的呢!

2015 年 12 月 30 日

不二情书

今天阴差阳错，本来是要去看《百鸟朝凤》的，却因为播放时间有些晚而选择了《北京遇上西雅图之不二情书》，去之前其实对这部电影不是非常有信心。一直喜欢汤唯率真的表演风格，她的《黄金时代》和《北京遇上西雅图》都看过，非常喜欢，只是再拍续集担心会无看点。之前在豆瓣看过评论，对这部剧各种吐槽，比如剧情不真实，比如两位主角矫情，比如对《查令十字街84号》的亵渎……但是当我真正走进影院看到这部电影，还是被电影中充沛的感情、数段让人感动的剧情以及经典的台词深深地吸引了。

我想说的是电影和电视剧本来就是虚构的艺术作品，为什么又要在意它虚构的是真实还是夸张？对我来说，看电影和看文学作品一样，只要感觉对了，换句通俗点的话来讲就是，只要觉得是自己的菜，那就是好电影。我自己也在写故事，故事就是故事，它不是事实，我们只能要求它尽可能接近真实，但并不能苛求作者或编剧把假的写得与真的一模一样。

至于说男女主人公的矫情,我觉得这都不是问题。女孩子在那个年龄段大概都会有一点点矫情的,何况汤唯扮演的女主的矫情是美的,率真中带着一点小女孩的任性,这无疑是可爱的,如果只有率真没有矫情,想象一下,那或许是个男人婆的形象,也就不可爱了。影视剧本来是要向大众宣扬真、善、美的社会风气,如果一味地追求人性的真实,把人类伪善的一面毫不留情地揭露出来,让狰狞丑陋的面目显露无遗,观众看了也未必领情,太真实了,有时反而让人接受不了。

再说是不是对《查令十字街84号》的亵渎,我认为经典是可以重现的,我觉得某一剧情写得好,令人感动为什么不可以重现呢?何况是很多年前的经典,就更有必要重现,让更多的人去了解它和它背后的故事,不是一件好事吗?在《查令十字街84号》中,女作家海莲与书店经理法兰克20年的通信,柏拉图式的爱情,最终在海莲有了经济能力去见法兰克时,法兰克却已因病离开了人世,有情人终未成眷属。而这部电影中男主、女主在一年多的时间里因这部书发生交集,继而书信往来,终于有情人终成眷属,让当初那个不太圆满的故事变得圆满了,这是大部分中国观众喜欢看到的结局,何乐而不为呢?

很喜欢剧中推崇的慢节奏生活,"从前车马很慢,书信很远，一生只够爱一个人。""我无数次地幻想，我们有一天也能那么亲密地散步、聊天，甚至亲吻。"众所周知，中国经济水平提高了，但是不管是富人还是穷人，每天为了挣钱奔波忙碌，很少有人能够抽出一下午时间，坐下来静静地喝上一杯茶，看上一本书，聊聊诗词，谈谈歌赋。其实许多人早已脱离贫困，并非缺钱，而是为了生活得更好，不断奔波劳顿，忙忙碌碌过完每一天，钱虽挣了，但很少感受到幸福。

真正让人羡慕的却是那对老夫妻，丈夫86岁，妻子80岁，丈夫性格倔强，好逞强，而妻子温柔贤惠肯让步，丈夫说，你一生胆子小，我希望你走在我前边，这样我会送你走，你等着我，我随后就来！最后还是丈夫先走了，妻子遵从他的愿望将他的骨灰带回家，男主问："你把房子卖了，家就没了。"奶奶说："人在哪，家就在哪！"男主又问："那人没了呢？"奶奶拉起男主的手，放在她心的位置，男主终于悟过来了："家在心里？"奶奶点点头。不知看到这里，有多少人泪奔，反正我从电影开始到结束哭得稀里哗啦，感动得一塌糊涂。有观众评论说，20世纪90年代还用写信的方式显得剧情虚假，我却觉得，写信这种方式在物欲横流、生活节奏飞快的今天本来就让人感动，单单这种交流方式就能让人产生极大的共鸣，更别说交流的内容，经典台词比比皆是！

总之美好的就是美好的,是经得起观众推敲的,只是对豆瓣 6.4 分的评分觉得匪夷所思,本人以为至少应评 9 分以上,这部电影是多年来看到的为数不多的良心制作之一。

2016 年 5 月 15 日

匠人精神
——观《百鸟朝凤》有感

　　这几日媒体似乎很关注《百鸟朝凤》这部电影，在网上看到导演跪求排片的报道，当时心想，不就为了多排几场片吗？用得着采取下跪的方式吗？不过随后很快就证明自己的想法过于简单了。当前往奥斯卡影院观影时才发现，全天只排了早晨 10:00 这一场观影时间，心中竟有些义愤填膺，分别在自己发小说的网站和所加的几个聊天群里发送了放映《百鸟朝凤》的影讯，希望大家能去观影。

　　我发送影讯是受了导演跪求排片报道的影响，不禁好奇到底是怎样一位制片人会如此有诚意。我上网了解对方到底是个怎样的人，这一了解才知道，这部片子的导演吴天明老师原来是陕西三原人，算是陕西老乡，更重要的是吴天明老师是位德艺双馨的导演，《百鸟朝凤》这部作品是吴天明老师的遗作，倾注了吴天明老师很多心血，获得了众多好评。这些都坚定了我一定要去影院一睹为快的决心。

昨天下午，我终于得以观看了这部电影。非常朴实的一部电影，但意义却非常深刻。电影中的唢呐匠不正象征着我们今天的中国千千万万的匠人吗？电影中焦三爷，以及后来成为游家班班主的游天明的无奈不正是千千万万匠人师傅的无奈吗？感动之余不禁唏嘘不已。中国目前正处于转型期的重要进程中，从农业社会过渡到工业社会，毋庸置疑，中国的这个过渡时期是比较快的，无论是国家，还是民众的钱袋子都迅速鼓起来了。中国再也不是那个任由其他列强任意为之的国度，但是其中一个弊端却是一些传统的技艺，包括传统的艺术、传统的手工业正在慢慢走向消亡，传统艺术表演人及手工业者正在默默地转行。

那天无意中在凤凰卫视中文台看到一档关于"匠人精神"的访谈节目，本来我以为"匠人"这个词离我目前的生活比较远，但仅仅看了几分钟，就被嘉宾们讲述的"匠人精神"深深吸引了。何谓"匠人精神"？我理解的"匠人精神"是用文火慢炖做工的一种精神，过程一定是慢的，但却是精益求精，一丝不苟的，结果一定是优质、自然、返璞归真的，它包含了制作者的创意、精心的制作，包含了制作者对所制作产品的爱并享受其中的过程，它已经不单单是一件产品，它早已变成了一件艺术品。

就像过去的裁缝店，裁缝一件一件手工做衣服，针脚一定是看得到的，虽然有时不完全均匀，但它传递出的是一种自然的美，做一件衣服可能得用两三天，甚至更长的时间，但花费了工夫做出的衣服，无论从质量上还是样式上都是他人无法复制的，每位裁缝就是自己所做服装的设计师和品牌代言人，他会对他的作品负责。而在工业发达的今天，制衣厂比比皆是，家家做出的衣服大同小异，品牌却千奇百怪，让购买者无从下手。

在今天的法国和意大利，手工制作服装的百年老店依然不少。意大利国家服装设计制作师协会主席说："手工制作是意大利，最高档次的服装制作工艺。"在意大利具有手工制作工艺的服装品牌最受人们欢迎，而这样的服装品牌在意大利有很多。这些独具个性的裁缝店，一般都没有什么"规模"，大多一个门面只有五六个工人，而为其配套的小店则比比皆是。有工艺精湛的扣眼儿坊，有领子做得相当好的领子坊，袖子上得特别好的袖子坊，等等，总之，各具特色，精益求精。

今天的日本，百年老店也是随处可见。寿司之神小野二郎，一家几代人做寿司。日本刀大阪月山派掌门二代目月山贞一，一家几代人锻造刀具。还有一家几代人设计制作陶罐的，为了制作好陶罐，家人甚至不敢把厂址选择在熙攘的小镇，而选择祖辈居住的安静怡人的大山底下。酱油是我们日常生活必不可少的调味品，日本的山本酱油，一家几代人沿用木桶技术酿造酱油。

盛唐时期，日本派出许多遣唐使来到中国学习中国各行各业的先进技艺。

李宗盛有一段话写得很美，它反映的也正是慢工出细活的"匠人精神"：

人生很多事急不得

你得等它自己熟

我二十出头入行

三十年写了不到三百首歌

当然算是量少的

我想一个人有多少天分

跟出什么样的作品

并无太大的关联

天分我还是有的

我有能耐住性子的天分

人不能孤独地活着

之所以有作品

是为了沟通

透过作品告诉人家

心里的想法

眼中看世界的样子

所在意的

所珍惜的

所以作品就是自己

所以精工制作的物件

最珍贵不能代替的

就只有一个字"人"

人有情怀 有信念 有态度

所以没有理所当然

就是要在各种变数可能之中

仍然做到最好

世界再嘈杂

匠人的内心 绝对是安静的

面对大自然的素材

你得先成就它 它才可能成就我

我知道手工人 往往意味着固执 缓慢 少量 劳作

但是这些背后所隐含的是 专注 技艺

对完美的追求

所以我们宁愿这样做

也必须这样 也一直这样

为什么

我们要保留我们最珍贵的 最引以为傲的

一辈子总是还得让一些善意执念推送往前

我们因此能愿意去听从内心的安排

专注做点东西

至少对得起光阴岁月

其他的就留给时间去说吧

再回到《百鸟朝凤》这部电影，传统技艺唢呐在面临西洋管乐传入村子后，受欢迎的程度越来越低，唢呐艺人的地位也越来越低，收入就更不用说，以至于最后唢呐班分崩离析，成员纷纷到城里打工挣钱。焦三爷一生吹唢呐，但到老还是布衣寒食，依然需要下田辛苦劳作，最后一次吹《百鸟朝凤》成了他的啼血绝唱。

这就像这部电影的导演吴天明老师，他已有了《人生》《老井》等广为人知的大作，但为了创作《百鸟朝凤》，他以七十多岁的高龄仍与主创人员和演员一起下乡体验生活，而且要求演员一到剧组就穿上角色服装，下田学割麦，跟唢呐指导学吹唢呐，在阳光下晒黑皮肤，举手投足要像自己扮演的角色。在看多了追求时尚的商业大片后，看到《百鸟朝凤》这样质朴而又意义深刻的影片，对我们每一个人的灵魂不可不说是一次净化和洗礼。

2016 年 5 月 17 日

那年那月

我这个人惯于趁热打铁,这不,今天发微信朋友圈小小地怀了一下旧吗,过去的一幕幕就不受控制地向我的大脑一一冲击而来,回忆的闸门一旦打开,那就只有开闸泄洪了。

从哪儿说起呢,就从五年的采油生活说起吧。刚去采油队那会儿我二十一岁,听听,多好的年龄,现在想起来都觉得有点亦真亦幻的感觉,原来我也二十出头过。我被分配到了离作业区最近的井场,从作业区的院子出去就是一座山,山很大也很陡,上了山,山顶就是我们井场。我刚到井场时不知道该干些什么,也什么都不会干。井场原来有两名女职工,一位在我去了后就倒班回家休息了,还有一位,她比我大两岁,比我早到我们这个作业区两年,应该算是我师傅了。她人很好,心直口快,总是穿着一身干净的红工装,每天早晨带着我到井口干活,从不偷懒。她干起活来也麻利得很,一点都不怕出力,干完活,到了晚上她就把沾了原油的工装换下来用汽油洗得干干净净,晾干了,第二天再穿。每当她下山去作业区的时候就像完全换了个人，穿着时髦，你根本认不出来，你很难想象每天在又脏又累的环境中忙进忙出的人和眼前穿着时尚的她是一个人。她还有一个绝技就是特别能"谝"，山里山外，天上地下，国内国外，男人女人，没有她不知道的，没有她说不上来的，也没有她不敢说的。所以，只要我们井场有事报修，维修的师傅没有不愿意来的，而且来了没有主动愿意走的，都想赖在我们井场听"师傅"胡谝。

有一次，我来井场两三个星期后吧，傍晚我和"师傅"还有另外一个女同志正在厨房做饭，来了三个男同志，远远喊师傅的名字，"师傅"和那位女同志就从厨房出去了，看到那三位男同志就像见到老熟人似的，几个人说说笑笑一起走进了隔壁的卧室兼值班房。本来"师傅"正在给我传授煎馒头的做法，她去隔壁和客人聊天后，就留下我在厨房，我按照"师傅"说的方法把剩余的馒头全部煎好。只听隔壁房间一会儿说一会儿笑，气氛好不热闹，我和那几位男同志不熟，所以一直闷在厨房，没敢过去。

过了一阵儿，"师傅"过来，叫我过去和他们一起说话，我不去，一想到要和陌生的男同事说话就觉得很别扭，但"师傅"非拉着我去，我只好硬着头皮进去了。进去一看是三个年轻的男同事，看得出三个人都挺健谈，和师傅她们嬉笑怒骂好不热闹。我却一句也插不上嘴，因为不熟，也不知道该说什么，心里只觉得有些尴尬。他们小坐了一会儿后就走了，"师傅"便问我对他们的印象怎么样？我说我都没敢正眼看，只记得有一个人站起来时他的皮带看着挺漂亮的。

过了两天，一个穿白衬衣、黑裤子的男孩来到我们井场。那天"师傅"让我下作业区送油样，那男孩说也要下作业区就和我一起去。我们井场下作业区是一个陡坡，不过那陡坡我已经走了很多次，早已不觉得它危险了，但那男孩很照顾我，怕我滑下去，他一直走在我前边，还时不时地转过身，看看我会不会有什么危险。他的白衬衣浆洗熨烫得洁白、挺阔，扎在笔直的西裤里，系一条漂亮的皮带，头发好像也用发胶打过似的，根根分明。看到他这一身装扮，我心想，这位怕不是我跟"师傅"说起的那位"皮带男"吧？跟在他身后走了一段，越来越觉得这是我"师傅"有意安排的，心里不自觉地委屈起来，下到作业区后就推说有事，然后我们各忙各的去了。后来"师傅"问起我，对那男孩的印象，我说好像也没什么特别的印象，就是觉得他的穿着似乎挺讲究，"师傅"告诉我，他在维修大班上班，当时听了心里有些惊诧，觉得维修的工作多是与油井和原油直接打交道的，很难把他的工作和他那天的装扮联想到一起，因此徒生好感，但比这再深一层似乎就没什么了。

过了几天，井场来了两位领导模样的人，一来就直奔井口，我和"师傅"走过去迎接。其中一位个头不高的男人问我们问题，都是很专业的采油知识，问到我时，我张口结舌，对采油知识我是零基础，那时又是刚到采油队上班没几天，我一时慌了神，看了一眼他的脸，只见这位问问题的领导表情非常严肃，我吓坏了。看我们对专业知识如此不熟练，他们就要走，说让我们好好看书，过几天再来。他们走后，我问师傅他们是干什么的，师傅说一位是作业区副区长，另一位是作业区的技术员，是我们作业区唯一的主体专业大学本科生，经过"核对"，这位技术员正是刚才问我们问题那位。

我回忆了一下他刚才的表情，从头至尾没有一丝笑意，真牛，再想想人家牛，好像也有牛的道理，唯一呀，这个"唯一"可不是谁都具有的，人家牛有牛的资本，谁让人家是唯一呢。不过他越是这么冷若冰霜，我就越是想要了解一下，看看他到底是个怎样的人。我侧面向"师傅"打听他，"师傅"说他前几天和那位皮带男孩一起来过我们井场，我听了有些后悔，怎么那天都没注意看呢，感觉完全没见过他。"师傅"说他已经结婚了，媳妇长得很漂亮，不在我们作业区上班。结婚了？这么难得的"唯一"怎么就结婚了呢？再想想也是，像他这么好的条件，的确应该早早就结婚了。似乎有一种遗憾的感觉莫名生了出来，是因为他的冷若冰霜吗？是因为他是"唯一"吗？还是因为什么呢？

后来"师傅"邀请"唯一"到我们井场吃饭,他带了他漂亮的媳妇,他媳妇可真洋气啊,那时他们的孩子已经1岁了,但他媳妇丝毫看不出是生过孩子的人,她只比我大一岁,皮肤白得像雪一样,举手投足、穿衣打扮都像个小姑娘,像个比我们更小、更娇嫩的小姑娘,那娇嫩样儿是惹人疼的。我和师傅特地包了饺子,肉饺子,可没想到"唯一"媳妇不吃肉,我们又赶忙包素馅饺子。那时候我的手脚真麻利呀,好像唯恐她吃得不痛快,好像她不痛快了,他就不痛快,好像她痛快了,他就痛快了。饺子出锅,我双手端到她面前,眼睛瞪着她的脸,观察她的表情,小心翼翼地问她味道怎么样?她笑着说好吃,我心里的一块大石头这才落了地。但是没吃几口,她就要走,说是要回作业区去干什么,他要陪她去,他们就走了,房间一下就冷清了下来,冷得像寒冬腊月似的。

过了几天,听说他们吵架了,听人说好像是因为他从食堂打饭给她,她嫌凉了还是怎么着,一把打翻在地,饭撒了一地,不锈钢碗在地上滚得叮当响,他也生气了,摔门而出。过了两天,听说她媳妇生气了,回她所在的作业区了。他媳妇走了,他又"活"了。他爱吃,爱热闹,人缘极好,各个井场还有作业区,有条件自己做饭的人都喜欢请他一起去热闹热闹。我多想参与他们那个场合,但我们又不熟,我又是一个不善言辞的人,有时在心里恨自己，怎么就这么不善于交往呢。后来我们搬到作业区住了，我们也有机会请他来吃饭了。一大早，我们就择菜、洗菜、熬火锅底料，然后请他入席。他和大家谈笑风生，可我就是插不上一句话，我不知该说些什么，只觉得和他坐在一张桌上吃饭别扭得很，心跳得"咚咚咚"的，脸带动整个头部，像着了一把火一样烧得难受，坐在那张桌子前，别人都嬉笑怒骂好不热闹，而我却在时刻关注着自己的言行，这样的坐姿文雅吗？吃饭的形象好吗？这一句我该说吗？说哪一句好呢？处处都是让我反复斟酌的地方，只感觉到好累呀，这顿饭终于结束了。盼了那么久，才有机会和他离得近一些，看到别人随随便便就能和他聊天，但轮到自己怎么就那么没用呢，一顿饭，似乎连一句话也没说，就结束了，下一次，不知又到何时。

后来我们队来了驻队医生，那驻队医生似乎和他关系很好，一次无意间聊起来，他说我不是那人的菜，因为凭对我的了解，我的性格是降不住某某人的。其实我心里觉得医生说得有道理，我对我和他未来会有什么发展根本没有信心。说实话，我已经感觉到我们根本不可能，但我却管不住自己的心，心里就是固执地觉得他好，虽然我们从没有单独相处过，也从没有单独说过一句话，但对他的好印象不知是从哪里来的，而且顽固得很。

女孩啊，在爱的时候就会变得很敏感。为他的一句话，为他给哪位美女往家里带个东西，为他时而冷漠时而热情的态度，经常自己在心里瞎琢磨，尽往坏处想，然后就在心里怨他，继而冷落他，觉得很累。不久后，认识了我现在的老公，很快结束了我那无疾而终的单相思。想念一个人的滋味，应该没有人不经历过，当然是痛苦的，那一定是一种放在火上炙烤的感觉，对两个人的关系有太多的不确定，因此不断患得患失，每日都在爱、思念、怨、放弃几种情绪间循环往复，几种情绪轮番吞噬着我的心，让我心力交瘁。终于结束了，当我和老公正式恋爱后，我竟有一种解脱的感觉。前些日子和老公一起看电视，老公开玩笑说，你看电视里那人是不是很像某某，我说，不像，某某比他长得帅多了。现在完全释怀了，说起某某，我和老公都感觉像曾经的一位老友。

很奇怪，当初你觉得那么爱一个人，无论他怎样，无论他对你怎样，你就是固执地觉得他好，你就是控制不住去想念他，可离开了，也就离开了，时间一长，你心里便不再有任何悸动，只是当别人在你面前提起那个人时，你才想起来，哦，原来是他呀，他现在怎么样？不错，不错就好，挺好的！除此以外别无其他。原来相忘于江湖也没什么难的，对当初让你为他的快乐而快乐，为他的痛苦而痛苦的那么一个人，相忘于江湖，彼此安好、互不牵挂，不失为一种最好的选择。

这之后,公司组建新作业区,我被抽调去了正在创建阶段的作业区。新作业区自然一切都是新的,新人、新设备、新房子。我们几个新来作业区的员工被一辆北京吉普拉到一个新的站点,映入眼帘的就是一排砖房,是红色砖头中间夹水泥的那种砖房,原本以为虽然外表简陋,房间里条件应该说得过去,但进去一看,吓了一跳,墙和地都是毛坯的。四周摆了几张单人架子床,上边什么都没铺,地上倒是堆了一摞垫子,有几个维修大班的男孩坐在垫子上,据他们说,被褥不够,让我们先凑合凑合,明天再拉几床。我们一人拉过一个垫子,铺在床上,坐在架子床上看着这家徒四壁的房子,房间外风沙肆无忌惮地冲撞着我们的房间发出"嗖嗖"的巨响,风从砖与砖之间的水泥缝隙里钻进来。房间里冷得像冰窖一样,屋子里黑漆漆的,只有门口一束光照进来,没过一会儿,我们一个个都像霜打的茄子了。

到了晚上,不知道是谁说,这么多人住一个房间住不下,有两个人要去对面的营房车住,我和另一位女同事自告奋勇去了营房车。到了晚上,刺骨的寒冷袭击着我们的每一寸皮肤、骨骼和神经。狂风刮得营房车的车门剧烈撞击车体,连续发出巨响,我们只盖了薄薄的被子,上边压着自己的军大衣,但还是挡不住来势猛烈的寒风。我们两人咬着牙坚持,只觉得大脑的神经一直绷得紧紧的,不知道自己是怎么熬到了第二天早晨。天刚一亮，我们就起来了，说什么也要把炉子生起来，我们俩抱来烟囱，又找来一些木柴和煤，开始折腾着点炉子。生炉子这事过去也很少做，不知道应该以怎样的顺序把炉子点着，不一会儿，我们的营房车里就被我们弄得满是黑烟，呛得我们一边咳嗽，一边往外跑。最后还是维修班的一个男孩过来帮我们把炉子点着了，营房车里渐渐暖和起来，也才有了一些家的感觉。

2018 年 3 月 25 日

去一趟武汉，来一趟广州
说走就走，不问东西

　　武汉是一座我喜欢的城市，虽然来了很多次，但它给我的印象就是喜欢，不像有些城市，在你去第一次时感觉印象还不错，再去，印象就全变了。

　　我想了想，我为什么会喜欢武汉呢？大概是因为味道，当你一落脚到武汉地界你似乎就闻到了一种味道，老汉口的味道，汉正街的味道，热干面的味道，一种年代的味道，总之当你喜欢一座城市时，其实就像喜欢一个人，觉得它哪里都好，没有缘由，没有任何道理可讲，而我对武汉就是这种感觉。

　　在武汉待了几天后，我发了一条关于武汉旅行感受的朋友圈，一位好友给我留言："武汉，适合慢游，登黄鹤楼，游晴川阁，在江边等日落的暗影，静等从北京到武昌的卧铺列车经过武汉长江大桥，看清晨，看阳光，看江水，夜游长江，感受江水、灯光、水波荡漾的和谐与美妙，静静地让思绪飞扬"太有诗意了！虽然最终我还是负了她，因为当天我就坐上了开往广州的高铁，在武汉已经待了几日，且之前来武汉去看过的景致也不少，去一座城市总要留遗憾的，这大概就是你再次踏上这座城市最充分的理由吧。

广州是一座一直以来我不敢触碰的城市，大概是因为广州这座城市开放得较早，开放的程度较高，所以我一直不敢独自前往，因为并不真正了解那里到底有多发达、多开放，所以一想到要一个人去那里，心里不免有些怯怯的。也许是这几年独自旅行积攒了一些经验，也许是独自旅行积攒了胆量，这一次也就大着胆子来了，结果它真的没有让我失望。干净的路面、清新的空气，熟悉好听的粤语，可口的肠粉和白粥，还有姑娘纯真的笑脸，一切的一切，都让人感觉到这是一座久违了的城市，从前总听人说"相见恨晚"，怎么听都觉着有点矫情，但现在我信了，此刻我对广州生出的情愫正是"相见恨晚"。

如果让我分别用两个字概括武汉和广州这两座我喜欢的城市，那么武汉是"味道"，广州就是"温度"。没错，广州是一座有温度的城市，这个温度与我主要是因为它的语言，广东人的方言是粤语，听起来多么悦耳。在地铁上，广播里分别用普通话、粤语和英语报三次站名，如果你掌握了粤语无异于掌握一个新技能，在粤港澳三座发达城市相信你会如鱼得水，在外地人眼里你们就是帅得不能再帅的人了。我如此喜欢粤语还是源于二十岁出头的年龄,那时粤语歌曲在大陆盛行,我们这些小姑娘更是没事就苦练"内功",什么王菲、陈慧娴,谁要是不会两首粤语歌曲都不好意思去唱歌,因此在若干年之后,来到这座粤语城市,你会有一种久违了的感觉,这就是温度,它是你与这座城市的渊源。

广州的美女皮肤很白,广州的帅哥很帅,这也颠覆了我对这座城市的印象,过去在大部分人心里可能觉得广东人是黑的,瘦的,但现在早已不是过去,现在这座城市中很多年轻人都是高大的,皮肤白皙的,酷帅的,他们的眼睛偏大,颧骨偏高,这让他们的脸看起来有一种立体的美。

地铁上的广州人穿着非常朴素,这样的穿着很难让你把他们和广州的现代化程度挂钩,广州是一座包容性很强的城市,在这座城市里你穿得再上档次,再明艳照人,也没人觉得你很夸张,即便你穿得再朴素,也没人会觉得有什么不适宜,我觉得在这座城市什么薪资标准的人都能过好,过得有滋有味。有时你随意在街上走一走就能发现,同一个区域,高档商场有之,批发市场也星罗棋布,而且在批发市场,随意拿起那些货品看一看,你会发现质量都不差,但价格却很亲民。

过去大家普遍认为,四川人很会生活,他们一有闲暇就凑在一起打麻将,在公园里喝茶,在火锅店吃火锅,一吃一玩就是一下午,而你可能还不知道的是,广东人的悠闲生活：早茶、下午茶、夜宵，而且夜宵还不是吃碗红豆沙那么简单，在广州，晚上十点多，各种火锅店、茶餐厅灯火通明，透过整洁的落地玻璃望进去，你会有一种时空倒置的感觉，店堂里食客们谈笑风生，表情放松，他们精神抖擞的样子仿佛一天才刚刚开始，悠然自得地谈着天，叙着亲情朋友情兄弟情……

在上下九步行街一家人气很旺的肠粉店吃肠粉，当我拿着78号的牌子到处找座位时，看到两位年轻女孩旁边的位子空着，我走过去问她们："有人吗？"一个女孩摇手说："没有。"我正要坐时，她对旁边的女孩说："你看她是78号。"我看了看她们的牌子"77号"，我们彼此会心一笑，那句双方都没说出的话是"好有缘啊！"我的饭先来了，而筷子篓靠近她们坐的那边，我正在对着一盘我不熟悉的美食拍照时，一个女孩拿出了一双筷子，用手把筷子整理了一下，本以为她是自己用，没想到她把筷子递到了我面前，筷把准确地朝向我。

我接到她递过来的筷子，竟有些无以为报的感动，因为这样的举动在现在这个时代好像太少太少了。吃饭时，我听到其中一位女孩接电话好像是她们还有一位朋友要来，我加快了吃饭的速度，为的是早一点把座位腾出来给她们。刚一吃完，快速起身，像老朋友一样对她们说："你们先吃着！"其中一个女孩笑着说："那你先走吧！"从坐到吃，再到离开，这一连串的动作完成，我和那两位之前从未谋过面的女孩间,就像是三个久未谋面的老友,在今天的机缘巧合下终于见到了。我们的这次同桌吃饭,我相信对彼此来说都是温暖的,我们的这次"邂逅"让我深深感觉到,这世界还是有很多好心人的,他们善良、单纯,他们笑容灿烂、心无旁骛,这个世界是值得我们去爱的。

这次广州之行还让我发现一个现象,广州人对老人的态度值得大家学习,走在大街上,随处可见年轻人拉着老人的手或者搀扶着老人过马路。我在陈家祠里看到一位女儿搀扶着她的老妈妈,为她讲解,那细致热情的程度竟像是一个博物馆馆员在接待外国元首。让我感叹,广州不仅仅是经济发达,在崇尚传统美德方面,广州人做得也非常好。我想起了丽江老屋,现在真正的丽江纳西老屋已经很少很少了,因此可以想象,房租应该是一个家庭多么可观的一笔收入,但只要家庭里的老人对老屋有感情,不愿搬出去住,那么家里的儿女是绝对不会把房子租出去的,这也体现了当地人对老人的态度。

沙面公园里有一个星巴克,这里的服务生清一色帅哥靓妹,是比其他城市星巴克服务生都帅的那种,头上打发胶,发丝根根分明的那种,而我一直在等,因为我想听听他怎么说"安小姐,你的焦糖玛奇朵",当我听到"安小姐"这三个字时我已经醉了,即便只有三个字,因为那是粤语,我无论怎么喜欢都不为过的粤语啊!

当我写完这些，我看了看手机上的时间是下午 3:09 分，而我创建这个文档的时间是 1:33 分，这就意味着我在这家咖啡馆已经待了 1 小时 36 分钟了，同时也一刻不停地写了 1 小时 36 分钟，这对于手机打字速度很慢的我来说算是一个不小的考验了。此时的我手僵硬得发抖，脑子也要麻木了，就先到这儿了，广州之行才刚刚开始，还有很多很多需要我去探寻的地方，也许你早已来过广州，也许你看了我的表述会有想来的冲动，那就来一次说走就走的旅行，没什么大不了的，你收获到的只有惊喜，只有温暖，只有不舍离开。

2018 年 3 月 31 日

那些著名的乐曲和它背后的爱情故事

在这样一个慵懒的周末午后，孩子正在补觉，老公有事出门了，两只猫窝在阳台的沙发椅里睡意正浓。我坐在电脑桌前目光穿过阳台衣服的缝隙，望向高低错落的楼房间露出的一小块天空，今天天气甚好，阴了好几日，终于放晴了。耳机里传来《肖邦夜曲 op.27》的曲调，这首舒缓、安静的曲子和此刻房间里静谧、安详的气氛多么搭。

那天和办公室的同事聊起来，我说也许是年龄的缘故，现在的我喜欢过一种平静、无争、顺其自然的生活，静静地坐在一张椅子上，安详的晒着太阳，听着音乐，度过一整个下午。而年轻的时候哪里会想到要过这样的生活，东奔西跑，显得忙忙碌碌，不管会不会开花结果，只追求尽情绽放和过程的多姿多彩。也说不上哪种生活一定是好的，只能说年龄使然，也许到了一个年龄段，想要的和你从前追求的已然风马牛不相及。

肖邦的曲子我平时是不敢触及的，有一段时间一听到肖邦的曲子就想流泪，想来想去，还没有哪一位音乐家的曲子让我有过这种冲动，怪不得他被誉为"钢琴诗人"，这个美誉和他文雅、忧郁的气质极其吻合。此时的我已随着肖邦所创作的乐曲去往了十九世纪的法国巴黎。在好友钢琴王子李斯特的引荐下，肖邦认识了大他6岁的著名作家乔治·桑。乔治·桑个头不高，经常着男装，终日抽着雪茄，身边围绕着众多朋友，绯闻男友也不少，而李斯特和屠格涅夫常常是乔治·桑的座上宾。肖邦起初不欣赏这种类型的女人，但在后来的接触中，乔治·桑对肖邦表现出了浓烈的爱意，肖邦也越来越依恋于乔治·桑的体贴和关心。两人在一起后，乔治·桑带着与前夫生的一对儿女和肖邦一起在欧洲各地过着半隐居的生活。肖邦的身体一直羸弱，乔治·桑像照顾自己的孩子般无微不至地照顾着肖邦，并且主动承担起赚钱养家的重任，使得肖邦可以安心创作。为了不让肖邦感到寂寞，乔治·桑把自己的众多朋友介绍给肖邦认识，大家一起聊天，一起喝酒，让肖邦从天生忧郁的情绪中暂时解脱出来。因为有了乔治·桑长期对他的照顾和激励，肖邦先后创作出了许多著名的曲子，《降D大调雨滴前奏曲》《小狗圆舞曲》《降e小调夜曲》等一首首夜曲都是在这一时期创作而成的。可惜缘聚必有缘散时，9年后，两人平静分手，与乔治·桑分手两年后，肖邦因肺结核病逝于巴黎。

随着耳机里《春之祭》乐曲的响起，我想起了十九世纪另一位享誉世界的作曲家伊戈尔·斯特拉文斯基。斯特拉文斯基的曲风和肖邦截然不同,他早期创作的三部舞剧,音乐剧《火鸟》《彼得鲁什卡》《春之祭》,每首都充满了力量,而其中最具力量的一首还属《春之祭》,如果你听过《春之祭》,你一定会被乐曲里透出的那种诡异、刚强和狂野的气势所折服,它带给你的是勇往直前和不服输的信念。现在我们听《春之祭》觉得它是力量的源泉,但当时斯特拉文斯基刚刚创作出这首曲子并把它带到巴黎去演出时,巴黎的上流社会却并不买账。原因是这首曲子的曲风和他们经常观赏的芭蕾舞剧《天鹅湖》《睡美人》之类截然不同。不协调的和弦、无规律的复杂结构让演出现场气氛越来越紧张,反对者和支持者为这部先锋的现代作品针锋相对,剧场里充斥着嘘声和谩骂,混乱的局面直到宪兵赶到时才得以制止。

此时我们的女主人公香奈儿正式出场,那时的香奈儿三十多岁的年纪,美丽、优雅,气质迷人。她坐在台下,平静地看完了《春之祭》整场演出,作为法国女装界的革新人物,她能够理解斯特拉文斯基在乐曲方面所做的改变和创新。

7年后的一次派对上两人再次相遇,没有过多的语言交流,只在碰杯间的眼神碰撞中,两人便读懂了彼此。临走时香奈儿为斯特拉文斯基留下了名片,名片上写了一句话:伊戈尔先生,有需要,请打电话给我。彼时的香奈儿早已功成名就，而斯特拉文斯基的作品在西方舞台其实也已经大红大紫，只是由于他的全部家产遭到了政府的没收，家庭收支陷入窘境。"我欣赏您的音乐，我想帮助您。"香奈儿真心诚意想帮助这位身处逆境的艺术家，而艺术家也欣然答应了。他举家迁进了时尚女王的家里，两人的爱情由此发生。斯特拉文斯基得以闲适地继续创作他的音乐，而香奈儿也在这一时期创造出了著名的香奈儿5号。然而天下没有不散的筵席，两个内心都足够强大和骄傲的人很难真正走到一起，分手是必然的，正如香奈儿说过的"该放手时放手，不怨天尤人，只愿各自安好。"分手后的香奈儿一直匿名赞助《春之祭》的重演事宜。重演那一晚，香奈儿一身黑纱礼服亮相，优雅如初。

当写这篇作品接近尾声时，老公外出回来了，当他站在我的面前时，我看着他竟有些恍惚了，许久没有理会他。我的脑子仍停留在一百多年前巴黎的香榭丽舍剧院里，听着台上肖邦演奏的《G小调第一号叙事曲》，看着斯特拉文斯基重新排演的芭蕾舞剧《春之祭》，刚劲有力的音乐，凌乱的舞步，台下混乱的人群，一切都离我那么近。他们一个个从我眼前走过，这些十九世纪的人们，他们此时离我多么近，就在我眼前。乔治·桑带着她的一对儿女和瘦弱多情的肖邦在花园里追逐玩耍，他们吃饭、散步，她快马加鞭地写作，他激情四射地创作乐曲,她无微不至地呵护他,他们吵架了,他们又和好了,最终他们分手了,他郁郁而终。若干年后,香奈儿和斯特拉文斯基又在某种机缘巧合下见面了,香奈儿依旧浑身散发着女性的魅力,斯特拉文斯基早已功成名就,处处展现出成熟男人的气质,他们只是远远地望向彼此,脚步却依然留在原地⋯⋯

2018 年 12 月 22 日

九公里忆事

九公里是我父母那一代长庆石油人长期工作和生活的地方，它坐落在宁夏回族自治区吴忠市金银滩镇，与它最近的吴忠市有九公里车程，因此被称为"九公里"。我在这个景色优美、生活便捷的石油矿区大院里度过了童年和少年的时光，有过欢笑，有过泪水，在那里我完成了小学到初中的教育，甚至完成了从一个女孩到女人的蜕变。2003年，我家以及我父母的家都从九公里搬到了西安市，至此，那里便和我的回忆紧密相连。

（一）"臭水沟"

我来到九公里生活的时间比较晚，大概五岁时我被父母从老家接来和他们一起生活。可能因为那时太小，对九公里没有太深的印象，最深的记忆就是九公里和农贸市场中间隔了一条马路，马路旁边有一条河，大概因为夏季河水混浊，有时散发出臭味，被我们这些孩子叫作"臭水沟"。

忘了是小学几年级,我跟着小伙伴们一起到"臭水沟"去捉泥鳅,我们把裤管卷到膝盖处,就纷纷跳进河里,一个个低着头,认真地观察河里的动静,然后奋力地伸手到水中去捉,捉到泥鳅的人自然高兴,捧着泥鳅,灌进塑料瓶内,没捉到的小伙伴自然不服气,继续埋头苦捉。大概是因为太投入,不知怎么我就陷进了淤泥里,然后越陷越深,最后竟然整个人都没进水里,只露出头顶的头发。

我紧张坏了,两只手拼命地扑腾,身子一沉一浮的,当终于扑腾出水面时,我竭尽全力喊了一声"救命",可还没等"救命"的"命"字喊出来,人又沉了下去。几个回合下来,我就彻底沉下去了,我记得那时已清楚地感觉到自己就快要死了。就在这千钧一发的时刻,有一个小伙伴,她伸出一根长长的树枝到我面前,然后,我听到大家七嘴八舌地喊道"抓住树枝,抓住它,抓住它",我不知怎么扑腾了几下,竟然抓住了我面前那根树枝,于是小伙伴将树枝连同抓住树枝的我,一点一点往她身边拉,最后把我拉到了河边,我得救了。我依然惊魂未定,仅仅在 1 分钟之前,死神与我咫尺之遥,我的大脑仍一片空白,不知道自己怎样从死神手里逃了出来。

小伙伴们指着仍旧拿着树枝站在一边的小女孩,说:"是她拉你上来的。"我看了看我的救命恩人,我认识她,矿区大院就那么大，她和她姐姐是双胞胎，长得非常白皙清秀，就住在"老八栋"那一片，以前还在一起玩儿过。我忘了当时有没有对我的救命恩人说"谢谢"，但我看她的表情和她看我的极为不同，她好像并没有意识到自己救了一个人的生命，表情显得很轻松，就像本该是她做的事一样，但是我从惊恐中走出来后，别提心里有多感激她了。

从水里出来站了好一会儿才感觉浑身冷得厉害，低头看看自己的衣服，从上到下湿透了，还滴着水，要多狼狈有多狼狈。小伙伴们让我赶紧回家换衣服，我站着不动，我哪敢回家啊，回家后一定会挨父母一顿胖揍，好半天呆立在那里，不知何去何从。我的一位同学，她家住在农贸市场里，她妈妈在市场里卖布匹，以前去过她家几回，她拉着我去她家里换上了她的衣服，等我的衣服晾干后，我才重新穿上自己的衣服心有余悸地回家去了，还好，没有被家人发现。

真是惊心动魄、死里逃生的一次经历。

（二）党老师

小学时代的我，真是非常贪玩，每天放学后都在学校操场上和同学一起玩单杠，玩完单杠玩双杠，两个人坐在双杠上，两条腿耷拉下来，一边聊天一边摆动着垂下来的小腿,就是不想回家,天渐渐黑下来,才不得不回家去。回家后常常听到妈妈的抱怨,昨天丢了书包,今天丢了笔,那时的我对于学习这件事好像没什么概念,考试成绩自然也常常不理想,也因此常常饱受爸爸的棍棒之苦。

六年级时,我遇到了我的班主任也是我的语文老师党老师,后来我常想,大概我的写作之路就是从那时被开启的。记得有一次语文课上,党老师叫我们念我们写的作文,刚好那天点了我的名。我写的是一篇关于淘米的作文,后来看看,那篇作文简直像记流水账,详细记述了淘米的过程,第一遍怎么淘,第二遍怎么淘,一直写到了第五遍,我记得那天我自己都念不下去了,感觉写得很不好。可是我念完后,党老师却评价说写得很好,自那以后,我便获得了自信,大概心中也觉得自己写得好,就变得越发爱写作文了。后来我写的作文还被贴到了教室后边的黑板上,我自然更有自信了。若干年后,我从事的职业很多都和文字有关,我想,一定和那时党老师对我的鼓励与肯定是分不开的。

很多人,在你跟他(她)交往的时候,你还不能判断他(她)带给你的是什么,一切都显得顺理成章,但是,隔一段时间,隔一段稍远的距离,你再慢慢观望这段关系,就会想明白,在你和他(她)的这段关系中,他(她)对你产生的作用有多大。

上小学的时候，我的学习成绩一直不太好，不是老师们眼中的好学生，作为女孩子，我长得极为普通，也不是受父母宠爱的那个孩子，但是党老师却不嫌弃我，她给我关心，给我鼓励，更重要的是她给了我自信，给了我之后很多年里将写作作为职业的自信，我很感激她。在后来的许多年里我都没有再见过党老师，我常常在心里想，如果再见她，我会当面表达对她的感谢。有一次，无意中看到一张曾经教过我们的老师聚会的照片，其中就有党老师，她还是那么漂亮，风姿绰约，气色似乎比以前更好了，我在心底里祝福老师平安、健康、幸福。

（三） 初三（5）班

记得上初三时重新分班了，我被分到了5班。后来听同学们偷偷议论，5班是由很多"坏孩子"组成的班。其实所谓的"坏孩子"就是贪玩、不太爱学习，个别男生有过在校外打架的经历，并不是道德品质有多坏。

我们这个由"坏孩子"组成的班里其实人才济济。先从我们的老师说起，我们的语文老师是堂堂西北大学中文系毕业的赵老师，赵老师不但学历高，讲课也循循善诱，很有一套方法，而且性格温柔、善解人意。初中毕业时，我在就读的中学报考了高中，又在户籍地银川考了技校，结果两个都考上了，我却犯了难，父母希望我上技校，但我自己心里又有不甘，所以在开学前去学校找到了赵老师，征求她的意见。赵老师那时已经担任高一年级的班主任了，而我被分进的刚好是赵老师的班。赵老师听我说明情况后，对我说，女孩子早一些工作其实也挺好的，不过学籍她会为我保留，等到我最后决定好，确定不上高中了再告诉她。我当时非常感动，若干年后，一次同学聚会，我们邀请到了赵老师，我终于当面向赵老师表达了谢意。

再来说说我们班的英语老师，他是我们的班主任安老师。安老师个头高、人长得帅，而且能讲一口纯正的美式英语，但唯一让我们这些学生心有余悸的是安老师脾气比较大。那时候，我还是我们班的团支部书记，那可是班主任安老师任命的，现在听起来团支部书记，好大的官呀，可我们班只有5名团员，不管是自己，还是同学们没人拿团支书当回事，倒是有一次，我们班一位调皮的男生见了我故意叫："安书记？"然后我们俩笑得前仰后合。

数学老师姓魏，记得魏老师那时刚分到学校，看起来很年轻，却很严厉。他讲课条理清晰、干脆利落，让人很容易听明白，我们都很喜欢听他讲课。可他和安老师有一点比较像，就是脾气有些大。有一次，我和我的同桌，在魏老师讲课的过程中，不知讨论了一个什么问题，恰好被魏老师看到了，魏老师一脸严肃地朝我们这边看过来,紧接着厉声说:"不想听就出去!"我的同桌是一位长相非常可爱,学习成绩很好的女同学,在班级这样"丢面子"还是第一次,当时她尴尬极了,眼泪立刻在眼眶里打起转来。看到她难过的样子,我真想站起来解释:"其实是我主动问同桌问题的,不关她的事",但当时看到魏老师严厉的样子,我还是没有勇气站起来。下课后,我的同桌第一时间哭着跑出了教室,一路哭着跑回家,而我们这群好友都去她家安慰她,劝她回来上课。记得当时她坐在家里的课桌前哭得梨花带雨,我心里愧疚极了,怨自己没有勇气大胆地站出来,也怨魏老师对我们太严厉。过后想想他是对的,对我们严格要求,才能让我们养成好的学习习惯,保证我们听课时专心致志,为取得好成绩打好基础。

我们班里有全年级最帅的男生,这使得其他班级的女生非常羡慕。而我就幸运地坐在这位最帅男生的右前方,我一度在心里发出灵魂的拷问:这样好的运气怎么会降临到我的身上?更加让人羡慕的是他的同桌,也就是坐在我身后的女生,他们每天坐在一起听课,上自习一起讨论问题,一起说笑,这不知会引起多少女生的羡慕、嫉妒。

要说这位男生的长相,当时在整个学校里,可能都找不到能与他"势均力敌"的"对手"了。他有一头乌黑的头发,两条眉毛浓黑有型,眉毛下的两只眼睛炯炯有神,他的身材挺拔而纤瘦,和如今电视里的"小鲜肉"们比,他也是胜过他们的。

最让人不可思议的是,长这么好看的男生,他的学习成绩还是年级拔尖,更让人不可思议的是,他可是成天混迹于大家所说的"坏孩子"中的人,他们每天一起从教室里出出进进,勾肩搭背,大家都想不通,他用什么时间来学习,他的学习成绩为什么就那么好呢?这样的一个人在我们那个年级简直像神一样的存在,引来很多很多女生的关注,即便是内向又害羞的我,坐在他的右前方,上课时也会时不时用余光偷瞄他两眼,我觉得,坐在他周围的女生如果学习成绩下降了,多半怪他。多年后,我再回银川时,同学们说一起聚餐,打电话询问一位女同学能否参加,那位女同学开口便问,某某来不?如果某某来,她就来!

瞧瞧,帅哥的力量就是这么大,没办法!

(四)青葱岁月

大概在上初二时,九公里突然冒出个"唐家砂锅",好像一夜之间就火遍了整个九公里。后来才知道"唐家砂锅"老板的女儿其实和我是同学,她家主打川味砂锅和麻辣粉,蒜香浓郁、麻辣鲜香,味道非常地道。我家在吃上边基本由爸爸操持,我爸爸隔三岔五就会炖羊肉、炖牛肉、煮猪蹄……总之比较丰富，但父母很少给零花钱，我记得第一次去她家吃砂锅还是最要好的一位女同学请我去的。

　　记得刚去技校的时候，每次周末回家休息，周天要返回学校，我一个人背着背包，站在农贸市场前的那条马路边，孤单地等待着去往马家滩的车。有一次，我等着等着，我那位请我吃砂锅的好朋友就来了，她外号叫"蒿子"，她说她来送我，然后就陪着我一起等，有时一等就是大半个小时，她也全然没有不耐烦的情绪，有一次，我去时，她已经在那里了，这让我那颗孤独的心得到了极大的安慰。

　　技校毕业离正式分配工作还有一段时间，那段时间待在家里别提有多无聊。有时傍晚，蒿子就站在我家楼下叫我，叫上几声，我听到了，先打开窗户答应一声，然后开始梳妆打扮。不知我那时怎么那么注重自己的妆容，我刚学会化妆，每次下楼前，我必是要画一个非常精致的妆，起码在自己眼里要达到完美，然后才换好衣服下楼。"蒿子"站在我家楼下，每过一段时间唤我两声，最后她的声音变得越来越微弱，我才像公主出席晚宴一样，身着"盛装"下了楼。她见到我也只是弱弱地抱怨一句："怎么那么长时间？"然后像没事人一样高高兴兴地挽着我的胳膊走了。

　　技校毕业后，我脱产在宁夏大学上了三年学，毕业后，爸爸的老乡给我介绍了一个对象。有一次，那个男孩和他的朋友约我去吴忠吃饭，我叫上了"蒿子"，当我们四人八目相对时，她和我对象同时笑了，谁想到，原来他们认识，那个男孩是她的老乡，都是陕西长安的，还去她家吃过饭呢，哈哈，这世界可真小。后来我真的和她的长安老乡结婚了，两年后，她也结婚了，邀请我当她的伴娘，结婚那天，她头顶的那个红盖头还是我帮她挑开的，那天，她真美。

上初中的时候，我们班有一位女生，她祖籍是四川的，肤白貌美不说，成绩永远在全年级名列前茅，而且据说她的父母都是文化人，在九公里文化层次较高的研究所工作，我们这一班同学，没有几人敢接近她，因为自卑。我们大部分的同学都相貌一般、学习成绩一般，父母的文化层次也普遍不高，我们怎么敢主动靠近那样一位哪儿哪儿都优秀的女生呢？但是我的一位好朋友，她就敢，她叫梅。她经常主动接近那位优秀的美女同学，很快她们成了好朋友，她们在一起谈论学习、文学、艺术，有时梅会把她与那位美女同学的交往告诉我，我特别羡慕她，因为和层次很高的人在一起，首先你自己也得层次高才行，不然根本得不到那位美女同学的信任和青睐啊。

现在想来有点好笑，我和梅完全是感性交往，我们关系很好，不是她来我家找我，就是我去她家找她，她会告诉我，她最近又看了某某文学书籍，然后给我讲其中的精彩章节，让我对她刮目相看。我接触的第一首通俗歌曲是罗大佑的《你的样子》，第二首是莫文蔚的《盛夏的果实》，都是从她那里知道的，她和我在一起总是哼唱这些歌曲，我先是佩服她，好奇在当时还有些封闭的矿区大院内，她是从哪里知道这些流行歌曲的，紧接着受她的影响，我也变得喜欢这些歌了，嘴里成天哼哼，做饭也哼，洗碗也哼，弄得我妈都对我有意见了，说我是不是对她有意见，用唱歌的方式反抗她，我真是一头雾水。没过几天，不知因为什么，我和梅的关系就急转直下，很长时间我们谁都不跟谁说话，完全像两个陌生人，我们还会互写断交信。可又过了一段时间，不知在怎样的机缘巧合下，我们又恢复了从前的亲密无间。也许女孩子之间的友谊就是这样，好的时候恨不得天天黏在一起，但在某一段时间又会毫无缘由地疏远，一切都显得那么无厘头。

　　那时候下午放学后，我们总是习惯性地往一位姓马的女同学家里钻，有时我们去时，她家已经有一波女同学在那里了，有时是他哥哥带来的男同学，几拨人同时在她家里，热闹极了。我们这些女同学在她家聊天，聊得唾沫星子乱溅，一派热闹非凡的景象。记得那次我们聊起今后生孩子的话题，蒿子语出惊人，竟说她想以后生8个孩子，她说她喜欢孩子，孩子越多越好。果然，若干年后，她是我们这一帮好友里孩子最多的妈妈，她生了一儿一女两个孩子，终是凑成了一个"好"字，现在国家又放开了三胎生育政策，她倒是有机会，再努力一把，生个三胎。

我这位马姓女同学，长得在我们那个年级可以说名列前茅，而且性格也很好，她的脸上总是挂着笑容，有一次我在她家不小心打碎了一个杯子，她轻描淡写地说："没事，'碎碎'平安嘛。"与此同时让人感到温暖的是她的哥哥，她哥哥和她哥哥的同学比我们年长几岁，但那个时候，在我的印象里，但凡见到小马同学的哥哥，他脸上永远挂着笑容，给人一种非常温暖的感觉，而且她家有一种浓浓的家的味道，这大概也是我们这些不同年龄、不同性格特点的同学一放学就爱往他们家里跑的原因吧。

快过年的时候，我们那里冷得出奇，狂风不停地敲打着家里的窗户，让人更加感觉到深冬的寒冷和萧瑟。但我们那帮同学哪管这些，从大年初一开始，我们就聚集在一起，到各家串门，东家串完串西家，我们所到之处家长们必是拿出专为过年准备的油饼、馓子、瓜子、糖来招待我们。串完门，男同学提议到小卖部买鞭炮放，我们就到邻近的小卖部里买些鞭炮揣在兜里，一边走一边点上一根鞭炮扔出去，然后听鞭炮落在地上那"啪"的一声响。起初我不敢点鞭炮，看到同学们，无论男女都这样做，我也就大着胆子照做了，才发现其实也没那么难，而且特别有趣。我们一边嘻嘻哈哈聊着天，一边放着鞭炮，一路走到位于九公里中心的水景广场。

　　站在宽敞的广场空地上，寒假的时间虽然比较长，但不过也就个把月没见，大家就好像变得既熟悉又陌生了。几位男同学，老梁、"袋鼠"、盛敏、进军，两手揣在裤兜里，东望望，西看看，感觉帅帅的样子，而蒿子、小马、小郭、咏梅、莉莉、阿莲和我，我们这些女同学，却略显尴尬地站在原地，两只脚不停地跺着，你看看我，我看看你，想说什么，又不知从何说起。短暂的沉默过后，很快大家就变得和以前一样熟识了，一个男同学去追一个女同学，没过两分钟，某位女同学去揪了男同学的耳朵，那位男同学"哎哟哎哟"地求饶。就在水景广场的空地上站上一会儿，说上一会儿，打闹一会儿，大家就愉快地各回各家了。

　　……

　　我们的青葱岁月都在九公里这个矿区大院里度过的，没有特别丰富多彩，反而那时候，青春年少的我们大多羡慕大城市的繁华和职业白领的英姿飒爽。现在回过头来看，九公里承载着我们这个年龄段石油人太多的青春记忆，这些记忆早已深深地烙刻在我们的心里，无法忘怀。

2021 年 8 月 8 日

随 想

在这里您可以记录下您的阅读体会: